作者簡介

　　柏樺，1956 年 1 月生於重慶。現為西南交通大學人文學院中文系教授。出版詩集及學術著作多種。最新出版的代表作有：英文詩集 Wind Says（《風在說》）。《在清朝》（法語詩集）。《秋變與春樂》（詩集），華東師範大學出版社 2016 年出版。《惟有舊日子帶給我們幸福》（詩集），江蘇鳳凰文藝出版社，2017 年出版。《蠟燈紅》（隨筆集），廣西師範大學出版社，2017 年出版。《白小集》（隨筆集），安徽教育出版社，2018 年出版。《水繪仙侶：冒辟疆與董小宛──1642～1651》（詩集），江蘇鳳凰文藝出版社，2019 年出版。《竹笑：同芥川龍之介東遊》（詩集），北京十月文藝出版社，2019 年出版。《夏天還很遠》（詩集），北嶽文藝出版社，2020 年出版。《我們的人生：柏樺詩文自選集（1981～2021）》，西南交通大學出版社，2021 年出版。《橘頌：致張棗》，江蘇鳳凰文藝出版社，2022 年出版。

　　曾獲安高（Anne Kao）詩歌獎。《上海文學》詩歌獎。柔剛詩歌獎。第五屆重慶「紅岩文學獎」。羊城晚報「花地文學獎」。第九屆四川文學獎。首屆東吳文學獎。

提　要

　　1993 年詩人柏樺寫下自傳體長篇隨筆《左邊：毛澤東時代的抒情詩人》，此後歷《西藏文學》連載、眾多文學期刊選載、港版、陸版等，讀者稱奇，史家讚美，被譽為「第三代詩歌首部詩歌史」，同時引發長久的個人詩歌史熱潮。30 年後，柏樺以此為底本，重寫擴寫，以回望的心態再續新章，浪漫「左邊」的抒情終成時代呼吸的「表達」。

　　本書以詩人的交遊、私人地理為主線，而以新時期以來的詩歌史為展開面，或追憶、或暢敘，激蕩青春歲月中的人情詩意盡陳紙上，記錄了一個時代最富浪漫主義精神和先鋒探索意識的餘位詩人在詩歌和個人生活兩個場域最樸素真實的樣態。

　　本書幾乎對此前版本的每一章節都做了大幅增改，如「憶少年（1962～1978）」從 5 節擴至 19 節、「廣州（1978～1982）」從 4 節增寫至 10 節、「重慶（1982～1986）」從 3 節實補為節等；而即便是原有的章節，此次在內容上也做了大幅改寫和修訂。正如序言作者李商雨所言，此次的修訂調整「已經使得它作為文學史的色彩大大弱化了，而服膺於詩學的文字大幅度增強」。透過柏樺的文字，彷彿一位當代詩歌的親歷者、見證者，帶領我們回到一個時代隱秘抒情的呼吸，一首首詩歌如新生兒奇蹟般誕生的生產現場，詩之秘密與個人經驗神秘碰撞的奇妙就此定格、還原……

人民共和國文化與文學叢書

十 一 編

李 怡 主編

第 9 冊

表達：一個時代抒情的呼吸（上）

柏 樺 著

花木蘭文化事業有限公司

國家圖書館出版品預行編目資料

表達：一個時代抒情的呼吸（上）／柏樺 著 -- 初版 -- 新北市：
花木蘭文化事業有限公司，2023〔民 112〕
序 28+ 目 2+186 面；19×26 公分
（人民共和國文化與文學叢書 十一編；第 9 冊）
ISBN 978-626-344-376-1（精裝）
1.CST：當代詩歌 2.CST：詩學
820.8   112010207

特邀編委（以姓氏筆畫為序）：

ISBN-978-626-344-376-1

9 786263 443761

吳義勤　孟繁華　張 檸
張志忠　張清華　陳思和
陳曉明　程光煒　劉福春
（臺灣）宋如珊
（日本）岩佐昌暲
（新西蘭）王一燕
（澳大利亞）鄭 怡

人民共和國文化與文學叢書
十一編 第九冊   ISBN：978-626-344-376-1

表達：一個時代抒情的呼吸（上）

作　　者　柏樺
主　　編　李怡
企　　劃　四川大學中國詩歌研究院
總 編 輯　杜潔祥
副總編輯　楊嘉樂
編輯主任　許郁翎
編　　輯　張雅淋、潘玫靜　美術編輯　陳逸婷
出　　版　花木蘭文化事業有限公司
發 行 人　高小娟
聯絡地址　235 新北市中和區中安街七二號十一三樓
　　　　　電話：02-2923-1455／傳真：02-2923-1452
網　　址　http://www.huamulan.tw 信箱 service@huamulans.com
印　　刷　普羅文化出版廣告事業
初　　版　2023 年 9 月
定　　價　十一編 12 冊（精裝）台幣 30,000 元

當代歷史與「文學性」——《人民共和國文化與文學叢書‧十一編》引言

李 怡

　　2023 新年伊始，近年來活躍於批評界的《當代文壇》雜誌推出專欄，再度提出「文學性」的問題。《為何要重提「文學性研究」》一文中這樣開宗明義：「為什麼要重提『文學性研究』？這看起來像是一個假命題。什麼是文學性研究？世界上有一種純粹的、有明確界限的、專門意義上的、排他性的文學性研究麼？顯然沒有，如果有的話，至多也就是『文學研究的文學性』這樣一個問題；還有，如果換一個角度看，或許文學性研究又是一直存在的——假如它不是被理解得那麼絕對的話。從來沒有消失過，又何談『重提』？」[註1] 這裡的表述小心而謹慎，尚沒有高調亮出新的理論宣言，就首先重述了二十年前那場「文學性」討論的許多重要議題：究竟有沒有純粹的文學性？舊話重提理由何在？能不能真正解決一些棘手的問題？這種小心翼翼的立論似乎在提醒我們，那場出現很早、持續時間不短的討論其實餘波未平，其中涉及的一系列關鍵性的命題——如文學性的含義、文學與非文學的邊界、突破文學性研究的學術價值等等都對學界有過重大的衝擊，並且至今依然具有廣泛的影響，因此新的討論就得小心謹慎、周密穩妥。在我看來，今天的文學性討論，的確應該也有可能接受多年來相關探索的實際成果，將各種方向的思考納入我們的最新建構，進一步深化我們對於文學與文學性的理解，特別是要揭示它們在中國現代文化語境中的歷史真相。

〔註 1〕張清華：《為何要重提「文學性研究」》，《當代文壇》2023 年第 1 期。

一

中國當代文學批評界提出討論「文學性」的問題已經是二十年前的事情了。引發那一次討論的余虹和陶東風的論文最早都出現在 2002 年。余虹的《文學終結與文學性蔓延》刊登在《文藝研究》2002 年第 6 期（次年再有《白色的文學與文學性》刊發於《中外文化與文論》第 10 輯），陶東風的《日常生活的審美化與文化研究的興起——兼論文藝學的學科反思》出現在《浙江社會科學》2002 年第 1 期（數年後的 2006 年再有《文學的祛魅》刊登在《文藝爭鳴》2006 年第 1 期）。余虹提出，後現代的轉折從根本上改變了「文學」的狀況，它將狹義的「文學」——作為一種藝術門類和文化類別的語言現象推及邊緣，同時卻又將廣義的「文學性」置於中心，傳統屬於「文學」的修辭和想像方式開始全面滲透在了社會生活與文化行為之中，形成了獨特的悖反現象：文學的終結與文學性的蔓延。陶東風以「我們在新世紀所見證的文學景觀」為依據，揭示了「在嚴肅文學、精英文學、純文學衰落、邊緣化的同時，『文學性』在瘋狂擴散」〔註2〕，並以此論及了「日常生活的審美化與文化研究的興起」，將這一歷史性的變化視作當代文藝學最重要的「學科反思」。這樣的判斷引起了中國學界的爭論，質疑之聲不斷。有人認為在後現代時代，「文學性」不是擴展而是消散了，或者說在這個時代，語言文學的獨特意義恰恰是疏淡了，輕言「文學性終結或者擴散」的人，其實缺乏對「文學性」的明確界定〔註3〕。當然，也有學者對語言文字的審美的「文學」和日益擴張的「文學性」作出區分，重新定義「文學」性與文學「性」，從而為「後現代時代」的多元研究打開空間。〔註4〕

從歷史語境看，中國學者在新世紀初年的這場討論源自 1990 年代市場經濟全面推進以後當代中國文學日益邊緣化、同時所謂的「圖像時代」降臨的客觀事實。當然，就如同當代中國文藝思想的總體發展一樣，所有這些中國內部的「思潮」、「論爭」也與西方文藝思想的運動有著密切的聯動關係。嚴格說來，中國關於「文學性」的論爭發生在新世紀之初，但對「文學性」問題的重視和強調還有過一次，那就是新時期文學蓬勃生長的年代。這內涵有別的兩次思潮都可以辨認出來自西方思想的啟發和推動。

〔註 2〕陶東風：《文學的祛魅》，《文藝爭鳴》2006 年第 1 期。
〔註 3〕參見王岳川：《「文學性」消解的後現代症候》（《浙江學刊》2004 年第 3 期）、
吳子林：《對於「文學性擴張」的質疑》（《文藝爭鳴》2005 年第 3 期）等。
〔註 4〕劉淮南：《「文學」性 ≠ 文學「性」》，《文藝理論研究》2006 年第 2 期。

　　事實上，西方文藝思想界的「文學性」議題也先後出現過兩次。

　　第一次是在 20 世紀初期到中葉，先後有 1915～1930 年間俄國形式主義的興起，他們反對實證主義與社會批評，主張將文學研究與社會思想其他領域的研究區分開來，突出文學的獨立自主性和自身規律；形成於 1920～1950 年間的英美新批評，他們劃分了「文學的內部研究」和「文學的外部研究」，把文學研究的真正對象確定為文學的內部研究；1960 年代形成於法國的結構主義，包括施特勞斯的文學人類學與神話模式研究、羅蘭・巴特的結構主義批評理論以及熱奈特和格雷馬斯的結構主義敘事學理論，他們都迷信一種獨立自足的語言結構，滿懷著對潛藏於語言、文本中的深層結構的信賴。這三種思潮雖然各有側重，但都傾向於將文學的本質認定為一種獨特的語言現象和符號系統。儘管這種對語言結構的偏執的探尋並不一定切合中國當代文學發展的歷史訴求，但是他們對「文學自足」的強調卻在很大程度上鼓勵了 1980 年代新時期文學擺脫政治干擾，謀求獨立發展的要求，所以 1980 年代中國文學的「自主」之路和中國文學研究的「純文學」理想都不難發現這三大思潮的身影，雖然我們對其充滿了誤讀和偏見。

　　第二次就是 20 世紀中後期，隨著解構主義的出現，西方思想界開始質疑和挑戰傳統思想中關於中心、本質的基本思維，雅克・德里達的理論就是致力於對整體結構的打破。同時，後現代社會中大量的「泛文學」現象的湧現也挑戰了傳統對「文學性」的迷戀。美國後現代理論家大衛・辛普森認為文學已經泛化於多個社會領域，實現了廣泛的「文學的統治」，另一位解構主義者卡勒也發現文學性在非文學中的普遍存在，以致「文學可能失去了其作為特殊研究對象的中心性，但文學模式已經獲得勝利」〔註5〕。這就是「文學性終結或者擴散」之說的明確來源。與 1980 年代的太多的誤讀不同，這一回中國社會的市場經濟的發展似乎帶來了中西文學命運的驚人的相似，於是辛普森和卡勒的這一見解引起了國內學術界的濃厚興趣。先有余虹等人的譯介，再有眾多學人的跟進立論，一時間，終結和擴散的問題便躍居文藝學界的中心，成為新世紀初年中國文藝理論領域最大的焦點。

　　當然，我們也看到，在當年的討論中，文藝理論界的學者和從事當代文學批評的學者都有參與——當代中國知識領域的生成發展在 1980 年代以後讓這

〔註 5〕〔美〕喬納森・卡勒：《理論的文學性成分》，余虹等主編《問題》第 1 輯，第
　　　　128 頁，中央編譯出版社 2003 年。

兩個領域的學者有了較多的知識分享，因而在涉及當代文學現象方面常常可以看到他們攜手前行的步伐——不過，因為關注焦點的差異，我們也發現，他們各自的側重和態度也並不相同。從事文藝理論研究的學人主要致力於方法論的檢討與更新，焦點是「文學」、「文學性」的基本觀念及其歷史過程；而從事當代文學批評的學人則最終將問題拉回到了對當前文學發展的評估之中：究竟我們應不應該繼續堅持對「文學性」的要求？或者說建立在「文學性」理想之上的當代文學批評還是不是有益的，也是有效的？這裡不乏來自當代文學批評界的憂慮之聲：

> 關於「文學性」之爭，實際反映了一個敏感而重大的問題：在政治與市場的雙重壓迫之下，還需不需要堅持文學創作的文學性？真正的文學性體現在哪裏？人類生活中既然有情感活動，有幻想，有堪稱越軌的心理衝動，那麼文學還要不要想像力？它應該只是「日常生活」原封不動的照搬嗎？除此之外是否還應該有生活的奧義、情感的傾訴、美感而神秘的藝術結構和展現的形式？〔註6〕

> 讀圖時代的到來，讓一些人開始討論「文學的終結」。百年中國文學還是很年輕的，但它怎麼就老了，到了終結的時候？當影視及新媒體出現，和傳統文學連在一起的時候，網絡文學又宣布「傳統文學的死亡」。但是新世紀的文學確實是多元格局，不只是 70 後、80 後，更年輕的更多五花八門的東西出現了……「新世紀文學」確實有著多樣的內容。我關注的依然是傳統文學、經典文學的脈絡，當然它不可能終結。〔註7〕

二

從新世紀之初以降，關於當代中國文學研究中的「文學性」理想問題，其實一直都在延續，不過，越往後走，人們面對的就不僅僅是大衛・辛普森和卡勒的原初結論了，而是文化研究、歷史研究之於文學審美研究的巨大衝擊。從思想脈絡來說，文化研究、歷史研究本來與文學研究有著明顯的差異，前者屬於社會科學，而後者屬於廣義的藝術，前者更依據於科學的理性，而後者更依

〔註 6〕程光煒：《拒斥文學性的年代》，《山花》2001 年第 4 期。
〔註 7〕陳曉明、李強：《「無法終結的」當代文學——陳曉明先生訪談錄》，《新文學評論》2018 年第 4 期。

賴藝術的感性。但是，就是在「文學性擴散」之後，科學的研究之中也滲透了文學的感性，反過來，則是文化研究、歷史研究的方法開始向文學滲透。兩者的學術界限變得模糊不清了。

　　對於「文化問題」的關注始於 1980 年代，但那個時候提出「文化」還是為了沖淡社會政治批評的一家獨大，「第一，不能將『政治學』庸俗化，變成庸俗社會學；第二，不能侷限於政治學的角度。一個作品的思想內容，不僅指它的政治傾向性，還有哲學的、倫理學的、心理學……的多種內涵，因此，在理論上用『文化』這個概念來概括，路子就會寬得多。」〔註8〕所以，文學審美依然是新時期文學研究的中心。「文化研究」源於英國學者雷蒙‧威廉姆斯（Raymond Williams）、霍加特（Richard Hoggart），它在 1990 年代以後進入中國，逐漸增強了自己的影響。這便開始了將文學研究拉出「文學文本」的強有力的進程。「當代文化研究討論的問題涉及的是整個的當代生活方式及其各種因素間的關係，遠遠超出了文本的範圍。」〔註9〕文化研究首先也是在文藝理論界得到了充分重視，甚至被當作審視文藝學自身問題的借鏡：「客觀地說，因意識到文藝學的自身缺陷而走向文化研究，或因文化研究而進一步看清了文藝學自身的缺陷，其思路具有很大程度的合理性。」〔註10〕緊接著，在 1990 年代中後期，文化研究的思路也為中國現當代文學研究所借鑒，形成了兩個重要的方向：對文學背後的社會歷史的闡發成為一時的潮流，「文學周邊」的問題引來了更多的關注，壓縮了文學文本的闡釋；對歷史文獻空前重視，史料的搜集、發掘和整理成為「顯學」，文學研究的主體常常就是文獻史料的辨析和考訂。

　　在這個過程之中，文化研究、歷史研究的理性和嚴整似乎剛好彌補了文學感性的飄忽不定，帶來了學術研究的獨特的魅力，在為社會生活的不確定性普遍擔憂的時候，這樣的彌補慢慢建立起了某種學術的「效力」，展示了特殊的「可信度」。當然，問題也來了：這個時候，除了不斷借用歷史學的文獻，不斷引入社會學的方法，我們的文學批評家還有沒有自己獨特的學術素質呢？顯然，這是一種新的學術危機，而危機則來自於文學研究基本自信和價值獨立

〔註 8〕陳平原語，見陳平原、錢理群、黃子平：《文化角度》，《讀書》1986 年第 1 期。
〔註 9〕汪暉：《九十年代中國大陸的文化研究與文化批評》，《電影藝術》1995 年第 1 期。
〔註10〕趙勇：《關於文化研究的歷史考察及其反思》，《中國社會科學》2005 年第 2 期。

性的動搖。

現在，我們又一次提出了「文學性」的問題。與新世紀之初的那場討論大為不同的是，我們的討論已經不再是西方思潮輸入之後的興奮，不是對一種外來思想的擁抱和接納，而是基於我們自身學術現狀的反思和提問。簡單地說，我們必須回應來自文化研究和歷史研究的「覆蓋式」衝擊，必須在其他有價值的學術道路上尋找自我，為我們作為研究者的不可替代性「正名」。這就是當代文學學者張清華所承受的壓力：「問題是有前提的，相對的，歷史的。讓我們來說說看，問題緣於何處。從最現實的角度看，我以為是緣於這些年文學的社會學研究、文化研究、歷史研究的『熱』。這種熱度，已使得人們很少願意將文學文本當作文學看待，久而久之變得有些不習慣了，人們不再願意將文學當作文學，而是當作了『文化文本』，當作了『社會學現象』，當作了『歷史材料』，以此來維持文學研究的高水準的、高產量的局面，以至於很少有人從文學的諸要素去思考問題了。」「人們在談論文學或者文本的時候，要麼已經不顧及所談論文本的文學品質的低下，只要符合文化研究的需要，便可以拿來『再經典化』，眼下這樣的研究可謂比比皆是；要麼就是根本不願意討論其文學品質，將文化與歷史的考量，變成了文學研究的至高訴求，這也是我們如今所經常面對的一種情形。」〔註11〕

其實，對文化研究、歷史研究在中國現當代文學研究中的暢通無阻，學界早已經開始了質疑，我們也可以據此認為，「文學性」問題的再次提上議程並非始於 2023 年，它是中國現當代文學始終不斷追問不斷反思的重要結果。2004 年，還在上一次由文藝理論界開啟的「文學性終結與擴散」討論進行得如火如荼之際，就有現代文學學者提出了質疑：「到處只見某種讖緯式的政治暗示與政治想像的話語大流行，文學研究重新成為翻烙餅式的一個階段對另一個階段的簡單否定，其自身的根基與連續性蕩然無存。」〔註12〕這裡提出的「自身的根基」問題極為重要。

對於跨出文學文本剖析進入歷史、文化與思想領域的趨勢，也有學者一針見血地指出：「人家原來幹本行的可能並不認同外來的闖入者，在他們專業訓練標尺的檢驗下，文學出身的思想史寫作總是難於得到行家的喝彩。這已經是

〔註11〕張清華：《為何要重提「文學性研究」》，《當代文壇》2023 年第 1 期。
〔註12〕郜元寶：《「價值」的大小與「白心」的有無——也談現代文學研究新空間的開創》，《中國現代文學研究叢刊》2004 年第 1 期。

近年來學界的一種景觀。」〔註13〕在這裡,學者陳曉明的介入和反省特別值得我們注意。他原本是文藝理論專業出身,很早就廣泛閱讀了西方後現代論著,又是新世紀之初「文學性終結」討論的重要參與者。有意思的在於,他的學術領域卻在後來轉入了中國當代文學,從西方文藝理論的引進到中國文學現象的進入,會如何塑形我們自己的文學思想呢?我注意到,越到後來,對文學現象本身的看重越是成為了他的選擇:「文學史敘事,根本方法還是回到對文學作品文本的解釋,『歷史化』還是要還原到文學文本可理解的具體的美學層面。終歸我們要回到文本。」〔註14〕

在以上的案例中,我們似乎可以梳理出中國當代學術的一種可能:當我們的目光回到文學的現象本身,他者的理論流行不再是左右我們判斷的標尺,那麼「文學性」的問題就首先還是一個現象學的問題,是現當代中國文學發生發展的歷史現象要求我們提出匹配性的解釋和說明,而不是移用其他的理論範式當作我們思想操練的工具。

三

現象學的考察,就是通過「直接的認識」描述現象的研究方法,即通過回到原始的意識現象,描述和分析觀念(包括本質的觀念、範疇)的形成過程,獲得研究對象的實在性的明證,它反對的就是從現象之外的抽象的觀念出發來判定現象。中國文學的「文學性」有無、界限、範圍不能根據西方文學理論的觀念加以認定,它應該由中國文學發展的歷史現象來自我呈現。在回顧、總結「文學性」的討論之時,已經有文藝理論的學者提出了這樣的猜想:「可以肯定,解構主義所揭示的文學向非文學擴張的趨勢,並非文學恒常的、惟一的、不變的價值取向,毋寧說這只是一種權宜之計,而不是長久之計。這一取向的形成固然取決於文學自身性質的常數,同時也取決於文學外部意向的變數。解構主義提出的『文學性』問題乃是一個後現代神話,與特定的時代、環境、習俗和風尚對於文學的需要、看法和評價相連,這與另一種『文學性』在當年俄國形式主義手中的情況並無二致。因此解構主義所倡導的文學擴張並非普遍的常規、永恆的公理,指不定哪天外部對文學的需要、看法和評價變了,文學與非文學的關係又會呈現出另一種格局、另一種景象。」〔註15〕這種開放的文學

〔註13〕溫儒敏:《談談困擾現代文學研究的幾個問題》,《文學評論》2007年第2期。
〔註14〕陳曉明:《中國當代文學主潮》,第22頁,北京大學出版社2009年。
〔註15〕姚文放:《「文學性」問題與文學本質再認識——以兩種「文學性」為例》,《中

性認知其實就是對文學現象的一種尊重，它提醒我們有必要將結論預留給歷史發展的無限的可能，文學性定義的可能性將以文學歷史的豐富現象為基礎。

沿著這樣的現象學考察方式，我認為「文學性」的問題起碼可以有這樣幾個破解之道。

其一，文學寫作者的情志和趣味始終流動不居，他們與讀者的互動持續不斷，因此事實上就一定會有各種各樣的「文學」誕生。我這裡並不是指文學在風格上的多姿多彩，這樣的現象當然無需贅述，我說的就是完全可能存在一種針鋒相對的「文學性」──在某些時代完全不能接受的形態也可能在另外的時代堂皇登上文學的殿堂。例如我們又俗又白的初期白話新詩在國學大師黃侃教授眼中不過就是「驢鳴狗吠」，豈能載入史冊，然而歷史的事實卻最後顛覆了黃侃教授的文學觀，淺白的新詩開闢了一個全新的時代，被以後一百年的中國讀者奉為經典。那麼，中國新詩是不是從此步上了一條淺白之路呢？也並非如此，胡適等人的嘗試很快就遭到象徵派詩人的痛斥，新一代的詩人決心視胡適為「中國新詩最大的罪人」，另走他途，完成中國新詩的藝術化建構，從新月派、象徵派到現代派，中西詩歌合璧，新詩的審美改弦更張，一直到二十世紀末，這條看似理所當然的藝術構建之路又一次遭遇挑戰，新的俗與白捲土重來，口語詩已經成為時代不可抗拒的存在，公然與高雅深邃的知識分子寫作分庭抗禮，其詩歌美學與藝術標準也日益成熟，在很大範圍內傳播、壯大，衝擊著我們業已習慣的文學定理。這就是文學的流動性。其實，所謂的「文學性」本身就一直在流動之中，等待我們──作者與讀者不斷賦予它嶄新的內容。

其二，既然歷史上「文學」現象層出不窮，千變萬化，作為文學的研究者，我們已經不可能再將「文學」限定於某一規範形態的樣板了。正如古代中國長期秉持「雜文學」的觀念，而與近代西方的「純文學」觀念判然有別，近代中國引入西方的「純文學」理想，實現了文學理念的自我更新，然而，歷史發展的需要卻又讓超出「純粹」的文學持續生長，例如魯迅雜文。晚清民初的魯迅，曾經是純文學理想積極的倡導者，力陳「由純文學上言之，則以一切美術之本質，皆在使觀聽之人，為之興感怡悅。文章為美術之一，質當亦然，與個人暨邦國之存，無所繫屬，實利離盡，究理弗存。」〔註16〕然而，人生體驗與現實

國社會科學》2006 年第 5 期。

〔註16〕 魯迅：《墳·摩羅詩力說》，《魯迅全集》第 1 卷，第 71 頁，人民文學出版社 1981 年。

思想的發展卻讓魯迅越來越走到了「純文學」之外，在雜言雜感的形式中自由表達，道出的是自我否定的選擇：「我以為如果藝術之宮裏有這麼麻煩的禁令，倒不如不進去；還是站在沙漠上，看看飛沙走石，樂則大笑，悲則大叫，憤則大罵，即使被沙礫打得遍身粗糙，頭破血流，而時時撫摩自己的凝血，覺得若有花紋，也未必不及跟著中國的文士們去陪莎士比亞吃黃油麵包之有趣。」〔註17〕他越來越強調自己的雜文和那些所謂「藝術」、「文藝」、「文學」、「創作」等等毫不相干。面對這樣變化多端的文學現象，任何執於一端的文學定義都是狹隘無比的，我們只能如 1918 年的文學史家謝无量一樣，順勢而為，及時調整自己的「文學」概念，在「大文學」的視野上保持理論的容量。

其三，我們對「文學性」變量的如此強調並不是一種巧滑的託辭，而是可以具體定性和描述的存在。對於中國新文學而言，百年前的「新青年」羅家倫所作的界定依然具有寬泛的有效性。在他看來，文學就是「人生的表現和批評，從最好的思想裏寫下來的，有想像，有感情，有體裁，有合於藝術的組織」〔註18〕。這樣一種寬泛的描述其實就包含了一種開放的、流動的文學屬性，晚清魯迅理想中的純文學——「摩羅詩」具有文學性，民國魯迅固執己見的雜文學也具有文學性，因為它們都是「人生的表現和批評」；同樣，無論是典雅的知識分子寫作還是粗獷的民間口語寫作，都可以假借想像、情感和體裁建構「藝術的組織」。

其四，既然「文學性」可以在歷史的流動中賦予具體的內容和形式，那麼有力量的文學研究也就完全有信心取法別的學科，包括文化研究與歷史研究。何以能夠做到取法他者而又不被他人吞沒呢？我想，這裡的關鍵就在於我們不是因為取法文化研究而讓文學成了文化現象的注腳，也不是因為借鑒歷史研究而讓文學淪為了歷史運動的材料，我們必須借助豐富的文化考察接通文學精神再塑形的內涵，就是說在文學研究的方向上，社會文化的內涵並不是現實問題的說明而是文學精神的一種組成方式，不同的社會文化內涵其實形成了文學精神的深刻差異，挖掘這樣的精神才能真正抵達文學的深處，正如不能洞察佛家文化之於魯迅的存在就無從體味他蘊藏在尖刻銳利之中的悲天憫人，不能剖析現代金融文化之於茅盾的存在也無從感受他潛伏於心的對於現

〔註17〕 魯迅：《華蓋集‧題記》，《魯迅全集》第 3 卷，第 4 頁，人民文學出版社 1981年。

〔註18〕 羅家倫：《什麼是文學——文學的界說》，1919 年 2 月《新潮》第 1 卷第 2 號。

代都市文明的由衷的激情。在另外一方面，所謂的「文學性」也的確不僅僅是詞語自身的組合與運動，甚至也不純然是個人話語方式的權力顯現，它也是綜合性的社會文化的結果，對於現代中國文學而言，尤其包括了國家—民族力量全面的作用。在這個意義上，也是在文化研究和歷史文獻的輔助下，我們才可以更加準確地把握和認定種種國家—民族之於文學話語的塑造功能，例如爭取國家獨立、民族解放的自由話語，受制於威權統治的話語定型和個人表達的騰挪、閃避、隱晦修辭等等，總之，文化研究與歷史研究可望繼續為文學語言的定性提供思路和啟示，在這裡，至關緊要的不是文學研究與文化研究、歷史研究爭奪空間，而是它們的聯手與結合，當然，這是在努力辨析文學的藝術個性方向上的對話與合作，最終抵達的是藝術表達的深度。

詩之書，或一個時代的詩學(代序)

李商雨

　　這是一本詩之書。在當代詩歌史上，還沒有這樣一本書：它從頭至尾，都是關於詩的。就像納博科夫那樣，柏樺可以稱得上是一位文體家。他幾乎每寫一篇文章或一首詩，必定要求和自己以往的不同。就這本書而言，柏樺又是一個獨創。這本書的一半是文，一半是詩；即便是文，也全部是有關詩的文。它既有史料性，也有知識性、審美性，然而最終，它卻是一本文體特徵模糊的關於詩的書。可以這麼說，它遠不止是一部最早的「第三代詩歌」的文學史，更重要的是，它深入地揭示了自從「今天派」以後，漢語詩歌如何對「今天派」和朦朧詩實現了超越，並且柏樺以最無私、最誠摯的方式，道出了自己寫作的詩學秘密。這些秘密包括了作者自童年以來的與寫作相關的人生經驗，他的眾多詩篇產生的重要的詩學背景，他的那些看似簡單實則複雜的詩藝。而且，這些詩藝，本身就是他的詩學的重要組成部分。相較於之前的版本，眼前這本書〔註1〕，與其說是一部「第三代詩歌」史，不如說是一部柏樺詩歌寫作的詩學闡釋。

　　二十年前，張棗曾說，柏樺是「八十年代『後朦朧詩』最傑出的詩人」，就像「北島是早期『朦朧詩』的主要代表」那樣。〔註2〕這話沒有任何問題。然而，如果撇開詩人身上的代際標籤，以當下視角來考察詩歌史，也許我們有必要重新認識柏樺和他的詩歌。從 1981 年 10 月柏樺寫下《表達》這首詩以後，他就成為一位當代新詩史上劃時代的詩人，他的重要性首先是由這首詩決

〔註1〕「眼前這本書」指的是這一版。該書的版本問題，下文加以討論。
〔註2〕張棗：《銷魂》，《張棗隨筆集》，人民文學出版社 2012 年版，第 28~29 頁。

定的，其次才是他那些優秀而奇特的詩篇。這一個簡單的事實，以前卻沒有人專門指出過。

《表達》一詩，不管放在當代詩歌史，還是放在整個新詩史，都一樣舉足輕重。從這首詩誕生以後，當代詩歌很快成為了另一種樣子：它有別於此前的「今天派」和朦朧詩，更有別於「十七年」文學以來的政治抒情詩。《表達》開啟了一個詩歌寫作的非歷史化時代，自那以後，相對於詩歌的倫理學因素，詩歌寫作的審美性佔據了第一位，而之前是相反。80年代中期，「第三代詩歌」崛起，從寫作時間看，柏樺是第三代詩歌的第一人，其標誌就是《表達》的問世。就柏樺本人而言，《表達》一詩為他一生的寫作定下了基調。在書中，柏樺講到詩人楊鍵的一句話，給我留下了深刻的印象。楊鍵跟他說：「《表達》這首詩包含了你一生的命運。」〔註3〕這個斷語說得很好，然而，《表達》似乎並不全然包含了柏樺本人的命運，它也包含了一個時代詩歌的命運甚至未來。它就此開始了一種相較於以往（自1917年以來）完全不同的全新的新詩寫作範式，四十年來，歷史證明了這一點，當然也會繼續證明這點：詩歌寫作範式的決定力量。希望我的話不會被認為大而無當，在這篇文章中，我試著通過柏樺這本書，以及他四十年來的詩歌寫作，來對上述看法作簡單說明和論證。

一、圍繞版本問題的一些話

關於這本書，首先面對的是版本問題。上世紀90年代中期，詩壇秘密流傳著一本奇書——《左邊：毛澤東時代的抒情詩人》。當時很多人聽過這個名字，但很難一睹真容。造成這種情況出現的原因主要是傳播的問題。

柏樺在寫完《左邊》以後，並未立即發表和出版，直到1996年，書稿全文在《西藏文學》雜誌全文刊載。考慮到《西藏文學》並不是一份讀者容易見到的刊物，加上當時也沒有互聯網，更沒有諸如知網這樣的期刊文獻數據庫，因此，對於許多讀者而言，《左邊》只能成為「江湖」傳說。2001年，《左邊》由香港牛津大學出版社出版，這是它第一次以單行本出版，然而由於出版社的原因，對於內地讀者而言，《左邊》依舊猶抱琵琶半遮面。

2005年，洪子誠《中國當代新詩史》（增訂本）由北京大學出版，該書在涉及到80年代以來的先鋒詩歌部分，大量援引了《左邊》一書的內容，這也說明了它的巨大的文獻價值。這為它在學界傳播奠定了基礎。2008年，《青年

〔註3〕見本書第二卷「廣州（1978～1982）」第八節「表達」。

作家》雜誌社全文刊發了《左邊》的六卷本。新的版本在原來五卷本的基礎上加了「第六卷 92 之後：詩歌風水在江南」。翌年由江蘇文藝出版社出版的《左邊》就是這個版本，因而，這個「六卷本」也成為中國大陸通行的本子。

十多年過去了，對於柏樺而言，生命的歷程發生了太多太大的變化，他的寫作也發生了根本變化，——而且，相對於以前，時代又不同了！——因而，對《左邊》重新修訂也成為了必要。

在牛津版序言裏，張棗曾說到柏樺停止寫作一事：「九十年代始，局勢突變，柏樺所謂的那個『毛澤東時代』收尾，我們每個人都墜進了各自的深淵裏，忙於自救，終於，『是什麼東西讓人受不了』（柏樺《自由》），他擱筆了。」進而，張棗說：「憑我們親密的友情，萬里之外的我當時能去阻止他，並試著逆轉他嗎？我為什麼沒去做，甚至沒有察覺到他擱筆的決心呢？這種自責時常又被一個反問解釋：生活如此廣闊，人為何一定只有寫詩呢？」〔註4〕張棗這番推心置腹的言語，包含了很多的遺憾，而且還有沉痛的成分。2007 年 6 月初，柏樺完成了他的《水繪仙侶》，並於 2008 年由東方出版社出版。這似乎標誌著柏樺寫作的恢復。而促成他更大決心繼續寫作的因緣，竟是張棗的去世。2010 年 3 月 8 日，張棗在德國病逝，這對柏樺的衝擊是海嘯級的。也就是那以後，他真正開始了人生第二階段的寫作。

但是，我們在看待柏樺這個階段的寫作的時候，依然不能忽略時代因素，就像他在進入 90 年代以後停止寫作那樣。2010 年以來，中國社會發生了驚人的變化，國家 GDP 在這一時期完成了對日本的超越，互聯網作為詩歌重要的傳播手段和途徑，已經由最初的臺式電腦普及到智慧手機。對於中國詩歌來說，這是一個前所未有的全新時代。這十年，柏樺在詩歌寫作方面可謂驚人。在上世紀 80 年代，他可能是中國重要詩人裏寫詩最少的那一個，那一時期的詩歌，那些讓人激動、熱血燃燒的詩篇，加起來全部也就幾十首。這幾十首詩，幾乎全部收錄在他 1988 年由灕江出版社出版的一本薄薄的詩集《表達》裏。

詩集《表達》出版後，接下來是近乎沈寂的二十年。2010 年重新開始寫作後，柏樺的寫作單從體量來說，他可能是 21 世紀 10 年代寫詩最多的、體量最大的中國詩人，因而也是最為勤奮的詩人。這十年裏，他到底寫了多少首詩歌，估計連他本人也沒有一個確切數字。有意思的是，這與他 80 年代的寫作正好形成了鮮明對照。這是兩個極端。傳奇都是帶有極端色彩的——這本身就

〔註4〕張棗：《銷魂》，《張棗隨筆集》，人民文學出版社 2012 年版，第 27 頁。

是一個傳奇。

　　柏樺很早的時候，就確立了他的「詩觀」。他一直是一位善於總結自己寫作的詩人，通過這種總結，他的那種具有標識性的詩歌得以生成。他總結的過程，也是詩藝的自我訓練過程。這幾乎是每一個優秀詩人必須具有的品質。「晚節漸於詩律細」，就是杜甫的不斷總結和自我訓練。

　　最早能夠看到柏樺的早期的詩觀，是在老木編輯的《青年詩人談詩》〔註5〕這篇短文後來經過修改，收錄到《左邊》的諸版本中。如果我們聯繫到柏樺幾十年的寫作會發現，他的詩歌中有一種一以貫之的東西，比如他在《我的詩觀》裏說：「詩和生命的節律一樣在呼吸裏自然形成，一當它形成某種氛圍，文學就變得模糊並溶入某種氣息或聲音。此時，詩歌企圖去作一次僥倖的超越，並藉此接近自然的純粹，但連最偉大的詩歌也很難抵達這種純粹。」〔註6〕這段話，包含了柏樺對詩歌的根本性理解，或者說，早在80年代，柏樺已經將呼吸、聲音等作為詩歌的本體化的因素，並以此形成自己的非歷史化的生命詩學。聯繫柏樺寫作的兩個階段可知，這些因素在他的詩歌中佔據了核心地位，這成為他追求詩歌純粹性的根本動力。同時，我們也很容易將他詩歌的另一個因素「表達」與「呼吸」放在一起觀照。這也可以回答柏樺何以在2021年考慮重新寫作《左邊》，並且作出一個大膽的決定──將書名從「左邊」改為「表達」。

　　如果我們對「左邊」稍有瞭解，就會知道這個名字對柏樺本人而言的重要意義。正如本文之前指出的那樣，它在中國詩壇始終是個傳奇式的存在。而且，從文學史的角度看，《左邊》一書，是被公認為最早的「第三代詩歌」史。而正因此，「左邊」在一定意義上成為了柏樺的「文化資本」。現如今，他對這個名字的放棄，並不僅僅是由於書中所寫的那個「後毛時代」已經遠去，在新的以「表達：一個時代抒情的呼吸」命名的書裏，柏樺對《左邊：毛澤東時代的抒情詩人》所作的調整，已經使得它作為文學史的色彩大大弱化了，而服膺於詩學的文字大幅度加強。

　　另外，新版書中，柏樺更是加大了「友情」的篇幅，這體現在本書的第三

〔註5〕參見老木編：《青年詩人談詩》（民刊），北京大學出版社五四文學社1985年，第145～147頁。

〔註6〕柏樺：《我的詩觀》，老木編：《青年詩人談詩》（民刊），北京大學出版社五四文學社1985年，第146頁。

卷「重慶（1982～1986）」中加大了張棗的字數。柏樺與張棗的友情早已為詩
壇熟知，二人在詩歌觀念上的「聲氣相投」乃是其成為密友的前提和基礎。正
因此，柏樺對張棗的書寫，一者可以理解為對二人友情的紀念，二者也是借助
張棗的詩學，與之形成詩歌和詩學上的互文性。

　　張棗幾乎佔據本書將近一卷的篇幅。在 2009 年江蘇文藝版本的《左邊》，
這一卷一共有三節內容，而這次修訂，柏樺不但將這三節進行了擴充，而且又
增加了第四節「逝去的甜」。這種對張棗的「偏愛」，簡直可以拿《水滸傳》的
作者偏愛武松來對比。張棗相關的章節，就是《表達》中的「武十回」。拿該
卷的第一節來看，張棗的出場，也頗有《水滸傳》的味道：「仍然在武繼平的
介紹下，在這天中午我第一次見到了張棗，這位剛從長沙考來四川外語學院英
語系的研究生。」而後柏樺在敘事上使用了一個「欲擒故縱」的方法，詳細地
寫了他與張棗在結識之處的戲劇性。他們由於「誤解」而差點擦肩而過，但最
後終於成為了彼此生命中最重要的朋友。這種寫法，很容易在中國的古典小說
——如《三國演義》《水滸傳》——中見到。

　　在「重慶（1982～1986）」這一卷中新加入的第四節「逝去的甜」部分，
柏樺則寫了張棗病逝以後的情形，是對張棗的追悼和蓋棺定論。柏樺總結了張
棗的文學生涯，對張棗的詩歌進行了定性評價，他指出：「頹廢之甜才是文學
的瑰寶，因唯有它才如此絢麗精緻地心疼光景和與生命的消逝。今天，我已有
一種預感，『輕與甜』將是未來文學的方向，而張棗早就以其青春之『輕』走
在了我們前面好遠了。」「張棗所顯出的詩歌天賦的確是過於罕見了，他『化
歐化古』、精美絕倫，簡直堪稱卞之琳再世，但在頹廢唯美及古典漢語的『銳
感』向現代敏感性的轉換上又完全超過了卞之琳。」〔註7〕值得注意的是，柏
樺指出，張棗詩歌中的「輕與甜」與未來漢語文學的關聯。這除了讓人想起卡
爾維諾在《美國講稿》中對人類未來文學的期待，同時它也與柏樺，包括整體
意義上的「第三代詩歌」在詩學上保持了一貫性。要知道，「輕與甜」放在整
個百年新詩的框架內，是詩歌主流的逸出，是對文學歷史化的、「民族寓言」
化的說不，它的本質就是「非歷史化」。不但張棗，其實包括柏樺，乃至整體
意義上的「第三代詩歌」都大致體現出了這個特點。

　　這個新版的《左邊》，其實已經不能再稱它為「左邊」，它一方面弱化了它
原本的文學史色彩，——同時也弱化了「後毛時代」這個時代特點——一方面

〔註7〕見本書第三卷「重慶（1982～1986）」第九節「逝去的甜」。

強化了柏樺個人的詩學，柏樺將更多的筆墨放在了對他的諸多奇特而有趣的詩篇的「揭秘」和破解上，以及對個人詩學的言說上，即便他寫到諸如張棗等人，也是與詩歌和詩學有直接聯繫。鑒於版本特徵，將書名更改為「表達」更為妥帖。

二、「表達」：劃時代的寫作

每一個傑出的詩人，都會有他專屬的關鍵詞，因為那些質素，就是他的面孔，是屬於「他的」，是當代的、後世的讀者用以辨認的、最具標識性的特徵。即便抹去作者姓名，讀者依舊可以輕易辨識。這不僅僅是風格問題，而是比風格更加本質化的強力存在，它直接就是作家本人的人生和命運。

新時期以來，其詩歌具有清晰面孔的詩人很少，可能不會超過十個人。北島是這樣的詩人，柏樺也是。北島的詩歌關鍵詞是「回答」，是「雨夜」，這使得北島的詩歌具有高度辨識度，不管是「回答」還是「雨夜」，都包含了強烈的「民族寓言」特徵。「表達」就是柏樺詩歌最主要的關鍵詞。柏樺說：「表達」「是一個詩人的核心」，「表達即言說，無論多麼困難；即抒情，無論多麼迷離；即向前，無論多麼險峻；即返回，無論多麼古老」。他繼續補充說：「一首詩應該軟弱而美，像一個人或光陰，悄然觸動又悄然流逝……」〔註8〕這是柏樺對《表達》一詩的自我「表達」，也是這首詩寫出四十年後（1981～2021）柏樺對其寫作生涯的回顧和總結。詩歌就是表達，就是言說，就是抒情，就是向前，就是返回；詩歌應該是軟弱而美的，不是有力的，也不關思想是否深刻。

回到柏樺寫作《表達》的年代，以一種文學史的眼光來看這首詩，也許我們可以更清楚地看到這首詩的價值，畢竟已經四十年了。寫下這首詩時，柏樺還是廣州外語學院英文系的一名本科生。四十年，我們已經不僅僅在談當下，而是在談文學史。

這首詩對柏樺而言，是他的出道之作，然而正如張愛玲在四十年代初一樣，出道即巔峰，此後都在這個巔峰的高度上。很多人——包括很多重要詩人——的寫作都經歷過漫長的學徒期，五年、十年，或許更長。但天才的出道卻是橫空出世，是一個傳奇。柏樺的學徒期特別短，短到可以忽略。柏樺從1980年4月開始學習寫詩，距離他寫出《表達》一詩僅僅相隔了一年半。這期間，到底發生了什麼？

〔註8〕見本書第二卷「廣州（1978～1982）」第八節「表達」。

　　1981 年 5 月，柏樺口袋裏揣著兩包廉價的「豐收」牌香煙去拜謁當時任教於廣州外語學院法語系教授梁宗岱。在此之前，柏樺對梁宗岱老人並不瞭解，「幾乎一無所知」。他只是想要去「尋找導師」，詩歌方面的導師。這是年輕人常常喜歡做的事情，但柏樺回想起來，總覺得神秘。他說：「首先是卞之琳在《世界文學》上簡短地提到他的名字，然後是『梁宗岱』這三個字讓我本能地產生了一種預兆般的親近。或許正在正在發狂寫詩的我需要去親近一個偉大而隱逸的導師，……」〔註 9〕

　　對年輕的柏樺來說，這次不同尋常的拜訪，給他帶來了寫作生涯一個至高的起點。他說：「那一夜，我敢說我先於所有中國青年詩人走進了梁宗岱的心，一個單純、樸素而又驕傲的心。這是我的幸福！我的注定！是誰安排了我與他做這最後的通靈，那一閃即逝的我們的通靈……」〔註 10〕此後，柏樺形成了他最初的詩觀：「人生來就抱有一個單純的抗拒死亡的願望，也許正因為這種強烈的願望才誕生了詩歌。」〔註 11〕這是柏樺個人的最早的詩觀。它表明了詩歌寫作，就是為了抗拒死亡，而不是某個抽象而龐大的東西。前者是個人化的，它落實到個體的生命，而後者則與之相反，它可能是政治、歷史、思想、意識形態等。生命，是個人的生命，但也是普遍的生命，是每一個人的生命──人之為人，是因為他有生命，他只為了這個生命活著，這是最直接的，是詩歌所面對的最根本的東西，是美得以生長的根基。

　　因此，最初從梁宗岱那裡獲得的通靈，轉而成為一種詩歌寫作時的驕傲，這個驕傲注定了他不會追隨當時主流的詩歌進行寫作。梁宗岱的那種對文學史的不屑一顧，客觀上也激勵了柏樺不需要按照當時流行的「今天派」或朦朧詩的寫法去寫，他只需要寫他自己認為應該寫的就可以了：那就是，詩歌的誕生是為了抗拒死亡，這種最根本的願望，讓詩歌與生命直接關聯。柏樺從梁宗岱那裡所獲得的，除了詩學上的影響，更重要的是梁宗岱對「權威」（文學史）的蔑視。而這一點，從精神上徹底解放了柏樺，使他獲得自由成為可能──「表達」的自由。

　　縱觀這本書，它從頭到尾地體現了一種根本的精神：叛逆。它有著對所有對「自由」和生命構成約束的規則的叛逆，對所有所謂「正確」的叛逆。這種

〔註 9〕見本書第二卷「廣州（1978～1982）」第九節「去見梁宗岱」。
〔註 10〕見本書第二卷「廣州（1978～1982）」第九節「去見梁宗岱。
〔註 11〕見本書第二卷「廣州（1978～1982）」第十節「我的早期詩觀」。

精神的徹底性，簡直讓人吃驚。在當代詩歌史中，我們找不到這樣的詩人。這也注定了柏樺的「表達」是「驚人的」。

不管是「下午」的煩亂，還是偷吃蛋糕，第一次離家出走，在大學宿舍比賽睡覺，大學畢業後無法適應中國科技情報所重慶分所工作，……他的生命中處處在在充滿了不「正確」。而與這種不「正確」相對稱的是「美」。「美」，儼然是他生命的底色，並進而成為他的命運。他要「表達」，就是要將這些表達出來，甚至，連他表達的方式都一定要與別人不同，與時代的主流不同。他一生都在表達，一生都在「反叛」即便他晚近寫的詩歌，也都是「叛逆」的。我之所以稱讚柏樺是一位天才的詩人，原因之一就是這種叛逆的天賦，那幾乎就是源於本能。在這個意義上說，《表達》這首詩的誕生，就是注定的。

《表達》一詩，是他從生命和命運出發，第一次的真正的「表達」，從表達的方式，到表達的內容。這首詩寫於在拜見梁宗岱之後不久，1981 年 10 月，當時柏樺還沒有大學畢業，然而對於當代詩壇而言，「一種可怕的美誕生了」（葉芝）。

關於這首詩，我非常認同張棗的說法：「我們若拈出北島的《回答》（1978年）作為其早起代表作，來比較柏樺的前期力作《表達》（1981年），我們又能看出兩者作為不同的詩學宣言的一種對稱；雖然兩者都是關涉言說的，但一個是外向的，另一個卻內傾；北島更關心言說對社會的感召力，並堅信言說的正確性；柏樺想要的是言說對個人內心的撫慰作用，質疑表達的可能。」〔註12〕這裡，張棗對比了北島和柏樺的兩種「言說」，——其實就是兩種「表達」——北島的《回答》代表了一個時代的詩學。在那一代詩人的觀念裏，詩歌是一種表達個人政治觀念的手段，其核心點是，詩人希冀通過詩歌這一語言文字媒介，與社會發生直接關係。因為他們堅信，這種媒介載體能夠清晰而準確地傳遞出他們想要傳達的信息。因而，這種以北島為代表的「今天派」或朦朧詩的詩歌，將社會倫理提升到最高的地位，至於審美本身，並不是最重要的。布羅茨基有個人皆共知的說法，「人首先是一種美學的生物，其次才是倫理的生物」，〔註13〕詩歌的美學高於倫理學。不過對於北島那個時代的主流詩歌而言，正好與布羅茨基的說法相反。

〔註12〕張棗：《銷魂》，《張棗隨筆集》，人民文學出版社 2012 年版，第 29 頁。
〔註13〕〔美〕布羅茨基：《諾貝爾獎受獎演說》，《文明的孩子：布羅茨基論詩和詩人》，劉文飛譯，中央編譯出版社 1999 年版，第 37 頁。

　　張棗這段話的第二個意思是，柏樺的《表達》和北島的《回答》一樣，都是一種詩學宣言，只是，柏樺的這首詩作為一個詩學宣言，它是對過去時代的詩學的徹底否定，它意味著朦朧詩時代即將結束，新型的詩歌已經誕生。對於朦朧詩而言，這是一種「可怕的美」。它的可怕之處在哪裏？就在於它是新的：新的觀念，新的寫法，新的表達內容，新的詩歌範式。從此以後，中國新詩開啟了一個新的篇章：詩人的寫作的內驅力不再是歷史，而是從生命深處迸發出來的一種東西，這種東西驅動詩人寫作。正如柏樺所說，詩歌誕生的前提是人人都會死亡，正因為要抗拒死亡，抵抗時間，所以才有了詩歌。這無疑是出於一種比基於歷史和政治（也包括反政治）還要重要的動機，它是屬於「人類」這個物種的。正如佛陀因為一大事（教給人了卻生死的方法）而來到閻浮提，詩歌的誕生也是因為人類有生死。因此，對於柏樺而言，如何表達，以及表達的可能性，都成為了詩歌最大的問題。張棗所謂「質疑表達的可能」的意思很明顯，就是語言作為言說的載體，它真的能夠準確地表達生命的內在的東西嗎？

　　這也是柏樺的《表達》一詩的「革命性」的地方。柏樺說：「我要表達一種情緒／一種白色的情緒／這情緒不會說話／你也不能感到它的存在／但它存在／來自另一個星球／只為了今天這個夜晚／才來到這個陌生的世界」這是詩的第一節，它明顯包含了一種宇宙的意識。但同時我們也能感到，柏樺有一種對語言的不信任和無能為力。他要表達的，他真的表達出來了嗎？按柏樺在詩中說的，「我知道這情緒很難表達」他真的很難表達那種感覺。

　　與其說詩人是複雜的，不如說人是複雜的，而語言的言說無能為力。「詩人大於詩歌」，柏樺這麼認為。因為語言所能表達的，只是詩人或人的感受的極小的一部分，甚至無法準確地將那種感受或情緒表達出來。我們可以將自己代入柏樺在 1981 年 10 月的這個夜晚，但我們只能隱約感受到柏樺的感受。那晚，他身體裏湧起一種神秘的宇宙意識，而我們每個人，只要你足夠敏感，都可能有此經歷，但卻同樣無法將它準確呈現在詩中。這生命意識的背後，就是語言表達的無能。

　　柏樺因此產生了對語言表達的質疑：即便是歷史，我們真的能準確地表達嗎？試看：「那些不可言喻的哭聲／中國的兒女在古城下哭泣過／基督忠實的兒女在耶路撒冷哭泣過／千千萬萬的人在廣島死去了／日本人曾哭泣過／那些殉難者，那些懦弱者也哭泣過／可這一切都很難被理解」這些哭泣是什麼？它是歷史。然而，柏樺卻說「這一切都很難被理解」，因為詩歌和歷史的真相

之間，存在著表達的不可能性。詩人所能做的，或許應該是在「表達」上下工夫，而無法滿懷信心地認為自己所寫的那些文字是正確的。所以，在四十年前的那個夜晚，柏樺無奈地哀歎：」一種白色的情緒／一種無法表達的情緒／就在今夜／已經來到這個世界／在我們的視覺之外／在我們的中樞神經裏／靜靜地籠罩著整個宇宙」──雖然這種神秘的宇宙意識降臨了，但是柏樺清晰地感到了，它無法表達。

時隔四十年，我們有可能更清晰地看到《表達》這首詩中文學史中的位置：它是一個開端，它開啟了一個新詩寫作的美學自覺的時代。從 1981 年 10 月柏樺寫下這首詩的那個夜晚開始，一種有別於「今天派」或朦朧詩的寫作誕生了。這是一個標誌。或許，這可以理解何以柏樺在這本書中，如此看重去拜謁梁宗岱的那個夜晚的經歷。那次去見梁宗岱，直接促成了幾個月後柏樺寫下這首詩。而這首詩的誕生，標誌說一種新的詩歌誕生了。

這種新的詩歌就是「後朦朧詩」或「第三代詩歌」。順便插一句，關於這兩個詩歌史概念，本文不打算過多討論，我僅指出一點：幾十年來，詩歌史在概念的使用上，往往夾纏不清。造成這種情況的原因有很多原因，而在我認為，使用「第三代詩歌」應該比這個「後朦朧詩」更準確一些。不過可以肯定的一點是，《表達》之後，當代詩歌迎來了一場根本性變革，它「從一開始就是一場以純美學變革為內涵的運動」。〔註14〕柏樺是這場變革的第一人。這樣看，也就不難發現，《表達》一詩的劃時代意義。

柏樺是一位劃時代的詩人，他率先結束了那種「白夜」式的詩歌寫作方式，一改以往「民族寓言」式寫作，使得詩歌由以往的對歷史發言，表達詩人的政治（或反政治）觀點，轉向了表達本身，以及表達的非歷史化。張棗有一篇著名的文章《朝向語言風景的危險旅行──中國當代詩歌的元詩結構和寫者姿態》，〔註15〕即以柏樺《表達》一詩，詳細論述了當代詩歌中的這種轉向，並以這種轉向作為闡發他的元詩理論的依據。

張棗所說的「元詩」（metapoetry），指的是「詩歌的形而上學」，也即「關於詩本身的」詩，它重在「如何發明一種言說」，〔註16〕是關於如何言說／表

〔註14〕張棗：《銷魂》，《張棗隨筆集》，人民文學出版社 2012 年版，第 28 頁。
〔註15〕參見張棗：《張棗隨筆集》，人民文學出版社 2012 年版，第 170～192 頁。
〔註16〕張棗：《朝向語言風景的危險旅行──中國當代詩歌的元詩結構和寫者姿態》，人民文學出版社 2012 年版，第 174 頁。

達的問題。而《表達》一詩，無疑是張棗「元詩」說的直接促成因素。當以往的詩歌對社會發言已經成為可疑，那麼，詩歌的重心轉向言說（如何表達）也就是題中應有之義了。它起源於對語言所指的不信任，現在，它希望以能指為核心，強調「寫作」本身，以此解決「表達」的問題。

事實表明，「第三代詩歌」也就是圍繞著「怎麼寫」和「非歷史化」展開的。中國詩歌從此進入了現代化的最重要的一環。為了這一天的到來，歷史等待了六十多年（1917年～1981年）。李歐梵在論述20世紀中國歷史與文學的現代性問題時曾說，「正是歷史現代性……不允許以藝術現代主義的形式對自身做出徹底覺醒的反抗」，這種情況一直持續到1985年。〔註17〕其實，從中國詩歌的現代化角度來看，這個時間還可以朝前推到柏樺寫下《表達》這首詩的1981年。因此，柏樺的這首詩和張棗的「元詩」理論，就應該視為中國新詩現代化的最重要的組成部分之一。

《表達》一詩，在此意義上，就是一個「宣言」，它不但宣布中國的詩歌進入了一個與世界詩歌同步的時期，也告別了自從1917年以來，中國新詩充當表達政治觀點、進行政治抒情的時期。中國新詩與「民族寓言」式的「白夜」寫作決裂了。接下來，中國詩歌進入了這樣的一個新階段：一個方向是朝向語言的本體化挺進，一個方向是從歷史退出的前提下，日常生活進入了詩歌。這兩個方向是重疊的，但各有側重。比如，「非非主義」側重前者，而南京的「他們」則側重於後者。而柏樺的寫作，這一定程度上說，就二者取了一個不偏不倚的中間方向，這在他此後的寫作中可以很明顯地看到這一點。

以上的兩點，無論如何側重和取捨，但都有一個共同點，那就是詩歌的非歷史化。讓詩歌回到詩歌，或者說，讓寫作從詩出發，也就具足了條件。歷史從詩歌中退場，日常生活開始真正地進入了詩歌。

三、抒情的本質化

中國詩歌在進入1980年代中期以後，抒情成了一個需要面對而且必須解決的問題。詩壇上後來流行的「反抒情」、「冷抒情」，很多人沒有搞明白它們產生的詩學的和詩歌史的背景。為什麼抒情在這幾十年裏成了一個人人喊打的過街老鼠？這其實還是要追溯到長期來的政治抒情詩。這是一個很大的問

〔註17〕李歐梵：《二十世紀中國歷史與文學的現代性及其問題》，季進編：《李歐梵論中國現代文學》，上海三聯書店出版社2009年版，第34頁。

題，這裡不便展開，僅指出一個根本原因：歷史意識在詩歌中的長期存在。這裡的「歷史意識」是有特指的，從根本上說，它是 20 世紀中國的主流思想——「進步論」——導致的，同時，它與「民族寓言」的文學觀也有很深的淵源。在「今天派」和朦朧詩之前，中國的政治抒情詩很明顯地體現了一種假大空的特點。而在「今天派」和朦朧詩那裡，則明顯地體現出了「民族寓言」的特點，「今天派」和朦朧詩總體而言是一種「薩米茲達特」（Samizdat）式的新抒情主義。比如北島的《回答》和《雨夜》。所謂「薩米茲達特」式的抒情，指的是「一種對抗式的強力寫作，即個體之情對抗極權之情的寫作」，「極權主義本質上是一股巨大的集體情感力量，反抗者必須有足夠強大的個人情感力量，才得以與之抗衡，這是一種以個人之情反饋集體之情的激烈、強烈的抒情」。〔註18〕但追根究底，透過「薩米茲達特」式的抒情，還是依稀能夠看到「進步論」的影子。那個時代最優秀的詩人，都有一種政治情懷，他們對政治、對歷史發言，他們的詩歌具有強烈的「熱」抒情的特點。這種「薩米茲達特」式的「熱」抒情，也只是表達對抗情感的需要，並非是詩歌的本質。

　　然而，就在柏樺寫下《表達》一詩的那一刻，意味著一種比「薩米茲達特」式的抒情更新的抒情出現了。正如大家所熟知的，1982 年，于堅寫下了《羅家生》，1983 年，韓東寫下了《有關大雁塔》，眾多的詩人選擇了放棄在詩歌中正面對抗，而選擇了個人化的表達，到 1980 年代中期一場新詩史上最偉大的轟轟烈烈的美學變革全面展開。

　　當時的柏樺那一時期正「沉湎於發明一種新頹廢，來點染寫作衝動和青春的苦悶」，〔註19〕正是這種「新頹廢」，體現在詩歌中，就是極端的個人化的、以生命和詩為出發點的抒情，它完全有別於「民族寓言」式的寫作。而柏樺的「新頹廢」，也是根源於生命對各種「正確」的反對。柏樺的一生都在反對，都在叛逆，都在偏移。只是，他不是為了反對而反對，而是生命在這個充滿了規則和「正確」的世界上的自然表現。

　　早在寫出《表達》之前，他就早已過起了一種頹廢生活。這可能是來自他「內心的反抗」，他說：「我內心的反抗是我三十歲以前的一貫主題。」〔註20〕

〔註18〕柏樺：《從〈白夜〉到〈雨夜〉——一種「薩米茲達特」（Samizdat）式的新抒情主義》，載《東吳學術》2012 年第 6 期。
〔註19〕張棗：《銷魂》，《張棗隨筆集》，人民文學出版社 2012 年版，第 28 頁。
〔註20〕見本書第二卷「廣州（1978～1982）」第一節「讀書與瞌睡」。

大學時期，他的頹廢表現在抽煙、比賽睡覺、反對「學習」，這些日常化的行為近似一種美學實踐在他的大學宿舍裏瘋狂進行。尤其是睡覺，讓那時的柏樺享受到了天堂般的快樂。非常明顯，這種出於「內向的反抗」的頹廢和「民族寓言」已經沒有任何瓜葛了，甚至，他已經徹底和那個時代的詩歌脫軌。韓東在一篇文章中回想他在 1983 年寫作《有關大雁塔》的時候，說到他身邊很多人都有英雄的夢想，而韓東也在這首詩的初稿中，寫出了那種英雄夢，只不過在定稿的時候，韓東那那一節刪掉了。〔註21〕以此，《有關大雁塔》也同樣成為了一首劃時代的詩歌。可以見到，當時的詩歌氛圍就是人人都有個英雄夢。而柏樺沒有，他從上大學時──甚至我們可以追溯到他的童年──就沒有這個夢想。他從來都沒有融入過所謂的「時代」。

柏樺的頹廢是快樂，也是逸樂。早年的頹廢，在 2008 年被他提煉成「逸樂」。〔註22〕逸樂是一種抒情方式，所以它是美學的，詩的。他不再寫痛苦，因為痛苦，在中國已經成為個人在歷史中遭遇不幸的感情，一旦寫出，詩歌就變成「白夜」式的、「民族寓言」式的。逸樂作為一種詩歌觀念，對柏樺而言是個必然。如果細察，從他寫作《表達》的那一天就注定了。而在其早期的一些詩歌中，比如《抒情詩一首》《夏天還很遠》《惟有舊日子帶給我們幸福》，都包含有逸樂的基因。而他寫於 1990 年代中期的《山水手記》，更是直接預示了逸樂詩觀的出現。「逸樂」是一種和「白夜」式的抒情遙相對稱的抒情方式，它明確地剔除了「民族寓言」的色彩。如果說「民族寓言」包含的是一種「歷史意識」，那「逸樂」所包含的就是「身體意識」、「生命意識」。

本書中，柏樺還引用了白居易《秋雨夜眠》一詩，並認為這種具有頹廢特點的逸樂，在「古老的中國文化中是有著深厚傳統底蘊的」。〔註23〕以此，可以看到，柏樺的抒情，是一種非歷史化的抒情。抒情在他的詩歌裏，是與生命聯繫在一起的，是本質化的存在。

這種本質化是指向身體，指向生命，在更深的層面，還包含有宇宙的意識。也就是在這個意義上，他的詩歌獲得了一種普遍化的東西，直接指向了人類的基本情感。須知，這正是他的詩歌超越「民族寓言」的地方。同時，我們也可

〔註21〕韓東：《有關〈有關大雁塔〉》，《韓東散文》，中國廣播電視出版社 1998 年版，第 156～158 頁。
〔註22〕參見柏樺：《逸樂也是一種文學觀》，載《星星詩刊（上半月）》2008 年第 2 期。
〔註23〕見本書第二卷「廣州（1978～1982）」第一節「讀書與瞌睡」。

以和同時期的「非非主義」以及「他們」的反抒情來做簡單對比。「非非主義」和「他們」的寫作，還是帶有對「今天派」或朦朧詩的反抗的成分，他們那種具有後現代主義形態的詩歌更多地執著於「怎麼寫」而不是「寫什麼」。〔註24〕而柏樺在寫作之初，已經同時兼顧了「怎麼寫」和「寫什麼」。他在「怎麼寫」的同時，將自己的寫作落實到身體、生命、時間，去書寫人所共有的普遍經驗。《表達》書中顯示，柏樺的寫作一直是超越觀念的，他從不會從某個流行的觀念出發寫作，比如當時流行的那些被認為是後現代主義的東西，柏樺的詩歌裏是見不到的。他在80年代受到的更多的是早期象徵主義的影響，要知道，在當時，早期象徵主義已經不「流行」了。但柏樺知道自己要什麼。他對象徵主義的取捨更多的是從身體、從生命出發，而不是從觀念出發。比如他經常引用的一句波德萊爾的詩「比冰和鐵更刺人心腸的歡樂」（波德萊爾《烏雲密布的天空》，陳敬容譯），僅僅是因為它意味著「某種積極的至福」。〔註25〕如果聯繫到他在《表達》一書中所談到的很多生活細節，以及他的許多詩歌中寫到的那種情感，便可以理解這種「至福」，和「正確」的社會倫理、政治倫理完全脫節。

相對於政治抒情詩的空洞，「今天派」和朦朧詩的沉重，柏樺的寫作時具體而輕的。他的詩歌尤其注重具體的事物，並將情感落實到一個個細節。柏樺也寫歷史，也有他的歷史視野，但是，他的詩歌沒有受到線性時間觀和「民族寓言」的影響，而是以一種具有人類學色彩的歷史視野或宇宙視角去觀照歷史，這與我們通常反對的中國新詩中的歷史意識是不同的。他將歷史的、生命的情感落實到具體的日常生活。日常生活取代了歷史，日常生活的細節，成為他的詩歌的落腳處。而他詩歌中的「輕」，——這種「輕」，像鳥，而不是像鳥的羽毛（卡爾維諾）——也歸功於他寫作的「非歷史化」。歷史之後，就是生活。這也是以韓東為代表的「他們」，以及四川的「非非主義」的詩歌的主要特徵。

日常生活，在柏樺的詩歌中尤其重要。這一點，體現在《表達》一書中，就是柏樺對日常生活的耽溺（即便在該書的初版《左邊》中也是如此）。「下午」、「蛋糕」、「花生」、「梳子」、「鋸子」、「高痰盂」、「連環畫」……這是些

〔註24〕參見韓東：《五萬言》，四川文藝出版社2020年版，第4頁。
〔註25〕T.S.艾略特：《波德萊爾》，《艾略特詩學文集》，王恩衷譯，國際文化出版公司1989年版，第110頁。

與他童年有關的日常生活的事物，——此後在少年時代、青年時代，乃至於在他中晚年，他都一以貫之地迷戀日常。他的詩歌，基本上是由他生命中的這些細節組成的。他還寫過一篇文章《談詩歌中的事件》，來講日常生活中的事件在詩歌中的形態和功能。〔註26〕這個意義上來說，日常生活的具體事物，是貼肉的，具有身體性或肉體性。詩、生命、時光統統藏身於日常的事物。他所寫的感情，因而與詩是同義詞，那是人類普遍的最基本的感情。

我一直認為，不止是電影，詩歌也是雕刻時光（生命）的形式。在所有的文學體裁中，只有詩歌對時光的雕刻最純粹、最精微，主要因為它是「詩」的緣故。所有的文學最本質的部分就是那種叫做「詩」或「詩性」的東西。「詩」藏身於細節，生命、時光藏身於細節，而日常細節，則被廣大虛空包圍。對於柏樺來說，「下午」是被虛空包圍的，「蛋糕」是被虛空包圍的，「花生」、「梳子」、「鋸子」、「高痰盂」、「連環畫」……也是被虛空包圍的。它們孤零零地被拋棄在宇宙時空裏。我非常贊同張棗的話：「詩如針眼，肉身穿過去之後，別有洞天，這個世界都是詩，一草一木，一動一響，人與事，茶杯，耳機，二胡，……一切的一切都是詩。」〔註27〕因此，只要是詩人經歷過的，一切的一切，都可以入詩，它們一旦進入詩歌（語言），就是詩人的生命形式，生命由此被雕刻成為一種比詩人不滿百年的肉身更長久的樣子，進而獲得永恆性。寫作——這個雕刻的過程，實質上乃是抒情。

我們得以看到，從《表達》一書，以及柏樺的詩歌寫作中，他的抒情，就是這個純粹的、無限接近「詩」的生命的抒情。這個抒情，出發點不是某種觀念，而是「詩」。觀念是階段性的東西，雖然有其存在的合理性，但對詩歌而言，卻不是普適的，而詩是永恆的，詩人寫作必須首先從「詩」出發，並落實到「詩」本身。在此意義上，「抒情」與「詩」也是一對同義詞。如果說，寫於1981年的《表達》一詩相當於一個新的詩歌時代的宣言，那此後他的寫作，便進入了專注於純粹的抒情時期。《表達》一詩，為他在寫作上掃清了障礙，他不再受困於當時的主流詩歌的寫作模式，尤其是他真正地擺脫了北島式寫作，從而開闢了漢語新詩的新的範式——也開闢了一個新的時代。

〔註26〕具體可參見柏樺：《談詩歌中的事件》，《今天的激情：柏樺十年文選》，上海人民出版社2006年版，第99～100頁。在這篇文章裡，柏樺還談了詩歌中的「情景交融」、感受以及戲劇性等問題。特此說明。

〔註27〕張棗：《銷魂》，《張棗隨筆集》，人民文學出版社2012年版，第30頁。

　　不妨來看柏樺的一首標題中顯示有「抒情」字樣的詩歌：《抒情詩一首》。

　　這首詩寫於 1982 年 11 月，是他早期的一首詩。這一時期，柏樺在中國科技情報所重慶分所工作，他並不喜歡這個單位，原因是他無法適應這個單位的一切。他不能忍受那種由看不見的規則約束的枯燥乏味的生活。他感到「頭昏、失神、煩躁」，在這種情況下，他「沉入了不可救藥的回憶」，在某個下午，寫下了這首詩。〔註28〕

　　這首詩的調式非常輕柔，所寫的情感，也完全有別於北島《回答》的那種凌厲、對抗、雷霆萬鈞。如果說，《表達》為柏樺的寫作開啟了一種完全個人化的、有別於當代新詩傳統的「表達」，具有詩學「宣言」的性質，那麼這首《抒情詩一首》則是柏樺的真正「表達」。詩歌的情感帶有崇高的詠歎特點，這崇高，來自於生命，來自於他身體裏埋藏的宇宙意識，但它卻完全是合乎生活的事理——人之常情。在這種人之常情的前提下，詩歌滑入廣大的虛空。柏樺詩歌裏的虛空，是中國人的虛空，也是生命的虛空。它是詩的，也是生命的。這種虛空，在兩千年前的《古詩十九首》中就曾反覆詠歎過：「人生忽如寄」，「人生天地間，忽如遠行客」，「生年不滿百，常懷千歲憂」，……當人面對宇宙的無限，他就會跳出日常生活的具體、實在，朝向虛空。《抒情詩一首》所表達的情感，幾乎就是柏樺一生都在寫的情感，這一點，我們通讀全詩可以發現，他所寫的那種人在面對無窮宇宙時的頹廢或逸樂，是以生命短暫無常為前提的。這首詩的標題「抒情詩一首」，也許可以用「雪夜」來替代，它開始於雪花飄零之夜，也結束於此。在最後一節，柏樺將無常之情具體到一種生活的模式：

　　　　喝一百年酒，抽一百年煙
　　　　讀一百年書，睡一百年覺

　　詩的真理之一，就是將詩歌中的虛空，落實到日常的具體之中。這「喝一百年酒，抽一百年煙／讀一百年書，睡一百年覺」正是這樣的落實。柏樺的抒情，就像星球運轉在自己的軌道，它完全符合詩歌必須遵循的美的規律。在日常的具體之物之上，日常的事理之中，生出詩歌中的虛空世界。

　　因為對科技情報所生活的不滿、厭煩，他才沉入了回憶。可以想見，這回憶必定是與那種令人厭煩的現實不同，它是美好的，甚至是浪漫的。所謂的浪漫，就是生命之美，光陰之美，它建立在「自由」之上。據說，「我幻想過深

────────────────

〔註28〕全詩可以參見本書第三卷「重慶（1982～1986）」第一節「科技情報所」。

夜浪濤的拍岸之音」還是張棗的女朋友特別喜歡的一句詩，也因此，這首詩點醒了張棗，對他產生了某種影響。張棗在 1999 年為柏樺的《左邊——毛澤東時代的抒情詩人》（《表達》的初版）所寫的序言裏說：「在 1983～1986 年那段逝水韶光裏，我們倆最心愛的話題就是談論詩藝的機密。」〔註 29〕想來，這「詩藝的機密」，就包含有從這首詩裏的「我幻想過深夜浪濤的拍岸之音」所悟到的詩的真理吧。

這首《抒情詩一首》是柏樺早期非常重要的詩歌，和《表達》不同，它是柏樺在《表達》之後較早地切實體現了張棗所謂的「詩藝的機密」，在當代詩歌史上，第一次將詩歌寫作提升到技藝的層面。同時，它通過詩的技藝，寫出了人人可以感到，卻難以說出的那種最為普遍的經驗。古今中外，這是檢驗一個詩人或作家的非常過硬的標準。以這首詩的第二節為例，看看柏樺的抒情所達到的高度和難度：

> 我開始重新想念好久以前
> 我等待過小學黎明前的壯麗
> 等待過永不回頭的中學時代
> 等待過太多的熱烈與悲哀
> 現在誰還要來和這世界較量呢？
> 這一切都已經來過了
> 依然是平凡的歲月的流逝

柏樺的回憶指向兩個日常細節：「小學黎明前的壯麗」和「永不回頭的中學時代」。這兩個細節，粗心的讀者可能在詩歌的詠歎調似的聲音裏一滑而過，但是如果我們在此停駐一下，就會發現它們的不同尋常。「小學黎明前的壯麗」，這是一個具有現象學意味的感受，它非常感人、非常新鮮，因為它可以喚醒幾乎每一個讀者身體裏沉睡的經驗。它是對一種每個人都有，但每個人可能熟視無睹的經驗的呈現和命名，等於是為中國新詩提供了一個「小學黎明」的形象：一種童年生命時光的壯麗。這份壯麗是穿越時空的，不管是 60 年代，還是 80 年代的小學黎明，它們在感受上是等值的。

另一個細節是「永不回頭的中學時代」，這個細節，不管在修辭上還是在意象上，都很難立即引人注意，因為它看起來很平淡，然而，這種平淡同時也意味著絢爛。對讀者而言，它深埋的人生的情感經驗，可能需要讀第二遍、第

〔註29〕張棗：《銷魂》，《張棗隨筆集》，人民文學出版社 2012 年版，第 29 頁。

三遍。柏樺往往有這樣的能力，他可以在看似不怎麼發力（很輕）的詩句裏，蘊藏著很大的爆發力。中學時期，恰值一個人的青春期，從少年到成人，這中間就是中學時期。當一個人走過了那個時期，回首的時候，說出「永不回頭」，這樣的決絕裏包含了怎樣複雜的感受：或許，那是齟齬的、屈辱的、難堪的，但也會雜糅著奮發、期待等等。「永不回頭」，這四個字看上去簡單，但是它的聲音和意義在此非凡，細微、準確，敏感的讀者自會感到，但說不出來。

在我看來，最好的詩歌必定是這樣的詩歌，它簡單，但是因為它包含的普遍的情感和人世的秘密，因而並非誰都可以寫出。順便說一句，簡單，也是中國古典時代的詩歌特點，我願意稱之為詩歌的「漢語性」或「東方性」。只要我們拿《詩經》和《荷馬史詩》比較一下就可以見出：東西方詩歌的差異點，從根本上來說，包括日本在內的東方詩歌，都體現出這種特點。而通常所謂的東方詩歌重抒情，西方詩歌重敘事，可能只是一個表象。

當下的詩歌，就有一路在修辭上下死工夫的，將扭曲語言當做根本。但是，讀者一旦突破那種擰巴的語言設置的意義障礙，很快發現其背後的貧乏和平庸。但柏樺的詩，從 80 年代早期開始就有一種不避「簡單」的特點，這種自信力可能來自於古典詩歌。恰恰因為這種「簡單」，曾經還嚇到了張棗。張棗曾就柏樺《夏天還很遠》一詩的開頭的那種低密度的語言，跟他直言說自己不敢這麼寫。我以為，這倒未必是張棗寫不出這麼好的詩歌，而是它恰恰凸顯了柏樺詩歌的漢語性。這個簡單是外在的，甚至是風格化的，但實際上這種簡單的背後所包含了複雜而高超的技藝，以及人類最基本的、永恆的情感。

他如此在詩歌中寫作這樣的情感，其難度根本不是我們乍一看上的那種。它的難度或高度，恰恰就在於它看似容易，但他所寫的情感卻是人人心中有，但人人手下無。這本身就是詩藝。故而，我突然就得出了這樣的一個結論：小詩人會用各種辦法、各種所謂技巧作為障眼法，來掩飾自己的平庸，大詩人的自信，往往體現在那種看似簡單的寫作。本質化的抒情，平淡至極也絢爛至極。

四、呼吸的詩學

在《我的詩觀》第二部分，柏樺論述了「呼吸詩學」。這段文字很短，讓我想起龐德的一些有關詩歌的箴言。但是，柏樺這段文字的重要性在於，他在當時提出或總結了一種非歷史化的詩學，只有真正懂得中國新詩的人才深刻地理解這段文字意味著什麼：

詩和生命的節律一樣在呼吸裏自然形成。一當它形成某種氛圍，文字就變得模糊並溶入某種氣息或聲音。此時，詩歌企圖去作一次僥倖的超越，並藉此接近自然的純粹，但連最偉大的詩歌也很難抵達這種純粹，所以它帶給我們的歡樂是有限的、遺憾的。從這個意義上說詩是不能寫的，只是我們在不得已的情況下動用了這種形式。

在這裡，柏樺將詩、生命的節律、呼吸三者放置在一起，意味著詩歌與生命、呼吸等值。在此之前，也從沒有人會將這三隻放在一起，相反，我們看到的更多的是諸如苦難、政治、歷史等相關的等詞語。柏樺這裡確立的是一種嶄新的詩學，而這是在上世紀 80 年代中期。在此基礎上，柏樺還提出了詩的純粹性，這種純粹性，是以「生命」為前提，「呼吸」是純粹性的保障──我們可以作這樣的理解：第一，呼吸的節律，本身就是詩；其次，它是詩藝的展開的向度。

相比較《表達》（即《左邊》）之前的版本，在第一卷「憶少年（1962～1978）」的第一節就作了重大修訂。原來第一節標題叫「蛋糕」，現在改為「下午」，而且內容變動也非常大。「蛋糕」相關的內容作了弱化處理，凸顯了柏樺詩歌的一個顯著的關鍵詞「下午」。並且，在這一節，他談論更多的是「呼吸」。對柏樺而言，「下午」「是一天中最煩亂、最敏感，同時也是最富於詩意的一段時間」，「下午本身無事生非的表達欲、懷疑論、恐懼感」，「潛滋暗長地建構了我下午神秘複雜的性格」。他有一種「『下午』綜合症」。在這「下午」的綜合症發作時，帶給柏樺的是讓他受不了的「大口喘氣」：〔註30〕

> 黃昏，無論在異國，還是家鄉
> 「我們脆弱得可怕，每秒鐘都
> 命懸一發。」我出不了氣了……
> ──柏樺《揀盡寒枝》

可見「下午」帶來了不同尋常的東西。時間與生命之間竟有如此奇妙的關係。呼吸，就是生命，《四十二章經》中就有佛陀問沙門「人命在幾間」，回答說「呼吸間」。所以，柏樺談詩，這就有了一個轉換：詩歌與生命之間存在直接關聯，而生命最重要的莫過於呼吸。「詩和生命的節律一樣在呼吸裏生成」，因而詩本身就應該是生命的另一種形態。

〔註30〕以下所引與「呼吸」有關的詩與詩句，皆見本書第一卷「憶少年（1962～1978）」
　　　　第一節「呼吸」。

　　柏樺乾脆說：「我是一個呼吸詩人。」（見柏樺《努力呼吸》，此詩寫於 2021 年 3 月 4 日）這又是一個和「表達」一樣的宣言。這是一個和「表達」一樣重要的詩學宣言。它包含著非常奇妙而豐富的內涵，甚至可以不誇張地說，柏樺一生的寫作，都可以提煉為「呼吸」二字。早年的「表達」是一個劃時代的詩學，而「呼吸」則可認為是「表達」的更加純粹化。當柏樺在 1984 年寫下《我的詩觀》時，他此後並沒有將「呼吸」一詞，提升到寫作的脊椎神經的地位，直到他的這一版《左邊》（即《表達》），它將「呼吸」放在開卷的位置，並反覆強調了「呼吸」的重要性。

　　當他因「下午」綜合症發作而無法呼吸時，他說「我必須馬上去偷空氣」，為什麼？

　　　　因為詩人呼吸困難

　　　　——柏樺《忠告》

　　「偷空氣」就是呼吸，沒有呼吸就沒有生命，沒有生命就沒有詩歌。而有了呼吸，詩歌就有了聲音和節奏：

　　　　與我的下午比起來，

　　　　這算得了什麼？

　　　　媽媽，你聽，

　　　　一詞一事物，一人一宇宙……

　　　　——柏樺《格里高里》

　　要注意，這裡說的「一詞」，就是一個呼吸節奏。現代漢語主要是雙音節詞，非常合乎呼吸。呼吸對應詞彙，詞彙對應事物，事物對應宇宙……這是一個詩歌的生命的符號學。

　　柏樺在 1990 年代寫過一首詩《選擇》，我個人非常喜歡這首詩，不過柏樺現在對這首詩進行了修改，標題也改成了「呼吸」。在這首詩裏，柏樺說：「年輕時我們在規則中大肆尖叫／今天，我們在規則中學習呼吸」這輕輕的筆觸，讀者不可輕易滑過。那個「規則」，我們可以把它理解為權力的規訓。正像童年時，他因偷吃蛋糕而受到來自母親的規訓。當一個人長大時，更多的規訓在等著他。

　　今天，我們反觀柏樺的寫作，他在 1980、1990 年代時候，詩歌也確實具有「大肆尖叫」的特徵，那是要反抗，要逃離。但最近十多年的詩歌，我們看到的則是他的「在規則中學習呼吸」的詩歌。不再尖叫了，因為尖叫是激烈的，

是熱血青春的，現在，他的詩歌則調整了氣息，學習呼吸——儘管也很難：

> 一二三，一二三，一二三……
>
> 記住生命中最重要的是呼吸
>
> 請集中一生的注意力於呼吸
>
> 來，讓我們從頭開始練習——

　　這「一二三」的節奏，不就是詩歌的聲音嗎？他要讓自己的寫作，具有與生命同節律的聲音。所以，我們不妨將這首詩視為是他的「呼吸」詩學的方法論。

> 「而最主要的，你知道是
>
> 什麼嗎？要有輕盈的呼吸……
>
> 你聽，我是怎麼呼吸的——
>
> 對嗎，是這樣的嗎？」
>
> 老路白雲，宇宙微塵，人，
>
> 一代一代呼吸盈縮，聽天由命……
>
> 這呼吸又出自怎樣的神奇？
>
> 來，讓我們從頭開始練習——

　　柏樺告訴我們，這「呼吸」詩學最重要的是「要有輕盈的呼吸」，因為只有輕盈的呼吸，才有輕盈的詩歌。而這「輕盈」，恰是卡爾維諾所說的擺脫了歷史之重的「輕逸」，它不是輕如鳥羽，而是像鳥那樣輕盈地飛。〔註31〕

　　關於柏樺的「呼吸」詩學，我認為，至少有以下兩個方面值得討論：

　　第一個方面，是詩歌中呼吸與生命發生關聯後，它清除掉的是詩歌中的歷史意識。我這裡說的歷史意識，當然是指體現在「今天派」和朦朧詩中的那種「白夜」式的抒情中所蘊含的民族寓言特徵。這種特徵，在1990年代的「知識分子寫作」中，變得非常個人化了。我們知道，知識分子寫作的個人化主要是受到了新歷史主義的啟發和影響，從總體上而言，它依然是「民族寓言」的。

　　而柏樺則並不這麼認為。他說「我是一個呼吸詩人」，他要的是「輕盈的呼吸」，這等於是清理了詩歌中的歷史意識，也否定了詩歌必須深刻這一標準。所以，他的詩歌因與呼吸直接關聯，聲音、聲調、氣息在詩歌中就佔了第一重要的位置，這也就使得他的詩歌中的意象具有了現象學特徵。他詩歌中的意

〔註31〕 參見〔意〕卡爾維諾：《美國講稿》，《卡爾維諾文集（第5卷）》，譯林出版社
　　　　 2001年版，第331頁。

象，僅僅是現象本身，並不具有「深刻」的含義。這樣一來，與「重」相反的「輕」，就成為他詩歌的特徵。

張棗說，柏樺的詩歌遵循了「生活的事理」，〔註32〕這也是在他的詩歌變「輕」以後。而「生活的事理」，落腳點第一在日常生活，第二在生活的「事理」，也即有個「事理」可循。這「生活的事理」，使他的詩歌具有了「人世」或「人間」特點。雖然他也會寫到歷史，但歷史只是作為能指而存在，不具有深刻的所指意義。比如《宣城，1974》這首詩裏「民兵們握緊鍛鍊的磚頭」，柏樺在書中也解釋了「民兵的磚頭」，這裡不再重複。〔註33〕

第二個方面，是「呼吸」與詩的技藝之間的關係問題。這也是「呼吸」詩學作為方法論最具操作性的方面，主要體現在「呼吸」對一首詩的節奏的統攝作用。「一二三，一二三」，這不就是在調音嗎？它也可以是「一二，一二，……」詩歌的聲音由此產生。柏樺說：「與呼吸相關，我也寫到『聲調』，那是我媽媽的聲調啊！也是我的聲調，一個人的聲音會多麼像他的母親。」詩歌中的呼吸，就是詩歌的聲音，呼吸統攝了聲音，並使其詩歌獲得了獨特性：它影響了詩歌的詞法、句法甚至章法。

由聲音，我們還可以將它擴展為這些詞：聲調、調式、氣息、語感、語氣、音樂性、態度、氣質。這些相似的詞語的家族譜系，它們直接決定了詩歌的純粹程度，並由此生成詩歌的豐富性。比如柏樺寫過一個組詩《憶柏林》，其中一首詩《論教育》（這首詩後來被他從組詩中刪去），其中的兩句：

　　偵查工作在所有國家都是一門考古工作。

　　注意聽，張力不來自痛苦，來自聲調。

此處的「張力」，可以看做是詩歌中的張力。這本是新批評的一個詩學概念，柏樺用在此處，明顯是指詩歌的張力與所指（「痛苦」）無關，跟能指（「聲調」）有關。而詩歌的張力，則是構成詩的豐富性的根本條件。

除了這一點，必須要說的還有，柏樺還在書中交待了這樣的信息：「我的詩觀，也可以說是幾經變化。我寫詩最初的基礎是由法國早期象徵主義打下的（那是時代烙印），後來多次演變，終於回歸到真實平凡的漢語（注意：此處的真實平凡並非白開水）。」〔註34〕什麼是「真實平凡的漢語」？我認為，這

〔註32〕張棗：《銷魂》，《張棗隨筆集》，人民文學出版社2012年版，第31頁。
〔註33〕見本書第二卷「廣州（1978～1982）」第一節「讀書與瞌睡」。
〔註34〕見本書第二卷「廣州（1978～1982）」第十節「我的早期詩觀」。

是柏樺在擺脫了「時代烙印」之後，在詩歌中，將「呼吸」調順之後的必然結果。因為他從一開始就追求了詩的純粹性，而他在「幾經變化」之後，終於在詩的聲音的向度上，讓詩歌達到了澄澈純粹。

在柏樺的觀念裏，在他幾十年以來的寫作生涯裏，貫穿著一個一以貫之的東西，這個東西構成了他對詩的真理的雷擊不動的詩學硬核。「表達」、「抒情」和「呼吸」，這是柏樺詩歌和詩學的三個關鍵詞，而其中「呼吸」則是這三個詞中在重要性方面占成最大的那個，它決定了「表達」的方式和可能性，也是「抒情」的本質化（歸於生命本體）內部原因。如此，「呼吸」既是本體的也是方法的，當我們單獨討論「呼吸」的本體特徵時，卻會牽出來方法（詩的技藝）的問題，反之亦然。因此，在討論柏樺詩歌寫作中的「呼吸」問題時，乾脆不必將二者分得過分清晰。

在這裡，需要再次強調這樣一個判斷：柏樺的詩學的核心是「呼吸」，是呼吸的詩學。「呼吸的詩學」表面看不難理解，但實際上它自身的複雜性，甚至可以將幾十年來中國當代詩歌的所有的話題和痼疾都捲入進來討論，這樣的話，這簡直是一本專著的內容了，也是這篇文章無法做到的。我只簡單指出，「呼吸的詩學」是一個使得詩歌變得純粹的詩學，是詩歌的本體化的表徵和訴求，因此其涉及到寫作過程中的方法問題也是必然。它旁觀了從 80 年代初到 21 世紀 20 年代初中國詩歌四十年所經歷的各種先鋒詩歌在詩學上的眾聲喧嘩，其自身也顯示了中國詩歌在保有對詩的「純粹」、獨立、自由的向度上作出的探索。

柏樺的「呼吸的詩學」以及他四十年來的寫作，本身就構成了當代詩歌獨特的景觀；然而，更重要的意義，這種呼吸的詩學，同時也啟迪著漢語詩歌的未來。正如卡爾維諾《美國講稿》是著眼於討論未來千年（這裡的千年，字面意思可以理解為是 2000 年到 3000 年，實際上應該永恆、永遠）人類文學普遍、普適的模態，柏樺在《表達》一書中所彰顯的呼吸的詩學，同樣也是在討論關於「人類的」詩歌在詩的純粹向度上的本然和應然。在「人類的」意義上，詩歌本來如此；在「漢語的」這個範疇內，它無疑也解決了一個方法的問題：漢語可以這樣。

柏樺說：「我的詩觀，也可以說是幾經變化。我寫詩最初的基礎是由法國早期象徵主義打下的（那是時代烙印），後來多次演變，終於回歸到真實平凡

的漢語（注意：此處的真實平凡並非白開水）。」〔註35〕什麼是「真實平凡的漢語」？「真實」、「平凡」，必定是落實到「簡單」上。簡單，是漢語的漢語性，是一種輕的語言，因而也是真實、平凡的語言。這種語言，與呼吸是合拍的，是合乎生命的呼吸。T.S.艾略特在他的那篇著名文論《傳統與個人才能》中尤其強調詩人獲取傳統的不易：傳統「不是繼承得到的，你如果要得到它，你必須用很大的勞力。」〔註36〕柏樺將他的詩歌寫作提煉為一種呼吸的詩學，即是對傳統的獲得。他的寫作，經過長達四十年的調整，終於「回歸到真實平凡的漢語」。但他畢竟還是「回歸」了，這其中的不易，正是艾略特所說的「用很大的勞力」，甚至，它可能還是一個奇蹟。

如果一個作家保有艾略特所說的「歷史的意識」，那就意味著他必須擁有「本國的心靈」，就像歐美的作家應該擁有「歐洲的心靈」＋「本國的心靈」那樣，〔註37〕並在此基礎上，定位自己在時間中的位置。就我的觀察，當代極少有做到這一點的詩人，即使有些詩人的詩歌具有著古典詩歌的外衣，但很難說他就擁有了「本國的心靈」，而且，他也很難同時做到第二點：處理好詩歌和當代的關係。至於說，中國當代的詩人一定要到歐美的同行那裡去尋找資源，並與他們「接軌」，則又是更為不堪的情形。

這種「本國的心靈」是什麼？它與「真實平凡的漢語」又有什麼關係？前者是一個非常複雜的話題，此處也沒有必要搬出思想史、文學史予以詳細考辯，我們僅從柏樺的寫作中來尋找這方面的證據。所謂「呼吸的詩學」，其實是「表達—抒情—呼吸」的三位一體，柏樺說，「我是一個呼吸詩人」（見柏樺《努力呼吸》一詩，此詩寫於 2021 年 3 月 4 日），他並非單純地在說呼吸，同時也包括了表達和抒情。

張棗曾指出，柏樺的詩歌遵循了「生活的事理」。〔註38〕這「生活的事理」，在此，即可理解為柏樺在詩歌中，獲得了「本國的心靈」。其表現之一就是詩歌中的逸樂。柏樺早年從波德萊爾的詩句「比冰和鐵更刺人心腸的歡樂」獲得的那種「某種積極的至福」，在我理解，只是這個本國心靈的初始形態。後來

〔註35〕見本書第二卷「廣州（1978～1982）」第七節「我的早期詩觀」。
〔註36〕T.S.艾略特：《傳統與個人才能》，王恩衷編：《艾略特詩學文集》，國際文化出版公司出版 1989 年版，第 2 頁。
〔註37〕參見 T.S.艾略特：《傳統與個人才能》，王恩衷編：《艾略特詩學文集》，國際文化出版公司出版 1989 年版，第 3 頁。
〔註38〕張棗：《銷魂》，《張棗隨筆集》，人民文學出版社 2012 年版，第 31 頁。

這種歡樂，轉化成了逸樂這種帶有頹廢特點的思想，從而，他獲得了在「古老的中國文化中是有著深厚傳統底蘊」〔註39〕的「逸樂」。這種思想，是柏樺對中國幾千年文學的提純，它不是柏樺的心血來潮，而且它並不僅表現在柏樺那裡，當然也不僅表現在白居易等一兩位作家或某個時期（比如漢魏六朝）的作家那裡，因為我們無論從歷史上幾乎所有時代的文學中都能輕易找到這種思想。

這種思想，是如何促使柏樺最終「回歸到真實平凡的漢語」？這個過程並非一蹴而就，而是經過「多次演變」，多次在寫作中進行調整。這個調整的根本標尺，就是呼吸。呼吸裏，藏著柏樺的命運和生命的密碼——所有的詩歌不都應該如此嗎？——柏樺將呼吸和他的人生經驗相聯繫，那些他經歷過的往事，一方面通過呼吸被呼喚出來，一方面呼吸又決定了詩歌的聲音，二者相結合，就注定了他的詩歌的生命屬性和命運色彩。這種生命的屬性和命運的色彩，最終會轉化為語言，轉化成「真實而平凡的漢語」，它既是屬於柏樺個人的，也是屬於民族的。正因它的「真實而平凡」，詩歌得以純粹。

如果對柏樺的呼吸的詩學作一次發生學的溯源就會發現，早在他在童年時代，「呼吸的詩學」就已經在醞釀了。柏樺在這本書的開頭就寫到了他六歲那年的一段往事：在某天下午，他一個人被封閉在家裏，在那個下午，他在那個被封閉的房間裏實施了一次系列性的破壞行動，這個行動甚至影響了他的一生，成為他的命運：他打斷了一把梳子的三個齒，用鋸子在一個方凳上鋸開一個缺口，而且還報廢了一輛玩具汽車。對柏樺而言，他雖然只是被封閉在房間裏一個下午，但在六歲兒童的眼中看來，那卻是被封閉了一生。他後來的幽閉症，也與那個下午有關，與那個下午的一盒扣子、一把梳子、一隻方凳以及一輛玩具汽車有關。〔註40〕

在他寫於 1984 年 3 月的詩歌《海的夏天》裏有這樣的詩句：「叛逆的動亂的兒子／空氣淹死了你的喘氣和梳子」這是柏樺早期的詩歌，其中已經出現了梳子。這個梳子，作為一個生命密碼而存在。2015 年，柏樺生命中的另一個密碼「鋸子」被他「表達」出來。這首標題為《在一個封閉的房間》的詩歌，對柏樺極為重要：

　　　　救命！花生！時辰已過，門反鎖

〔註39〕見本書第二卷「廣州（1978～1982）」第一節「讀書與瞌睡」。
〔註40〕見本書第一卷「憶少年（1962～1978）」第二節「下午」。

我急得哭，年輕的父親翻窗入戶

鋸子的神經質？不！鋸子的疼痛

不！鋸子出乎意料地有了思想

我六歲時的一個下午已經領受⋯⋯

六十歲重返那方凳，被我鋸開的

小裂口還在，下午還在，媽媽說著⋯⋯

「那個痰盂，你看那個痰盂好新

好乾淨，我們一直用到現在。

我現在每天晚上都要用。」

媽媽繼續說著⋯⋯

我的鼻孔快出不了氣了，

嘴張著⋯⋯哪一個下午？

1962 年的一個下午？

現在的一個下午？

九十八歲某一天的下午⋯⋯

在一個封閉的房間

這首詩裏，出現最多的是「鋸子」，但也有其他事物：「花生」、「痰盂」，當然還有「方凳」。這些日常事物在他的詩裏出現，具有私密性，它只屬於柏樺，屬於他的生命和命運。在這裡，我們不僅要問：這些密碼式的細小之物，對他而言不是痛苦而恐懼的嗎？——這裡的痛苦和恐懼，和個人的歷史遭遇沒有任何關係——但是，這個問句其實也可以這樣說：這些對象，這些命運的密碼，對他而言，難道不是既痛苦、恐懼，同時也是「逸樂」的嗎？這裡包含的「表達—抒情—呼吸」，又何嘗不是一次次深深的耽溺？他在這個過程中，雕刻（表達）著時光和命運。這些事物——梳子、鋸子、方凳⋯⋯——是私密的，他在表達的過程中，是否深嘗表達的快樂？是的，呼吸出現：「我的鼻孔快出不了氣了」。

從柏樺的整個寫作生涯來看，他的這種快樂越來越純粹，越來越脫離了早年詩歌的那種還烙有痛苦印記的表達和抒情，因此他的詩也越來越純粹。讀者熟悉的《瓊斯敦》系列中的那種熱血燃燒似的激烈已經沒有了，事物在詩歌中變得越發輕盈和清晰。柏樺在長期的專注表達、抒情和呼吸中，找到了屬於他

的，也屬於當代詩歌的最美的漢語：那是「真實而平凡的漢語」。在《在一個封閉的房間》這首詩裏，我們領略到這樣的漢語：他在寫花生、鋸子、方凳、痰盂的時候，他其實也直接和間接地寫了「呼吸」。「救命！花生！時辰已過，門反鎖」，這行詩的節奏，就是由兩個單個的雙音節詞和兩個急促的短句子構成。當他「六十歲重返那方凳」，那被「鋸開的／小裂口還在，下午還在，媽媽說著……」這是抒情，也是呼吸對時光和生命的雕刻。

但柏樺詩歌——尤其是 1990 年代以後的詩歌——的節奏，更多的是一種由相對平靜的呼吸來控制，這類詩歌的句子「簡單」，事物明晰，思想澄澈。最早給人深刻印象的是寫於 1990 年代中期的組詩《山水手記》，這組詩像一盤閃光的鑽石——漢語在此閃光，詩歌在此純粹。要知道，柏樺寫作這組詩歌的那個年代：那是 1990 年代，是詩歌觀念無比混亂的年代，幾乎人人爭相學習蘇俄等歐美詩人的年代，而柏樺的語言，卻越發堅定地走向了簡單、真實和平凡。《山水手記》的價值，來我看來，是同《表達》一詩一樣，是一首傑作，它在詩歌史中的面目和位置會隨時間流逝而越發清晰。這組詩的語言，柏樺將之落實到句子——他在此「發明」了一種只屬於漢語（既是當代的，也是漢民族的）的句法。

讀者會注意到，柏樺在這組詩中，「發明」的正是這樣的句法：最普通的、最中規中矩的陳述句。「好聽的地名是南京、漢城、名古屋。」，「我認為好人是南京人呂祥，衢州人黃慰願，合肥人胡全勝。」，「愛流淚的胖子笑了，這一節值得紀念。」，〔註41〕……這些句子，也是柏樺在此前和此後大量使用的句子，這種句法，是中國人日常生活中最常用的句法，它一點也不擰巴。它合乎中國人的呼吸——漢語的雙音節詞，和簡單的句式。但這種句法，並非是一種白開水式的口語，這是因為它的抒情品質。它的簡單，就是它的民族性，是中國古典文學中最具有民族性的特徵，或者說，這種簡單，是中國古典文學的精魂。

可以這麼說：柏樺在四十年的寫作生涯，從始至終都是從「詩」出發，並最終將「詩」落實到「真實而平凡的漢語」。他早年曾經哀歎「連最偉大的詩歌也難以抵達」詩的「純粹」，〔註42〕然而，由於他終於回歸到自己民族的傳統，回歸到簡單的「真實而平凡的漢語」，他已經無限抵近詩的「自然的純粹」。

〔註41〕參見柏樺《山水手記》第八、第十一、第十二。
〔註42〕見本書第二卷「廣州（1978～1982）」第十節「我的早期詩觀」。

他能做到這一點，正是由於他那由「表達─抒情─呼吸」構成的三位一體的呼吸的詩學使然。柏樺的這本書，正是對呼吸的詩學的最好、最具體的闡釋。他的寫作，昭示了漢語詩歌是一條長河，而不是一個時間或時代的切面，未來的詩歌也必將在這條長河的下游，並越發寬廣。對於每一位詩歌寫作者而言，都有理由對漢語詩歌懷有信心和憧憬。

2021 年 8 月 15 日

第一卷 憶少年（1962～1978）

一、呼吸

> 但現在別著急，等等
> 先讓我調勻我的呼吸
> ——柏樺《調勻呼吸，長大成人》

呼吸是多麼自然而然的事情。常常自然到我們忘記了它。但在某個生死攸關的時刻，當我們呼吸困難的時候，我們才會知道它對我們的生命是何等的珍貴，從生命的第一口呼吸到最後一口呼吸，從每天清晨到夜晚的呼吸，呼吸循環不已、二十四小時一刻不停……而就在這每分每秒的呼吸中，下午的呼吸對我來說——不像上午，也不像夜晚——是一天中最煩亂、最敏感，同時也是最富於詩意的一段時間，下午的呼吸自身就孕育著對即將來臨的黃昏的不安，神經質的絕望、毀滅衝動、無事生非的表達欲、懷疑論、恐懼感……

我記得我最危險的一次「下午呼吸」綜合症發作是在 1997 年 10 月東柏林的 Pankow，柏林文學館三樓一個房間，剛近黃昏時分，或準確地說是下午五點三十一分，真的，我記得很清楚，我突然趴在床邊，大口喘氣……幾近窒息。後來，我在想，難道呼吸真的如蕭沆所說是一種殉道？！或如里爾克所說我們應該在呼吸裏找到平衡：

> 呼吸，你看不見的詩！
> 不斷用自己的存在
> 純淨地換來的宇宙空間。平衡，
> 在平衡裏我有節奏地生存。

——馮至譯里爾克《致奧爾弗斯的十四行詩第二部第一首》

真的是無巧不成書，在《失落園暗影：翁加雷蒂詩選》，第 243 頁和第 245 頁，我竟然也讀到了詩人黃昏時所感覺到的呼吸的困難：

這是氣喘吁吁的傍晚，喘不過氣來，

如果你們，我愛著的少數死去和活著的人

記不起

給我帶來的益處，當

傍晚獨自一人，我理解的。

……

被喘息的呼吸窒息，它消失了，

歸來，再次歸來，顛狂地歸來，

而我在心裏始終聽到它，

……

因為它被呼吸更新或改變聲音。

但是為什麼

突然回憶童年？

——凌越、梁嘉瑩翻譯翁加雷蒂詩《應許之地最後的讚美詩》

和《獨角戲的最後一場》

怎麼正好是在柏林，我正獨自一人趴在黃昏的床邊……我能理解嗎？關於人的呼吸……而我也終於聽到了我的詩歌，在呼吸中，它要表達，它要抒情：

我起死回生的法力訓練我的呼吸

我完全無法理解我為何出現在這裡

老月、新月、熱月、霧月、風月……

但沒人知道你還魂在哪兒？哪一月？

——柏樺《萬葉集還魂記》

同時，這呼吸中也含有一種人生的遊戲（無論這遊戲多麼艱難）：

時間有晝夜的遊戲

人有人生時段的遊戲

你來自正午，他來自下午

上午專屬赫塔‧米勒

子夜早就贈予茅盾

　　我柏林的黃昏呼吸艱難
　　　　——柏樺《遊戲人生》

　　嗨，柏林！我沒有死，總算又挺過來了，六秒！或八秒半！我柏林的幽閉症結束了，否則我會立刻失常：

　　黃昏，無論在異國，還是家鄉
　　「我們脆弱得可怕，每秒鐘都
　　命懸一發。」我出不了氣了⋯⋯
　　　　——柏樺《揀盡寒枝》

　　我感覺我必須馬上去偷空氣：

　　你還發現了什麼？
　　詩人是偷空氣的人
　　因為詩人呼吸困難。
　　　　——柏樺《忠告》

　　為什麼是在柏林？！我甚至在《憶柏林》（組詩）中，有三首詩明確寫到這下午般致命的「呼吸」，是的，它總發生在下午。讓我們來聽聽我是怎樣呼吸的吧：

　　你消失的生命有過多少次呼吸？
　　剩下的生命還有多少次呼吸？
　　　　——柏樺《回憶瑪麗・安，兼憶蜜謝依娜》

　　黃昏時分她感覺呼吸困難。
　　困難裏，悲傷從來不感人⋯⋯
　　　　——柏樺《童年藍》

　　「呼吸的秋韆翻滾起來」1997⋯⋯
　　　　——柏樺《Pankow》

　　「呼吸困難」真的是從柏林的下午開始的嗎？不，從誕生的那一刻就開始了，嬰兒一出生就是哭的，這「空氣之哭」，這呼吸之哭，正是莎士比亞在《李爾王》裏所說：「當我們嗅到塵世的第一縷空氣時，我們都號啕大哭。」就這樣，我認識了你——「空氣，你曾充滿我身內的各部位／你一度是我言語的／光滑的外皮、曲線和葉片。」（馮至譯里爾克《致奧爾弗斯的十四行詩第二部第一首》）我開始呼吸，猶如《莊子・刻意》所說：「吹呴呼吸，吐故納新」⋯⋯我也在呼吸中開始了表達⋯⋯我的「呼吸詩」於1993年2月的一天，第一次

完整地出現了：

呼吸

你呼吸，實際上你是在為我們大家呼吸
——一行禪師

新的呼吸，未命名的法律。
——埃利亞斯·卡內蒂

修仙即呼吸。
——題記

「如有人問起，杜尚通常會說
他什麼也沒幹，他只是一個呼吸者。」
——題記

年輕時我們在規則中大肆尖叫
今天，我們在規則中學習呼吸
這多麼難啊，請別吵了！
來，讓我們從頭開始練習——
一二三，一二三，一二三……
記住生命中最重要的是呼吸
請集中一生的注意力於呼吸
來，讓我們從頭開始練習——
「而最主要的，你知道是
什麼嗎？要有輕盈的呼吸……
你聽，我是怎麼呼吸的——
對嗎，是這樣的嗎？」蒲寧
老路白雲，宇宙微塵，人，
一代一代呼吸盈縮，聽天由命……
這呼吸又出自怎樣的神奇？
來，讓我們從頭開始練習——

如今我已到了我生命的老年，2021年3月4日，在《努力呼吸》這一則詩歌日記裏，我再次寫到呼吸。呼吸還需要訓練嗎？呼吸會使你變得年輕嗎？我依舊帶著這些問題努力呼吸：

努力呼吸

寫一點

就活下去了

你不呼吸麼？

你不寫詩麼？

　　——顧城《呼吸》

何為你的呼吸？

是我書的呼吸。

　　——雅貝斯《界限之書》

戈爾巴喬夫！我的晚年

只剩下努力呼吸了嗎？

　　——引子

我是一個呼吸詩人。

（可惜我不是一個呼吸的宗教詩人）

這句話是我說的嗎？

好像是那個俄國詩人說的

（名字，我不想透露）

今年，我還沒有退休

我已呼吸到六十五歲了。

在剩下的歲月裏，

我該如何呼吸……

今天凌晨四點零八分

戈爾巴喬夫作出了準確告誡：

「從 64 歲到 75 歲是老年，

然後是晚年，

然後只能努力呼吸。」

　「呼吸還需訓練嗎？它會使你變年輕嗎？」（柏樺詩歌《變》）我不僅從小到老都在學習呼吸，我甚至從佛陀學習呼吸，來看我的訓練，來聽我手抄的《呼吸頌》：

呼吸頌

——抄安般守意經

之十六口氣息觀息法門

你吸入的空氣強迫你把它歸還空氣。

此即呼吸的實質。

——雅貝斯《界限之書》

過去心不可得，

未來心不可得，

現在心不可得，

生命就在呼吸之間。

——佛陀語

呼吸於呼吸，步行於步行

吃飯於吃飯，穿衣於穿衣

喝水於喝水，坐凳於坐凳

洗碗於洗碗，睡眠於睡眠……

——引子（一）

呼出氣息，吸入氣息

覺察呼吸，專注呼吸

一呼一吸，集中思緒

——引子（二）

請安坐在申恕波樹下

請跟隨我慢慢地呼吸……

——引子（三）

吾輩投入此刻，並住於專念——

第一口氣：呼與吸，皆長氣

第二口氣：呼與吸，皆短氣

第三口氣：呼與吸，覺觀全身

第四口氣：呼與吸，身體安靜

第五口氣：呼與吸，皆喜悅

第六口氣：呼與吸，皆快樂

第七口氣：呼與吸，觀內心活動

第八口氣：呼與吸，使活動安詳

第九口氣：呼與吸，覺觀心念

第十口氣：呼與吸，使心念平和

第十一口氣：呼與吸，集中心念

第十二口氣：呼與吸，釋放心念

第十三口氣：呼與吸，萬物無常

第十四口氣：呼與吸，萬物壞滅

第十五口氣：呼與吸，觀想解脫

第十六口氣：呼與吸，捨離放下

是的，說詩在時間的命運裏，不如說在個人的呼吸裏（見柏樺詩《物質守恆定律》）。詩是呼吸的韻律——「詩歌像孩子的親吻平靜地呼吸」（見帕斯捷爾納克的詩《宴會》）。與呼吸相關，我也寫到「聲調」，那是我的聲調，也是我媽媽的聲調，一個人的聲音會多麼像他的母親。不是嗎？請聽：

我記住了這世上每個人走路的樣子

當然更記住了每個人說話的聲音——

蘇丁走路的樣子，多麼像他的媽媽

詩人古琴家楊典說話的聲音，更像！

——柏樺《真理，我記住了》

從呼吸到聲調，我真是不厭其煩地通過詩來表達，再聽：

尋找同情卻一個都沒有

身體是一具一具的

孤獨是一個一個的……

你感覺到這一點是哪一年

那人呻喚厭世，很像一個母親

那人崇拜名人，很像一個父親

你看出這一點是哪一年

你的詩，我的詩

斧頭第一次出現是哪一年

梳子第一次出現是哪一年

盲人的目光到底有多可怕？

「舉著刀走一年，去看一個人」有多可怕？

還要問顧城嗎？

注意聽：這活生生的張力

不來自痛苦，來自聲調；

來自尋找同情卻一個都沒有

注釋一：「舉著刀走一年去看一個人」顧城詩《還有三日》。

注釋二：「尋找同情卻一個都沒有」典出《聖經‧詩篇》

（Psalms:69:I looked for pity, but there was none.）

2021 年 12 月 18 日

二、下午

是的，生命的下午來了，

我知道，我必須承認。

——查良錚譯普希金《歐根‧奧涅金》，四川人民出版社，1983，
第 207 頁

如是，請說出那些從未再來的

漫長的童年下午——為什麼？

——里爾克《童年》

「你還會想起多少次童年的那個特定的下午，

那個已經深深成為你生命的一部分、

沒有它你便無法想像自己人生的下午？」

——保羅‧鮑爾斯《遮蔽的天空》

與我的下午比起來，

這算得了什麼？

媽媽，你聽，

一詞一事物，一人一宇宙……

——柏樺《格里高里》

　　這下午，伴隨著下午的呼吸，潛滋暗長地形塑了我下午神秘複雜的性格。我的母親就是這樣一個具有典型下午性格的人，我何嘗不是。這令人緊張得如

臨懸崖（我還真寫過一首詩《懸崖》）的下午，生命在此刻哪怕聽到一絲輕微的聲音都可能引起本能的驚慌，可能被嚇死。這一點我在鮮宅一個下午的閣樓上有難忘的體會（詳情緊見後文《鮮宅》）。

向黃昏過渡的下午，充滿了深不可測的——很可能是厭世的——女性魅力（如今我更樂意稱之為母親般的少女魅力），我的母親正是那個「下午少女」的化身。這個永在「下午的少女」21歲當上了母親，她把她那「下午」的熱血輸送到我出生的身子裏。這是怎樣的一天？

> 1956年1月21日，星期六，陰，小雨。今日北碚區六萬人遊
> 行，並在體育場開大會，以慶祝社會主義改造勝利。……夜雪。
> ——《吳宓日記續編·第2冊，1954～1956》，三聯書店，2006，第
> 360頁。

仍從這則日記得知：重慶北碚電影院當晚七點二十分上映蘇聯電影《安娜·卡列尼娜》。我出生時，我的父親和我的舅舅正在北碚電影院看這場電影；當銀幕出現我父親的名字並提醒他——他的愛人已經生產時，父親和舅舅立即停止觀看，冒雪趕往重慶市北碚區第九人民醫院。

1956年1月的重慶北碚新村郵電局宿舍，冬天夜裏的燈光明亮耀眼，三合土的地面有火盆，房間裏溫暖如春。這是我誕生時的記憶，我竟然完全清楚地記得，永生不忘。

還有一件事情發生在我生命中最早的下午，清晰得可怕，我三歲時被什麼東西碰痛了，邊哭邊跑下幼兒園土紅色的斜坡……「而生命對於下午已經晚了」（柏樺《下午，養老院》）

很快，下午成了我的厄運。想像一下吧，克服「下午」，我就會變為一個新人：一個軍人？一個工程師或一個合法的小學教師？而培養「下午」，就是培養我體內的怪癖，就是「抒情的同志嚼蠟」（柏樺詩《犧牲品》）。而時光注定要錯過一個普通形象，它將把我塑造成一個「怪人」、一個下午的「左派」、一個我青春母親的白熱複製品，當然也塑造成一個詩人。

順便說一句（不見得是題外話）：對於那些熱衷於培養怪癖來寫詩的人（「有怪癖的人曾以為他是最偉大的人」見《契訶夫手記》，浙江人民出版社，1982，第177頁），上世紀1980年代我領教了很多，我還專門寫過這種人：

> 他一直以為沒有怪癖就不可寫詩，於是就專門去搜錄、背誦一
> 些名人寫的怪癖句子，譬如「外省。包廂裏一定有蛇一般的省長的

女兒」（契訶夫語，出處同上），一讀之下就令他興奮莫名、躍躍欲試。為此，他模仿契訶夫寫到：哈爾濱車站。小飯館裏，有一個小學教師的兒子，像菜花蛇一樣滑來滑去。——柏樺《一點墨》，北方文藝出版社，2013，第28頁。

在我的記憶中，不知為什麼，這只能說是一個謎：我的童年全被母親日復一日的「下午」籠罩，被她的「詞彙之塔」緊閉。母親是下午的主角，母親在下午總是無事，母親的精神為什麼偏愛在下午奔騰不休……她在履行一種使命，她要把她的詞彙，譬如說話費精神，彈琴費指甲，這類多麼生動的詞彙，灌入我下午的腦筋。她創造出了多少詩化的口語，我無計其數……

母親的激情已橫空出世，她相當準確地清算了我在下午的大地上犯下的錯誤，那是一些什麼錯誤呢？不外乎是一個孩子精力旺盛的行動錯誤，或者說是為了填滿時間而想方設法去玩耍的錯誤，更多的時候是「物」的錯誤，那些「物」竟指向道德上的過失或昇華為五顏六色的精神分裂，那些「物」，譬如「梳子」、「鋸子」、「蛋糕」、「花生」！我馬上就會在下面談到。

我，一個動盪不寧的六歲男孩，在母親下午的訓斥下（母親的訓斥都在下午），不得不筆直地站在她面前。時間一長，我會產生幻覺，喉嚨發癢，血管裏奔湧著無聲的尖叫……，我不知多少次僅僅只差一秒鐘——如果挺不住——就瘋了。我在熱昏頭的恍惚中，最初只看見她快速的言辭，煩怒地覆蓋我無知的「好動症」，她發抖的聲音像電流或銀針扎向我的身體。母親的聲音與平常是那樣不同，這是我命中注定第一次與詩歌的聲音相遇。

「畢竟，很多孩子都是這樣與詩歌相遇的，他們站在父母面前，聽到他們的聲音從日常的語調中發生了改變。」愛爾蘭女詩人伊文·博蘭（EavanBoland，1944～2020）也正是這樣與詩歌相遇的，她六歲時聽到她父親發怒時的聲音激起了她的興趣，「她感到震驚和敬畏。她站著，聽著那韻律。她捉住了一些感覺。在那整個時刻，她心醉神迷又感到壓抑。」（見劉康凱譯伊文·博蘭《詩歌形式：一個人的相遇》，此文出自馬克·斯特蘭德與伊文·博蘭合編的《一首詩的製作：諾頓詩歌形式選集》，序文之一，諾頓出版公司，2000）

父親的聲音，對！「正是這聲音開始改變詩的內部，帶著其習慣和羞怯的花崗岩的重量。正是這聲音符合一種人生，而不是相反。」（出處同上）

母親的聲音，對！也正是她那發抖帶電的聲音特別塑造了我年輕時的詩歌聲音（如《海的夏天》），同時也塑造了我後來的人生：

惹是生非，來自少小下午的教訓

長大後話多難道是另一種不吉利？

——柏樺《叢書欲入門》

下午的「犯罪經過」被母親無窮地揭穿，我的小型「愚蠢」——在母親眼裏卻是大型的、不可饒恕的——真是太小了，小到絕不可能被母親忽略。不是嗎？

什麼東西隔著眼皮一跳的距離閃過——

沒有事情小到可以從她指縫間溜走

她甚至看出蚊眼做了白內障手術

——柏樺《年輕》

我們公然無助地這麼對立著，為「物」或為她喜怒無常的「下午的悔恨」。細胞在劇烈地運動，雙方的情緒在經歷永無休止又不知疲勞的下午共同的「長征」。那長征已養成了一個艱巨而絕望的習慣，彼此不容忍睡眠並揮霍掉口水的真誠。說白了，母親幾乎每天下午要對我訓斥兩小時。對於這種訓斥，我曾在一首詩《犧牲品》中隱晦地寫過，我描寫了某種天長地久、無事生非的抒情的同志的形象，那是我後來被母親培養出來的形象嗎，那也是我那一代人的形象：

犧牲品

一代又一代

集中複製出犧牲品的形象。

——題記

我害怕大聲說話，我害怕用毒眼看人而產生不祥的後果，我害怕惹是生非，我害怕不領情，也不做解釋。

——茨維塔耶娃致帕斯捷爾納克的信。

抒情的同志嚼蠟

養成艱巨而絕望的習慣

這習慣是一種新的享受方式

折磨自己，不容忍睡眠

每天飄過如過眼雲煙

我知道這是個事實

「生活是多麼黑暗啊！」

我知道靠酒的關係
抒情的同志夜夜磨皮擦癢
挖空心思、免遭學習

敲詐的熱情夠了嗎？
在一個不合時宜的地方
抒情的同志對抓住的人
施虐、灌湯……絲絲入扣
揮霍掉口水的真誠

抒情的同志還有什麼委屈？
還要探討什麼問題？
金薔薇發起大竹林高燒
土灣棉紡廠激起哲合忍耶
薛明德，你也是馬星臨

應該成為一個嚴肅的人
應該成為一個道德的人
而抒情的同志該怎樣呢？
抒情的同志天長地久
抒情的同志無事生非

1986 年冬

訓斥為什麼總是發生在下午？現在想來也是一個謎。

事情發生在我六歲時的一個下午，父母已上班，我被反鎖於家中。這天我並沒有瘋，但也並不好玩。我感到我無論如何也玩不掉這個下午，它太長了，太複雜了，太難了。一生真的就是一天呀！我在一首詩中表達了這個一生就是一天的艱難：

一生，一天

地大水大火大風大，
散光了……蝦子怎麼死的，
螞蟻怎麼死的，人呢？
1985 年 5 月的一天
「車前子在洗金屬的圓盤」

在他的頌歌世界裏

大海盲龜穿木，百年難見

但有時又秒秒遇見；

蘭成，來到東京有何見教

早飯過後是午飯，

晚飯說來就來了，從未停歇……

唯有兒時一天的光陰好長

看「金屬鍋裏的水紋」

這才是我們的童年！

方生、方死多麼的快——

一生，一天，顧城

「抓住空氣，逮捕呼吸」

那真是適合你幹的事情。

注釋一：「車前子在洗金屬的圓盤」顧城詩句，見其詩《年畫》。

注釋二：「金屬鍋裏的水紋」顧城詩句，見其詩《童年》。

注釋三：「抓住空氣，逮捕呼吸」顧城的詩句，見其詩《安全體系》。

2021 年 12 月 17 日

　　是的，兒童只能集中精神把握十分鐘的事物，玩兩分鐘的郵票、兩分鐘的圖畫、兩分鐘的金魚、兩分鐘的木頭手槍、或者三分鐘的鞋、三分鐘的梳子、三分鐘的玩具汽車……而我卻要把握的是一個活生生的整個下午。那只可能是一個作家專注於故事的敘述，才能把握的不知不覺流逝的下午；是一個緊張而激動的情人為了黃昏前的約會而精心修飾，反覆對鏡化妝才能把握的無限幸福的下午，或者「在一個下午所有的光照亮和爆發，成長，那是一個唯有愛情，無盡的下午……」（阿萊克桑德雷詩《爆炸》）；至少也應該是一個成年人以寧靜的閒心和耐心才能把握的做白日夢的下午。我把握了這個下午嗎？八年後，即 1970 年，我還在綿綿不絕地希望把握這個「光景長得令人恐懼、發慌」的下午……

一個下午

　　一直是下午，沒完沒了的下午。

　　——里爾克《布里格手記》（華東師範大學出版社，2015，第 101 頁）

1970 年晚春的一個下午
房間裏透出晚春的安靜
（一種神經質清潔的安靜）
安靜的中心是桌上的玻璃瓶
瓶壁有一枚不動的青田螺
瓶底有一撮泡脹的白米飯
「不知道為什麼，沒有米
總覺得寂寞。」小川紳介
是這樣說的嗎？那田螺並
不吃飯呀，當重慶下午的
光景在一戶人家里長得
令人心慌，令人恐懼……

再次回到我六歲時封閉在家的這天下午吧，我該怎麼打發這漫長的時間呢？我必須想盡一切辦法佔有時間，或一刻不停地擠走時間，直到父母下班回來，直到他們從外面打開這被封閉了一個下午——但在一個孩子眼中卻是封閉了一生——的房間。

我開始翻箱倒櫃，尋找一切可以玩耍的東西。我甚至在一盒色彩各異的扣子裏流連了整整半個小時，我反覆搖動這個盒子，一遍又一遍地傾聽扣子發出的清脆響聲。在這之前的一個半小時，我的確破壞了一把梳子，梳子的三個齒被我打斷了；破壞了一個方凳，它表面的一角被我用鋸子試著鋸出了一個小缺口，我又拼命用手把它擦舊，即便父母發現時會產生一個錯覺，那是一個老傷口，可我的父母當然知道這是今天下午的一次嚴重破壞行動，他們怎能原諒我這手忙腳亂的愚蠢呢。無聊的下午永無盡頭……破壞繼續……接著我破壞了一輛屬於我自己的玩具汽車，它已無法啟動，實際上已經報廢了。

梳子！梳子從此擱置……直到 1984 年 3 月，我在《海的夏天》這首詩中，下意識地突然將它寫了出來，這把我六歲時玩耍過的莫名其妙的梳子呀，我神奇的命運！我的呼吸！我的密碼！它一定要等到這一天伴著大海來顯靈：

叛逆的動亂的兒子
空氣淹死了你的喘氣和梳子
——柏樺《海的夏天》

梳子，難道只被我發現了嗎？1985 年 7 月，顧城在一首詩《其》中也寫

到了梳子。神秘的梳子，就這樣成為了一代人的詩歌之秘。全詩極短，全文引來：

> 把手拿好
> 把玉拿好
> 梳子放好
> 十月
> 盒子小了

鋸子──緊接梳子之後的另一個密碼──五十三年後的十月最後一天（即 2015 年 10 月 30 日），我終於說出了它：

在一個封閉的房間

「在這裡那些門如同‧把鋸。」
──艾呂雅

下午，寂靜……
「就像在鋸子上演奏巴赫的樂曲」
──插曲

救命！花生！時辰已過，門反鎖
我急得哭，年輕的父親翻窗入戶

鋸子的神經質？不！鋸子的疼痛
不！鋸子出乎意料地有了思想
我六歲時的一個下午已經領受……

六十歲重返那方凳，被我鋸開的
小裂口還在，下午還在，媽媽說著……

「那個痰盂，你看那個痰盂好新
好乾淨，我們一直用到現在。
我現在每天晚上都要用。」
媽媽繼續說著……

我的鼻孔快出不了氣了，
嘴張著……哪一個下午？
1962 年的一個下午？
現在的一個下午？

　　　　九十八歲某一天的下午……

　　　　在一個封閉的房間

　　2017 年 7 月 4 日星期二，我偶然讀到法國詩人艾呂雅 1932 年寫的一首詩《惡》的第一行「在這裡那些門如同一把鋸。」（出處見弗里德里希著；李雙志譯《現代詩歌的結構：19 世紀中期至 20 世紀中期的抒情詩》，譯林出版社，2010，第 8 頁）；在同一本書第 161 頁，「門」和「鋸子」以及「一個被遺棄的房間」作為恐懼的符號再次出現了。真是一種神秘的巧合——我的童年、被反鎖的門（我後來長大了，患得的幽閉症，就來源於這一天被父母反鎖在家中）、我的鋸子，注意！尤其是鋸子！它多麼神秘——這也是一種艾米莉·狄金森式的神秘——「懸念讓鋸齒持續不停」。這首詩的神秘性經李商雨博士著重指出後，再次被我徹底充分意識到了。

　　詩中的第二句，我為什麼說「我急得哭，年輕的父親翻窗入戶」？那是說我有一次被鎖在家中時，撥弄門鎖，想開門出去，而門又打不開的事情。當時父親下班回來，在門外用鑰匙也打不開門，他在門外教我怎樣在裏面操作開門，我也學不會，只有急得哭。最後父親不得不借來很長的梯子從外面翻窗而入。門在這一刻是致命的，完全可以想像一個對門而哭的兒童的樣子：

　　　　小時候在一所封閉的房間

　　　　空氣折斷了他的梳子和喘氣

　　　　多少次，他一看見門就哭泣

　　　　他真是一個好難長大的人……

　　　　——柏樺《孤獨的人就是有心事的人》

　　「幽閉症」從此不僅成為我的身體特徵，也成為我的一個詩歌主題，我不厭其煩地寫到它，甚至在他者身上，我也會發現與我同樣的病症：

　　　　1982 年 10 月的一天

　　　　七十九歲的尤瑟納爾

　　　　在東京都大談死亡，

　　　　是因為她的幽閉恐懼症

　　　　以哮喘形式突然發作？

　　　　該死的地鐵車箱！

　　　　看上去像密室的電梯！

　　　　——柏樺《尤瑟納爾在東京都》

三、花生、肥肉、高痰盂

　　《在一個封閉的房間》這首詩劈頭就說到「救命！花生！」是有些意思的：神奇的花生，消磨時間的花生，幼年的我被封閉在家，最愛偷吃的東西就是花生，花生常常幫助我打發時間，度過難熬的下午。順便說一句：1950 年代出生的中國大陸男人，幾乎個個都有一個共同的終身癖好——愛吃花生。我後來（2013 年）在一首詩《花生逸事》中，專門談到了我及我們這一代男人的花生情結和記憶：

花生逸事

讀史迪威我想起蔣介石是花生米。
讀落花生我又想起落花生的女兒。
從此，一代一代的花生讓我想起
各個不同的故事和傳說……想起
重慶，六歲的我和我年輕的父親……

誰說過花生與兒童無關？上清寺
非人的郵局之夏，馮喆剛換上了
白襯衫走出來，他需要立刻回家
喝一杯酸梅湯。我也趁便回到我
下午的喜悅，1962 年快！吃花生！

誰又會想到最後的花生並非來自
長沙，也非來自德國，來自開封！
2005 年冬天，在成都紫荊電影城
一個陰雨天的下午，你將一紙袋
肥大的河南花生遞到了我的手中。

　　此詩寫我與花生從小結緣的故事……順手又插入了另一件事情：2005 年冬，當時在開封，河南大學教書的張棗來了成都……一個陰雨天的下午，在成都紫荊電影城門口，當我們一行人即將動身去都江堰旅遊時，張棗送給我一紙袋肥大的河南花生。

　　另外，詩中的「白襯衫」這一意象特別重要，需要特別指出，因為它一直在我早期的詩歌中醒目地出現，最著名的例子就是《夏天還很遠》中那人人都知道的詩句：「小竹樓、白襯衫，你是不是正當年？」；白襯衫代表我父親的形

象，因為我從小到大對父親最深的印象就是他愛穿白襯衫。白襯衫作為一種衣服的色彩，也是我對我父輩那代人的總體印象。後來，我在赫塔‧米勒的小說中又頻頻讀到羅馬尼亞的幹部愛穿白襯衫；是的，整個東歐的幹部都愛穿白襯衫。

下午，我們還繼續說著什麼呢？媽媽……我已在《謝謝媽媽》裏，沉入親切的回憶，但肥肉終究來了，它同樣喚醒了我的記憶：

謝謝媽媽

用完了剪刀，
要橫著放回平櫃左上角。
洗好的內衣要放回衣櫃
第二層，右邊靠外，
手帕、襪子放在左邊靠外。
物歸原處，我自幼習得。
當然淘米我會淘三遍的
謝謝媽媽。

飯前洗手，便後洗手，
（午飯後吃一顆糖）
手要乾爽，莫沾油。
地上髒，不能坐，
心要誠實，別撒謊！
是的，我還學會了好多怕
怕雨、怕風、怕感冒
謝謝媽媽。

一個晚間，你說
我買的肥肉我得吃下去
（是的，我吞下去了）
多少午後呀，
你總是彎起小食指，敲殼轉！
可我至今沒想到我頭髮裏
竟有父親的氣味。

謝謝媽媽

注釋一：「敲殼轉」，重慶方言，意思是用食指或中指的骨節敲打別人的頭，尤其是前額，這個打擊動作叫敲殼轉。

真是意猶未盡，在一首寫到我初中生活的詩歌中，我也難忘媽媽對我從小的教育：

歲月流逝，感到慶幸
（年輕的爸爸已經改了名字）
放心吧，我記得飯後刷牙——
這從小被媽媽養成的好習慣

綠紗窗，真優美，最難忘
我的愛國衛生只在乎它麼？
不！綠紗窗還使我記住了
打蒼蠅！抹桌子！便後洗手！
　　——柏樺《記住的事》

各種各樣的家庭教育之後，我又寫了《今將瘋是誰》。其中又是「肉」！特別是「肥豬肉」（我和媽媽都深惡痛絕）再次出現在了我的詩歌中（本詩第一節取材於赫塔·米勒《呼吸秋韆》，江蘇人民出版社，2010，第2～6頁）：

媽媽，「肉，這個字
點到了我的痛處」……
我唯獨此刻不是我，
我是羅馬尼亞德國人雷奧。
我的呼吸秋韆還沒有翻滾，
在檀木公園，
在海王星游泳館，
「燕子肉」妙不可言！

肉，上清寺郵局食堂裏也有，
我的媽媽討厭它
而我在1965年某個初夏的晚間
被媽媽強迫吞下；
肥肉！是一種恥辱嗎？

> 吞下肥肉是一種懲罰。
> 吞呀，吞得眼淚洶湧
> 「那關係到身體的肉」
> 我九歲，還不到十歲
> 但「你為什麼還不快去死！」
> 我瘋了，我肥掉了自己，
> 我飛脫了自己，媽媽！
> 北碚公園我們還回得去嗎？
> （我想最後問一聲）
> 你說死亡是一種解脫，
> 而我說是一種解放。

是的，媽媽，我又要說起那個夏日晚間，你強迫我吃下肥肉的事情了，一人做事一人當，因為這是我從食堂裏打回來的飯菜，所以你認為我就應該吃下去。這裡面有什麼做人的道理嗎？媽媽，其實你不需要說什麼大道理，只憑藉你超凡的本能就可以點點滴滴地塑造我。

在我們的老年，我 66 歲，我的媽媽 87 歲，我們不止一次地說起那個「高痰盂」。那個痰盂已在前面的一首詩《在一個封閉的房間》裏出現過。

我一直記得家裏那個「高痰盂」，六十年後，它還是那樣嶄新，我曾在很多地方提及它。2015 年 10 月的一天，我突然寫道：「但請不要再提那個 1962 年的高痰盂了，媽媽！我知道它上面的鮮花圖案，至今仍然新鮮如初。」這不是嗎，那駭人的痰盂，那無與倫比的乾淨的痰盂，我童年生病期間坐在上面的痰盂……

在另一本書裏，我繼續追問：我曾是誰？小碚。我曾生活在何處？北碚新村。我曾玩過什麼玩具？一個鐵環。我還記得一個幼兒園的高痰盂，我曾坐在那痰盂上面……我真的什麼也沒有想嗎？

> 人幼年的生命多麼漫長
> 我還真記得我的幼兒園
> 我要麼坐在痰盂上，要麼
> 睡在有淺綠色護欄的床上
> 沒事幹，我來消遣聲音
> 蚊子聲和蒼蠅聲完全不同

蒼蠅聲和蜜蜂聲卻頗相似

這是我童年唯一的發現

也是我童年唯一的遺憾

說出來可能無人相信吧

我從未打死過一隻蟲蟲

　　——柏樺《「老來同病是詩篇」》

　　我生命中無時無刻不在提醒著我的痰盂啊！那痰盂是一個神話，因為它越用越新。2022 年 7 月 7 日這天，我在一首詩的結尾再次說出了它，使它從此在我心中得以永存：

家庭生活

　　——致母親

我一直在尋找一種家庭之美……

一種但願找不到它的神秘之美。

　　——柏樺

我告訴了你嗎？媽媽

六十一年前一個春天

的午後，我一下看見了

旦暮之間，已是千年

我記得當時我在北碚

電影院門口哭。媽媽

你別進去，我們不看

電影，我們快跑吧！

如今我已六十六歲了

成都有個伊藤洋華堂

我每次跟你外出購物

都有一種少年的激動

彷彿我老了重獲新生

我們還會活多少年？

還會一起上多少次街？

後來，那兒子在想……

大江在閃耀，世界熱得
沒有一個人，箴言是
恐怖的。我們會忘了
下午的大橋？你真會
惱恨我不敢往橋下跳？
是的，鋸子和梳子還
那麼神秘，裝蛋糕的
黑鐵筒呀直裝到老年
是的，彈琴雖費指甲
說話雖費精神，但是
高痰盂因紅花而鮮豔
越用越新直用到永遠

2017 年 11 月 12 日

2022 年 7 月 7 日

關於詩中這個高痰盂，2020 年 9 月 4 日我還和巴黎第七大學的著名數學家，現在巴黎天文館工作的阿蘭教授（Alain Chenciner，1943～），在微信上有過一次對話：

Alain：今天還有高痰盂嗎？

柏樺：還有的。我每次回家都會看見那個高痰盂。我的媽媽八十五歲了，每晚還要在臥室裏使用它。

Alain：我從來沒有看見一個。

柏樺：這種痰盂在中國曾經很普遍，處處可見。我小時候在幼兒園就用這種痰盂大便。不過現在很少看見高痰盂了。

Alain：是的，我們只能看到這些我們預見看到的東西。

是的，我看到了那個鮮豔的永恆的高痰盂……。

四、蛋糕

下午五點鐘，我已再無東西可玩了，但離六點似乎還很遠、很長。這六點，這茫茫宇宙中一個人為的鐘點，似乎漆黑難辨……失望和疲憊減退了我折騰的熱情。突然我發現一個靠門邊牆角落的黑黃色小鐵筒。我一把將它拿在手裏，打開一看，啊，一份我正期待的禮物從天而降，好像這禮物早已決定在這

時來撫慰我失去自由的飢餓心。是的，我好像是有一點餓了；是的，三個蛋糕在最後一刻才把我推向好玩的高潮時間。

　　三個蛋糕靜靜地躺在對童年的我來說太幽深、太黑暗的筒底。我的小手伸進去取出這三個蛋糕。我觀看它們美麗金黃的形狀；聞著它們捂久了後一下集中散發開來的芳香，然後一口一口地將這「美的幻象」逐一吃掉。吃，對兒童來說是一種絕對玩耍的形式；所吃之物，理所當然就是玩具，如那前面我談到的花生；而如何開始吃第一口，並怎樣不同凡響地消滅它，接下來是多麼奇妙的口腔快感。在我吃掉它們的同時，這個漫長的下午也滿懷它豐富的夢幻色彩，一寸一寸向六點鐘傾斜、逼近——

> 孩子們在食物中尋找頹廢
> 年輕人由於形象走上鬥爭
> ——柏樺《美人》

　　房門打開了，母親出現了，教訓開始了。「下午聽話沒有？」母親問道。我茫然不知所云，還沉浸在蛋糕的溫暖裏，也弄不懂這句話的意義。「下午聽話了沒有？」母親又問了一句，聲音有一點不耐煩了。這句話重複兩次之後，像一個符咒立即打斷了我的「溫暖」，我如夢初醒，趕快回答：「聽話了的。」母親邊和我說著話邊檢查房間，梳子打斷了幾個齒、方凳的一個角被鋸出了一道口子，更重要的是蛋糕居然被偷吃了（這一點應該是在另一個下午被發現的）。「你還說聽話，你在說謊。」母親突然很委屈地生氣了。

　　我知道媽媽最恨的人就是說謊的人，生平第一不能容忍的事也是說謊的事。而小時候，我在母親眼裏總是說謊，長大後朋友們又認為我誠實得過了頭。這裡面確實有些微妙。正好像小時候我們被反覆訓練成誠實的孩子，長大後又去說些善意的謊言。有關此點——說謊的兒童誠實得過了頭——薩特最懂，他就曾在《薩特自述》裏說過：「在我九歲時，我極不誠實，而後來我又誠實過了頭。」（河北人民出版社，1988，第124頁）

　　媽媽的脾氣越發越大。她急促的話語尖銳不絕，彷彿要把我當場淹沒在她那針刺般的話語符咒裏。她已承受不了她自身急迫的傷心、痛苦、厭煩，她彎曲起她娟潔的食指猛烈地敲打我不聽話的腦殼的四周。我糊塗的腦殼年僅六歲，它在熱得令人窒息的「下午少女」的敲打下好像真的要四分五裂了。

　　五十四年後，我在新加坡南洋理工大學教師公寓樓的一個下午，竟然還想起了我童年的這一幕，並很快將其寫入《晚霞裏》這首詩的結尾：

看，另一個年輕的納博科夫像我年輕的母親

在晚霞裏只用指關節打人，不用整個拳頭。

——柏樺《晚霞裏》

怎麼說呢，這個「不誠實」的孩子在這個下午必須起點變化了。但「一般來說，內在的變化是不可能被跟蹤的，如果這些變化還談不上質變的話。有些變化在發生的時候，你自己往往是覺察不到的。」（布羅茨基語，見《布羅茨基談話錄》，作家出版社，2019，第142～143頁）我並非專門去等待「質變」的到來，我也並非忘記了時間。一九八九年冬天，那一年我三十三歲（一個人命關天的數字），在南京一個初雪的下午，我寫出了《教育》——蛋糕的謎碼終於被我破譯——「質變」的謎底終於被我揭穿。

教育

我傳播著你的美名

一個偷吃了三個蛋糕的兒童

一個無法玩掉一個下午的兒童

舊時代的兒童啊

二十年前的蛋糕啊

那是決定我前途的下午

也是我無法玩掉的下午

家長不老，也不能歌唱

忙於說話和保健

並打擊兒童的骨頭

寂寞中養成揮金如土的兒子

這個注定要歌唱的兒子

但冬天的思想者拒受教育

冬天的思想者只剩下骨頭

我透過蛋糕寒冷的「譯文」，默默地看清了教育的「美名」並以另一種教育的名義還給了他們（家長和老師）：

我受的教育想要把我變成另一個人，而非我本來會成為的那個人。教育我的人按照他們的想法使我遭受的傷害，我將以指責的形式還給他們……（卡夫卡著：《卡夫卡日記，1909～1912》，中國國

際廣播出版社，2020，第 14 頁）

教育並不在南充一個受寵愛的昏暗院子裏進行，我大略四歲前曾寄養在那裡，我的外公家，對於「幸福」我是善忘的；也沒有在幼稚園老師的呵斥下進行，即使如此，我也失去了記憶；教育在一個下午，我的家裏進行，它雖已成過去，但卻刻骨銘心。那可怕而令人著魔的古老「蛋糕」，教育通過它的鬆軟、香甜懲罰了一個兒童，它對我產生不幸的影響。但我人格中被塑造的「下午」性格卻又通過它反對了任何形式的教育，這一點尤其令我欣慰。從少年時代，直到後來的青年時代，教育都曾引起我強烈的反抗。只要有人（母親或老師）對我說：「你不應該這樣，你又錯了」，我就會偏著頸子或怒目相視或轉身逃走。簡而言之：我這種個性使我非常不適合這個集體社會，唯獨適合一個詩人處理他日常生活的悲劇：

> 我夢想中的詩人
> 穿過太重的北方
> 穿過瘦弱的幻覺的童年
> 你難免來到人間
>
> 今天，我承擔你怪癖的一天
> 今天，我承擔你天真的一天
> 今天，我突出你的悲劇
> ——柏樺《獻給曼德爾施塔姆》

從此，一種對未來無名的反抗激情，對普遍下午的呼吸不暢，對本已完美的事物的百般挑剔也開始在我內心萌芽。為什麼會這樣呢？我盡了這麼大的努力才完成的這個下午，理應受到誇耀但卻遭到敲打。從此，我渴望迅速長大、迅速逃跑、迅速自由。

變化從何開始？悲又從何而來？我到底錯在哪裏？我感到害怕和憤怒。害怕漂浮不定，憤怒卻使我清楚地想到了「李逵」。半年後？（也可能是偷吃蛋糕的那個下午的一年後，誰說得准呢？），我去新華書店時看上了一本連環畫（也作小人書），封面是手拿雙板斧的「水滸」英雄李逵，他滿臉鬍鬚翹起、圓睜雙目從遍布樹林的山崗奔跑下來。我很喜歡這怒放的形象（因為他不像我，因為人並不喜歡自己而總想成為他人），我為不能立刻得到這本書而萬分焦急，直到晚上，直到第二天早晨，我終於第一個衝進書店買下了這本小書。

再想想，是 1963 年初夏嗎？從《李逵下山》（連環畫），我記住了風景與

樸刀的魅力；從《槍挑小梁王》（另一本連環畫），我記住了戰袍和馬匹的美麗：

> 1953 年，許多人看《攻克柏林》（小人書）
>
> 他們看了又看，簡直可說是百看不厭。
>
> 而我小時候一個秋天，只看《槍挑小梁王》
>
> （和她一起看，消磨著放學後的下午
>
> 而如今她在哪裏呀，她死了嗎……）
>
> 另一個夏天，我卻只看《李逵下山》
>
> 並從此愛上了他手中的樸刀而不是雙板斧。
>
> ——柏樺《說小人書》

還有一本連環畫《浪子回頭》，這本書讓我初次感到了人生的驚險和寬慰，人終究是可以得救的，就像那書中的浪子，在故事的最後，回頭去成為了一個好人。

二十五年後，這離奇的李逵又重新接上了童年的某一點，但已沒有了憤怒。一個盛夏的下午，一位專為屍體化妝的老人在重慶觀音岩一間低矮、潮濕的小酒館一邊飲酒一邊指著我說：「你是楊志，你這位朋友就是李逵。」說完，他開始吃他隨身買來的一塊蛋糕。

五、逃跑

再次返回我童年的下午吧，那是另一個冬日的黃昏，那一年我八歲，第一次離家出走。出走的原因是由一位脾氣古怪、性格厭煩的老處女教師引起的。她是我的語文老師，她有一個習慣，每天下午（又是下午）折磨她收養的一個男孩，不停地罵他並用一個黃色的直尺打他的手掌。我知道終有一天我會把她打孩子的事寫出來：

小學之眼

> 大天白亮，上課走神
>
> 黑夜來臨，背書開始——
>
> 爸爸媽媽去了哪裏？
>
> 他們不在家，在單位學習。
>
> 「兒子們回憶起幼時的鞭刑，
>
> 父親坐在一旁，歎氣道：
>
> 以前的人跟現在的人

想法不一樣……」（契訶夫）

那時登山上學的兒童

不會為了美學去描繪雲彩。

代課的女老師也絕不會

動情地說起失蹤的燕子。

五兩風兒魚眼紅之後呢，

奧科是三磅，還是眼睛？

看！下午一點，王老師

在打她過繼兒子的手板。

注釋一：「五兩風兒魚眼紅」，出自王維詩句：「南風五兩輕」以及「魚眼射紅波」。

注釋二：「奧科是三磅，還是眼睛」，「奧科」——俄語是 OKO，格魯吉亞計量單位，通常等於俄國三磅；但它又和「眼睛」一詞古寫相同。

那天下午，她可能恨我上課時的好動症，或因為別的什麼原因（至今我也很難理解），放學後將我關在教師辦公室，一邊囈語翻滾地教訓我（教訓的內容我聽不懂也記不住了），一邊大膽地用她那胖胖的手指戳我的前額（唉，又是母親般的懲罰形式）。我已不能準確地描述那時的心情了，直到長大成人後，我寫出了《恨》：

這恨的氣味是肥肉的氣味

也是兩排肋骨的氣味

它源於意識形態的平胸

也源於階級的毛多症

「恨」讓我清楚地恢復了對那個下午的記憶：的確那個語文老師是多毛的，我記起了她多肉的嘴唇和唇邊密集的絨毛；我也記起了她的神態，她在寒冷的下午困難地滾動著她矮胖的身體，直尺在她手上換來換去，煩躁不安，她要打人。

那個下午，她果然通知了我的父母。但我卻有我的辦法，更大的憤怒壓倒了害怕，我已打定主意拒受教育，不回家。看看吧，那兒童早已下定決心要在一個下午鋌而走險。

　　下面這一段應該寫得讓人停止心跳，但我卻只想將它盡快講完，一筆帶過。冬日的黃昏，不懂事的孩子在學習逃跑……我走得並不遠，在家的附近徘徊。有我 2015 年 1 月 22 日寫的詩為證：「我不會走遠，也不會離開太久，像那個英國人嗎？我轉身回家」（柏樺《鏡像》）。這裡的英國人指的是英國詩人阿米蒂奇（Simon Armitage，1963～）。在此借用了他一首小詩《傍晚》（Evening）的意境及其詩句：「You've promised not to be long, not to go far.」但我並沒有承諾（promised）不會離開太久，也並沒有立即轉身回家。如下引來這整首詩，喜歡緊追情節的讀者可以跳過第一節——那是倒敘的開始，我初中的一個特寫——直接從第二節讀起，直到結尾，寫的都是小學逃跑的事：

鏡像

在吾國，自古鏡取形，燈取影——
如昔初中芬芳，形影不離的事
讓人難以啟齒——同志好小

睡覺來自童年，我們生下來就
開始練習；那第一道閃電七歲！
劃破我的小學——嫉妒好小

有一種愛注定發生在 1964 年
沿冬天拾級而上的人真幸福呀
他背影消失，去赴弟弟家的晚餐

看的人更幸福，當天光暗了下去
我不會走遠，也不會離開太久
像那個英國人嗎？我轉身回家

打開燈，就有了光，黑暗消失
八歲的我好像從來不曾有過
那八歲的我，到底是哪一個？

　　天越來越黑，童年的嗜睡症襲上頭來。我走到一幢熟悉的大樓的避風角落，那角落裏散落著一些潮濕的破磚，我安全地蜷縮在那裡，不知悲傷也不覺飢餓地望著夜空，直到沉沉睡去：

小學生活

那孩子的心呀在課堂上漫遊

累了，他的身體就想動
「到辦公室去！」
老師已提前發出了命令
那孩子被罰站一個下午

黃昏星升起，放學的龍捲風
刮過初冬小學的石階
那孩子的面孔變了，
他開始死盯一株樹或仰望夜空
或期待蜷縮在公共汽車上入眠

痛苦中斷，也無驚瘋
他為什麼沒有感到飢餓？
他只在羨慕中久久地出神
當家長與親戚吃完明亮的晚餐
他也一覺醒來，長大成人。

　　事到如今，我才明白這一夜是我走向詩歌的第二步（在這之前，我已經以三個蛋糕為代價邁出詩歌的第一步），這一步同樣不是書本之詩而是生活之詩。八歲的我雖不會抒情，也不知道這「憤怒」所醞釀著的「精神分析學」意義。但沒有這一夜我就不會在十五年後與波德萊爾的詩歌相遇。作為詩人，我命該如此。我感謝這逃跑的第一夜，它把我送往人生表達的路上，雖然那時我還不會開口說話，不會表達。但我知道終有一天我會開口，我會說出那非凡的一夜：

哪一顆命運小星決定了我
坐在凌晨三點的郵包上出神？
巨變——貓發出基督的哭聲⋯⋯
——柏樺《有用》

童年有何意義？命難熬，除了仰望星空
（無論冬夏）就是尋找夥伴，讀書，寫信⋯⋯
有一夜——那已決定在將來化為非凡的一夜
——我只是陌生地度過，感覺著臉變醜了⋯⋯
在吾國，「天總以百凶成就一個詩人。」

　　　　——柏樺《信》

　　只有我的童年才仰望星空嗎？一個我並不喜歡的墨西哥詩人帕斯，他的童年也在仰望星空：

在我童年的夜晚北極星在純淨而寒冷地燃燒

「誕生之星」召喚我們奔赴生命

這是復活的邀請因為我們每分鐘都能再生

　　　　——帕斯《心中的星》

　　如此成長的一夜，我真是不厭其煩地寫！這個精力旺盛的兒童，甚至在醫院住院，也是活蹦亂跳的：

憶少年

我可以說我知道，

但我年年在衰老

　　——張棗《桃花園》

八歲，那個兒童

幾番在公共汽車上過夜

在成堆成捆的郵政包裹上

抬頭望天……

九歲，從一本蘇聯畫冊，

他暗自認識了美

有兩幀照片（內容保密）

曾火山般地吸引著他……

放學、上學的路上，

他幻想到出神並失格。

十歲，得了肝炎，

反讓他的精神熱得發狂！

他剛死去活來，

跳蕩於醫院的亭臺樓閣

又快得來來不及住院，

立刻痊癒、捲土出院。

從此以往，他真是個

樣樣都快的人呀！

說話快、走路快，

吃飯快、還有什麼快？

六、楊典，另一個少年

　　一覺醒來，我就宣告教育的結束，這翅膀硬了的鳥可以飛了（緊見其後《我心紅透》）；一覺醒來，1990 年，在寒冷的北京（但北京外語學院教工宿舍卻熱得令我流汗），我對身邊另一位十八歲的大詩人楊典說：要寫詩，不要像我從『下午』開始，早晨七點更接近真理……誰說過天才懂得利用自己的痛苦？那說的是我們嗎？生於偶然，死於必然，這是人的神秘處……說著說著，我因北京乾燥的天氣流下鼻血。

　　有關楊典，藉此機會，我多說幾句。我認識他時，他才十二歲，是一個敏感而深藏爆發力的少年；當時我與他父母是非常要好的朋友，他父親是重慶音樂界第一人，屬作曲家郭文景的老師輩；母親不僅富有美貌，而且也是重慶當時最有文學修養的女作家。楊典出自如此家庭，當然自有淵源。

　　楊典從十二歲起就開始亡命於文藝。他十六歲時，已寫出相當驚人的詩了。現在回想他的童年種種，總讓我想起巴什拉的一句普適性的話：「在記憶深處，所有童年都是傳奇性的。」（巴什拉《夢想的詩學》，三聯書店，1996，第 280 頁）是的，所有人的童年！楊典當然不可能例外！只是他的傳奇故事我就不在這裡放開來談了，只簡說一二。

　　我至今還記得我與楊鍵在南京討論楊典 1989 年發表在《花城》雜誌上的一組詩的細節；以及 1997 年秋天在圖賓根和張棗談起楊典詩歌天才的情景。他當時狂熱地喜歡俄羅斯詩人帕斯捷爾納克，所寫之詩雖有借鑒，但也完全出神入化，我們為一個橫空出世的少年天才詩人歡呼。多好，他又來自重慶。

　　接下來，楊典以不停的變之魔法，令我不斷吃驚。他不僅是一位相當隱秘而非常內行的詩人，也是一位散文及小說高手。他當時年紀太小，因此只在我和他的少數幾個大朋友處享受少年天才的光榮。後來他寫出了一系列書籍（包括詩、小說、散文、隨筆、文論），我收到的就有《琴殉》、《狂禪——無門關鏡詮》、《孤絕花——絕版書評肆拾捌》、《隨身卷子》、《女史》、《肉體的文學史》、《十七歲的獠牙》、《鬼斧集》、《花與反骨》、《禁詩》、《枯山水》、《懶慢抄》、《鵝籠記》、《閒樓一諾》、《惡魔師》……，各類引人矚目的文本真可以說是不計其數，滾滾而來，令人應接不暇，讀之不盡。

有一天，我甚至產生了一個幻覺，真心認為楊典是芥川龍之介在中國的轉世（考慮到他曾在日本生活過幾年）：

現在，楊典兄

從上野出發經日暮里，

再由水戶到仙臺

人間何處不鵝籠？

人間無處不鵝籠。

——柏樺《和鵝籠——讀楊典鵝籠記有所思》

他也是一位奇異的畫家，我個人非常喜歡他的畫。他還是一位極有造詣的年輕古琴大師，在北京設有琴館並授徒百餘人。寫這些，是因為有一天突然在網上見到楊典的文字，令我有了百感交集的想念。想起他的少年時代如何的不容易，這些事就不必在這裡多說了，以免八卦之嫌。一句話：他可以說是歷經了滄桑。但也正是那些年少的滄桑才使他很早就成熟的詩性表達極富張力。我無法想像他十五歲時寫的詩歌！讓我驚歎的《辮子》本很想抄來，可惜太長，共五十八行，只好放棄。現特別抄來他十五歲時寫的另一首十四行詩《天亮以前……》，且看這個束髮少年，或者乾脆說一個像我一樣的下午少年，他的詩心已是多麼地警醒，他的詩藝又是多麼地具有老練的戲劇化手法了：

天亮以前……

天亮以前，連續很多個早晨都是完全一樣的，

單剩下我沒有聲音，只是露出微笑，

風起過之時，便神志不清地轉身離開。

水退下去了，經過供滿靈位與祭器的道邊，

我似乎再也找不到藏身之處，

無動於衷的靜坐，猶如結石長在它方，

天然的遠郊裏也四下湧起紛落的梅林。

我不想沿著磷火奔走，也知道現在，

所有歌唱的深海中，正浮起黃爛的月琴，

傷感撲面而來，使人變得沒有特徵。

但願我再也不踏橋而去，

那邊的混亂中卷雜著清涼的背影，

他吹響白髮，吹響陰鬱的香案，

偏僻的山水上渲染著一片鮮豔的湖藍。

　　我同樣也無法想像他十八歲時寫的詩《晚年》，竟然如此天然地為我們展現出一個這麼單純可愛的老人形象。真是一出生就老了嗎？楊典，一個才剛剛成年的青年，他在幻美或眈美著他的老年。是的，我相信他會「具備一個古典的晚年，只信奉愛和時光」而且一定會和他早年的悲劇生涯握手言和：

一本質樸讀物，

兩冊寫景著作，

我會有一個古典的晚年，

穿著布衣服看書。

　　猶豫再三，我還是決定送上這份禮物——這首為楊典及其家人而作的詩，我早已私下告訴過他，只是沒有公開題贈——以此紀念我最難忘的重慶歲月（1982～1988），更是為了紀念少年楊典及其父母：

禮物

——贈少年時代的楊典及其父母

大雨中，她打開印刷廠的鐵門

衝進空無一人的排版室，查對

契訶夫文集中一句原文「俄羅斯人

喜歡回憶，卻不喜歡生活。」

字已用完，在這個春日晚間，

你想到另一個故事的一些關鍵詞：

飢餓、方便麵、成長以及為難；

他最終被一個勢利的詩人拒絕。

熱湯！她家的，我們短暫的歡樂，

有個人哭了，他想過神的生活？

在明亮的燈光和小玻璃桌前

（她是那樣喜歡明亮和玻璃）

他倆彷彿在沉思，雨中的春日……

他倆並不知道時間已接近尾聲——

「處女星已經回來。」現在已到了

　　她為我們說出讖語的時刻了。

　　寫於 2010 年 10 月 5 日

　　腳步已經跨出，鳥兒已經飛走……楊典嗎？當然！同時也是我。

　　逃跑以它一連串的驚歎號，以無窮的「八歲」的速度從這一夜開始偏離了所謂「聽話」的道路（人生服從的道路）；它公開或暗中一直向左；它使我加速成為一個「秩序」的否定者、安逸的否定者、人間幸福的否定者。隨著逃跑不斷升級，我理解了「鬥爭」、「階級」、「左派」、「解放」這些詞語，它們在一個誠實得過了頭的孩子的注目下顯得無限性感；同時一股近似於自我犧牲的熱情把我推向極端。這極端頂著詩人自戀的特徵，這特徵雖令他人討厭，卻也可以理解：自戀的人是從小被虐待的人。自戀的人也是女性化的人。而當詩人有什麼好呢？除了能夠精確地表達自己之外，他也可以像奧威爾說的那樣去報復某個人。

七、下午的歌者

　　通常情況下，我這個「下午」的歌者——不像張棗這個「正午」的歌者——總是在母親「下午」的氛圍裏，面朝左邊急切地歌唱：

> 該是怎樣一個充滿老虎的夏天
> 火紅的頭髮被目光喚醒
> 飛翔的匕首刺傷寂寞的沙灘
> ……
> 憤慨的夏天
> 有著娟潔的狂躁和敏感
> 愁緒若高山、若鐘樓
> ……
> ——柏樺《海的夏天》

> 這夏天，它的血加快了速度
> 這下午，病人們懷抱石頭
> 這命令在反覆，麻痺在反覆
> 這熱啊，熱，真受不了！
> 這裡站立發怒的她，宣誓的她，
> 左翼的她，喘不過氣來的她

……

——柏樺《這夏天啊，夏天》

就這樣，在原本就如火如荼的二十世紀八十年代中期，我以絕對重慶夏天的名義，以童年下午的閃光，反抗了一位下午的女巨人。我不想說起她，我只想在《下午》這首詩中試圖說出我下午的依稀別夢：

下午

焦慮的寂靜已經感到
在一本打開的散文裏
在一首餘音繚繞的歌裏
是的，我注意到了
還有更重要的一點
某個人走進又走出

入睡前你一直在沉思
那即將切開的水果……
那冰島人是否只有冰，
他們不懂得菲律賓？
徒勞的鏡子凝視著什麼
一個畫家棕色的夢

下午，你睡得很穩
脾氣也成了酒
是的，我注意到了這一切
包括有個老太婆在洗臉
窗簾有一點神經質美麗
你的夢在過渡……

這是最好的時間
但我們都要小心，下午
因為危險是不說話的
它像一件事情
像某個人的影子，很輕柔
它走進又走出

1985 年春

　　而另一位下午的女巨人已被她的母親訓練成了一名農學家。她每次見到我都會瞪著她那發亮的小眼睛說：那雙黑棉拖鞋仍整齊地放在床下呀，媽媽，其實我不想當農學家，我只想當醫生……

　　她狂熱地讀我的詩，幾乎不是讀，是吞！她說每天必讀我的詩，不然就活不下去，我的詩已成了她每日必服的藥片，她說這些「藥片」可以醫治她童年的創傷並有效地對抗她那喋喋不休的完美主義母親。讓我們來看看這個農學家的命運：

一個農學家最後的話

別了，遺傳育種或農機
別了，植物保護和園藝……
別了，「農業八字憲法」
別了，亞細亞生產方式
——引子

（我曾經在別的地方說過，
她母親將她培養成了農學家）

四月，臨死前一周的一個下午，
她突然對他談起她的大學生活，
那時她每天下午都去打乒乓球
怪了，每當我一打球就愛思考
各種非農學問題，真是愉快呀。
但有件事我說出來你也不相信，
不是你這個人，是你寫的那些詩
炫耀著渴望著讀進了我的生活。
有一句詩是你寫的嗎？還是
某個人翻譯的？我記不清楚了：
「未知位於生命的盡頭，
死亡的起點。死亡不是問題，
出路才是。」好了，不說了，
你現在幫我看看那雙黑棉鞋還

在不在床下？我好久沒看見了

（媽媽，其實我從不想當農學家，

我只想當一名會寫詩的醫生……）

注釋一：「未知位於生命的盡頭，死亡的起點。死亡不是問題，出路才是。」見劉楠祺翻譯的雅貝斯書《相似之書》，廣西師範大學出版社，2020，第 47 頁。

2012 年 1 月（草稿）

2021 年 2 月 15 日

我的詩，尤其是它的聲音節奏，有一些很危險；它是強行甚至蠻橫介入他者的，是要打亂他者生命節奏和呼吸的，譬如《震顫》、《海的夏天》、《或別的東西》等，這些詩對某些神經脆弱、天性敏感的讀者會有殺傷力。我就曾經在 1980 年代初碰見過兩個讀者，一男一女，男的叫張剛，西南農業大學的日語老師，讀我的詩《震顫》，哭了、幾近瘋了（詳情見後）；女的就是這個小農學家，她本來就瘋，她也不怕，逢人就說我的詩可治她的瘋病。不過，對於身體不好的讀者，我還是勸他們慎讀或不讀我的某類詩，以免身心受到傷害。

時光強硬地向前推進。今天，我已來到「新停濁酒杯」的晚年，我也早就明白了我六歲時相逢那三個蛋糕的意義——那個下午是決定我前途的下午，也是注定了我長大後要歌唱的下午。而值得慶幸的是，我的歌唱是非個人化的，即便我的痛苦是傳記性的。

「下午的教育」結束了嗎？沒有。2016 年，我六十歲時——繼 1989 年寫出《教育》之後——它再次以稍加變形的樣子出現了：

下午教育

教育，我傳播著你的美名

那偷吃了三個蛋糕的兒童

那無法玩掉一個下午的兒童

舊時代的兒童必來自重慶！

五十年前的蛋糕聞到了幽閉

那是決定我前途的一個下午

家長們不老，也不能歌唱

忙於說話、保健，手板煎魚

並總在下午敲打兒童的腦殼

寂寞中培養出恐懼症的兒子

那用逃亡來增進恨的兒子

那用愛來製造破壞的兒子

如果這兒子變身成為詩人

這冬天的詩人拒絕受教育

這冬天的詩人只剩下骨頭

注釋一：此詩是對我寫於1989年冬天的詩《教育》的重新改寫。

注釋二：「手板煎魚」，四川老一代父母瞧不起孩子，他們在實行教育時，特別愛冷嘲熱諷地說：「你做不到！你如能做到，我手板心煎魚給你吃。」這是一種激勵法嗎？我倒覺得這更像是一種對孩子能力的蔑視和打擊。

寫於2016年1月3日

下午！直到今天我還在不停地沉思它⋯⋯2019年4月12日星期五凌晨，我再寫出了它：

幾個下午？

「從某一點開始出發，要想回頭是不可能的。」

——卡夫卡

「下午好比是一天的精髓。」

——杜拉斯《無恥之徒》，上海譯文出版社，2006，第175頁

下午在呼吸，我還能記起

我六歲半時的幾個下午？

十七歲半時的幾個下午？

二十二歲時的幾個下午？

二十七歲時的幾個下午？

三十一歲時的幾個下午？

三十五歲時的幾個下午？

四十一歲時的幾個下午？

四十八歲時的幾個下午？

六十三歲時的幾個下午？

九十五歲時的幾個下午？
我一生注定有多少個下午？
我想可能也就四五十個吧。
或許根本沒有那麼多個。
只有唯一的一個下午──
在重慶一所封閉的房間。

人之一生終究有多少個下午？「讓一個下午變成所有的存在，或者說，所有的存在好像一個偉大的下午……」（阿萊克桑德雷詩《爆炸》）那就讓這個「偉大的下午」持續我的一生吧……

而在另一個人晚年的春天，在另一首詩裏，我均勻地呼吸著說：「其實他的一生在那個下午已經度過了」（柏樺《死吼》）。

八、我心紅透

1966 年夏天

成長啊，隨風成長
僅僅三天，三天！
一顆心紅了，祖國
正臨街吹響，吹啊吹，
早來的青春吹綠愛情，
也吹綠大地的思想。
還有什麼比上課重要？
瞧，政治多麼美
夏天穿上了軍裝
生活啊！歡樂啊！
遊行啊！衝鋒啊！
那最後一枚像章
那自由與懷鄉之歌
哦，不！不！不！
那十歲的無瑕的天堂。

一個意想不到的巧合，我於 1989 年 12 月 26 日，毛澤東生日這天寫下了一首懷念文化革命之美的小詩《1966 年夏天》。這首詩把我帶回到 1966 年夏

天，我如夢的紅色或綠色天堂，在那裡我第一次飽嘗童年的歡樂和自由。

而在我心紅透之前，我的小學生活是什麼樣子呢？讓我以詩的名義快速回溯一下：

小學幾件事

一、春遊

渡江燕子從江北的山巔起飛了
代課女老師在凝望中屏住呼吸
香積寺子虛烏有，只在書裏
蛇在哪裏！在南溫泉的幽潭

二、拾鐵

重慶鋼廠的星期天多麼清潔
勞動悠悠，橘樹悠悠，風悠悠
大田灣小學的學生動手動腳
聚精會神拾鐵，一枚兩枚三枚……

三、扁掛

看那白皙的專打人鼻中隔的
花花公子，走起路來多麼慢……
這重慶扁掛有一種上海風度
整個夏天，他成為我們的神

注釋：扁掛，重慶方言，指習武者，拳師。

四、老師

何以見證不朽？校長李必秀，
語文老師程鴻申已赫然在焉
年昭樑呢，我永恆的數學老師
他上午的除法課聽得我想哭

五、課堂

常常，看在世界的複雜性上
我們在課堂幾乎什麼也不要求
我們靠小手哈氣來獲得熱量

靠吃水不忘挖井人來背誦課文

2014 年 2 月 15 日

我的小學就這樣從春遊開篇。關於小學的春遊，我何止寫過一點，我寫了許多，隨手再舉兩個例子：

「像在中學時代傾斜的課桌上」你的？

不，也是我的，在重慶市大田灣小學

我也和你一樣懷疑過政治正確的數學；

春遊，我也緩緩地鋪開過一張地圖……

挎過深綠色的軍用水壺，觀看過燕子……

那時我還不懂得世界是在雲遊中創造的

但我已感到「兒童向集體生活的過渡」

——柏樺《回首往昔——與納博科夫相逢》

我甚至還幻想了芥川龍之介的初中時代的春遊：

1916 年的春遊通知單是油印的呢

相宜於漸濃春色和我的藍色校服

——柏樺《初中時代的學習與春遊》

春遊之後，緊接著就轉入一個散步式的撿廢鐵的場面，「聚精會神尋鐵，一枚兩枚三枚……」那是說我小學時尋找廢鐵的往事：1965 年的秋天，我所在的重慶市大田灣小學校組織了一次全校拾廢鐵活動。我跟隨全班來到郊外的重慶鋼鐵廠「多麼清潔」的廢品場，一條鐵路在此經過，兩條細瘦的鐵軌鏽跡斑斑，我在軌道的碎石縫隙處，會找到一枚生銹的鐵釘或一小塊扣子般大小的廢鐵，但我並不興奮，唯在秋風中邊走邊觀望著周遭的景致，是覺得舒心還是迷惘？我無法用語言來準確表達，但我第一次認識了鐵軌，正是這鐵軌注定要把我帶到遠方，那是怎樣的遠方……真的遠到了南京！真的幾十年後我還寫了「南京之鐵」——

南京之鐵

這南京之鐵充滿了東德十一月鐵硬的誤解

這是 1958 中國鋼鐵的最初星火，1950 之秋，

南京的少先隊員們開始全城搜索——

他們宣誓：為了抗美援朝保家衛國，

為了逃脫南朝鮮小朋友的不幸下場，

為了生產更多的炮彈打擊敵人，
我們立志尋鐵！尋鐵！尋鐵！
我們要讓「地球之臉因鐵而幻變」。

在亂石堆中，在廢墟，泥坑及河塘裏
他們為偶拾一枚釘子或一小塊廢鐵而雀躍。
清晨，香鋪營小學學生開進估衣廊荒場拾鐵，
煤炭港小學學生飛奔至東炮臺找生銹的鋼骨，
長樂路小學的毛喜才和康蘇貴絞盡腦汁
搜集了360斤重的廢鐵，創下最高紀錄。
偵察、搜尋、運輸、管理，有條不紊地推進
教師們驚呼這些兒童的組織天才。

但找不到鐵的孩子急得跺腳打滾，急得哭，
情急之中開始亂投醫，打起了家庭的主意。
老虎橋小學學生陳振升纏著媽媽非讓出一口鐵鍋，
孩子連連懇求：我可以不要一周的點心錢。
母親被感動了：那就把它拿到學校去吧。
丁家基小學的張玉發在家裏翻出許多壞刀等
共重30多斤，心想這次單項冠軍非我莫屬。
毛醫生的兒子卻只找到一枚爸爸刮鬍子的刀片。
1951年2月3日，一萬多名少年兒童
在南京大學的草坪舉行了獻鐵愛國大會，
大行宮小學的少先隊員抬著牌匾「獻鐵愛國」
（用一千多個銅元組成的花樣圖案哩），
滿面紅光走入會場，接受陽光下的檢閱；
一輛輛裝滿廢鐵的汽車隨著迎風的紅旗穿過大街，
那可是整整四萬多斤廢鐵呀！這鐵硬的誤解——
它為南京人民帶來了無尚的光榮。

注釋一：「鐵硬的誤解」出自李笠翻譯瑞典詩人特朗斯特羅姆的
一首詩《東德的十一月》，相關一節如下：

一座石雕在挪動著嘴唇：

城市

這裡充滿了鐵硬的誤解

在售貨員，屠夫

鐵匠以及海軍軍官之間

鐵硬的誤解，院士

我眼睛發疼

它們曾在螢火蟲的燈光下攻讀

那一年（1966 年）文革開始，我正好十歲，一枚像章把我帶入生活。那一年春天非常短暫，嘩啦啦，徐疾有力的風一下就吹開了夏天的第一天，吹過了最後一頁我並不留戀的課本。

真的放學了，真的無涯的自由來了。小孩子們收拾起書包，大孩子們在勾畫長征的道路，我卸下「枷鎖」走出課堂、隨便奔跑。有關這些放學停課的喜悅也是我反覆謳歌的主題：

初春

春，反者道之動。

——老子《道德經》

今春來是別花來，何須費心

春水生而巨艦輕，何需費力

廣闊天地，大有作為，毛主席

春的呼吸和歡迎已迫不及待！

來了，哈哈大笑的春天來了……

教室的三合土地面放射光芒——

再過三天！就不上課。飛吧——

翅膀硬了的鳥兒，可以飛了——

有個孩子用尼龍繩捆紮包裹

為等待出發，他拒絕了睡覺

還有個孩子急得跺腳、急得哭

他吵著要穿一件夏天的軍服

一個黃昏，我在我家的附近上清寺玩耍。突然，街上出現了我從未見過的情景：急增的人群腳步匆匆，每一個人好像都在只爭這個黃昏。爭什麼？

洪流，人群的洪流，我也隨著這洪流莫名地興奮起來。雖然我不明白這些人在做什麼，但十歲的我已隱約感到有什麼大事正在發生。黃昏在五月的晚風中激蕩，我不由自主地跟著人群飛跑起來。

突然有人帶頭高吼：「衝市委！」人群開始向市委衝鋒。

這麼多的敵人，暗藏的、現在的、歷史的反革命，但最大的是走資本主義道路的當權派。資本主義，還有反革命……我正苦於連不起這一串黃昏的新鮮話語，當然更不可能知道這是些什麼意思，但一定是一些壞意思。一陣風過，我抬起頭來，看見一位女紅衛兵站在我的面前。她最多只有十六歲，但我卻覺得比我大很多。她微笑著把一枚毛主席像章輕快而準確地別在我幼小的左胸上。

而周圍，人群的激流已大部分湧向市委，街上幾乎全是來自北方的紅衛兵了。他們身穿統一的綠色軍裝，腰間紮著緊緊的皮帶，左臂戴著鮮紅的袖章，袖章上印著三個毛主席書寫的黃色大字：「紅衛兵」。這些人彷彿從天而降，要來改變我從前的生活。

面對這浪漫的「異國情調」，我一下明白過來，我與這次革命是有關的，我已是其中的一員。同送我像章的女紅衛兵一樣，同她風一般消失的身影一樣，也同大街上所有的紅衛兵一樣，我理所當然已是一個「紅小兵」。

我的心已透過一枚像章（它老使我想起一枚微型蛋糕的形狀，它的確形若蛋糕）串起另一些美的碎片。

在一群孩子的掩護下，我公然跟著一個外號叫「禍事」的少年在廁所搶走了一位正在大便的中年男人的綠色軍帽，那是我唯一一次最大膽、最接近的革命行動。我帶著「禍事」搶來的軍帽，陶醉其中……軍帽太性感了！還用說嗎，我從此牢牢記住了它。以至於後來，我在重慶第十五中學讀初中一年級時，仍對那些頭戴軍帽的初三學生崇拜不已，這種崇拜之情以及我的軍帽情結讓我在五十七歲時寫出了如下幾行懷舊詩：

> 可以感覺到卻很難說清楚
> 一種古重慶的初中生活方式
> 有多古？怎樣古？唯少年們
> 戴軍帽的古風持續到畢業……
> ——柏樺《記住的事》

關於軍帽我禁不住還想多說兩句：很多年後的一個中午（我當時在四川大

學中文系讀研究生），我從趙楚同學那裡借來他的全套軍裝，立刻穿上並騎自行車外出炫耀⋯⋯

　　後來看到韓東出版的長篇小說《小城好漢之英特邁往》的封面，我立刻被那三個頭戴軍帽的少年吸引住了。這張照片喚起了我少年時代的軍帽記憶。

　　軍帽之後，我繼續陶醉於一個接一個的批判場面，「禍事」就在大田灣小學批判過我們的校長李必秀。批判使我記住了紅色和黑色，分清了壞人和好人，美與醜、左與右，甚至香花與毒草。每一個孩子，當然也包括我，都在日以繼夜地細查各種圖案，其中一個少年在一個涼爽的上午驚呼：「快看，這個文具盒上的圖案藏有反動口號。」而我卻什麼也沒看出來，非常著急，急得欲哭（無淚）。看來，那時的我還真的缺乏某種超現實主義的革命眼光，竟然看不出那文具盒上藏著一句反動口號。

　　在另一個快樂的早晨，我看到一位長得白胖，沒有鬍子的郵局分揀科科長，他姓侯，被一群坐在前排的婀娜多姿的女郎用細細的竹條「可愛地」抽打；一個皮膚雪白，痛哭流涕的美人用她急躁而溫暖的手指去戳科長多肉細嫩的前額（注意：又是用手指戳），科長一邊流淚一邊承認自己走了資本主義道路，對不起革命群眾。五十多年後，我仍沒有忘記這一幕：

　　　　伊朗人，印度人，越南人
　　　　北朝鮮人又是些什麼人？
　　　　看文化革命！重慶郵局
　　　　分揀科出來了個色情人。
　　　　——柏樺《哪種人》

　　抽打只發生在郵局嗎？也發生在大學，我在吳宓日記裏讀到驚人相似的一幕——尤其是也用竹條！而且也是坐在前排的女生：「坐第一排之女生又頻頻以竹條打擊宓等之頭頂，責令不得微起頭，或顰眉，或切齒。」（《吳宓日記續編·第8冊，1967～1968》，三聯書店，2006，第228頁）

　　當我後來再見到這位用手指戳科長的美女時，她身後總跟著一位神秘而不苟言笑的精幹瘦子。其他孩子告訴我，這瘦子「操扁掛」（四川方言，指練武術的拳師），他專門保護美人但從不動「搞燈」（四川方言，指男女性行為之事）的邪念；而另一位頭髮如亂草、皮膚乾燥的醫生的兒子悄悄對我說：「我看見過她洗澡時的裸體⋯⋯」。

　　幾十年後，他的觀看以及他對我講述的這個故事被我想像並編織成了一

首詩：

惋惜

日落時分，光線好奇
在格子纖維桌布上發出閃光。
小紙箱裏什麼東西不見了？
一本解剖學書籍，
兩顆彩色玻璃珠子……
——引子

一陣風……
醫生之子從嘉陵江橋頭歸來
「夜行驛車」駛入了上清寺郵局

真巧，
迎面有一個小腳手架子
有一格木頭窗戶透出強光！
那醫生之子一躍而上，
看到了什麼？

一間浴室憑空誕生了！
（只為今夜，第二天它將消失）
流水嘩嘩不停……
香皂的氣味不停……
水泥地面濕得發亮
一個女巨人的裸體白得發亮……

五十六年後
詩神還在為我的缺席惋惜嗎？
醫生之子最懂得我這句偷來之詩：
六十六歲的我為十歲的我惋惜。

2015 年 1 月 12 日第一稿
2020 年 6 月 10 日第二稿
2022 年 7 月 16 日第三稿

為什麼我會念念不忘此事，會在五十九歲時為十歲時沒看到的這一幕惋

惜？那是因為醫生之子對我講述的這一幕太刺激了，我們甚至相約第二天共同去觀看，但神秘的事發生了，第二天，那個浴室消失了，我們無論如何也找不到它了。

科長、美人、扁掛、革命，還有像章、軍帽和裸體，這足以撩撥起一個少年想入非非的欲望。這欲望曾在老師的幫助下區分過「列寧在 1918」電影中一個「天鵝湖」的片段，老師反覆說要正確看待藝術與大腿的關係。而「革命」正在飛速喚起某種令人透不過氣來的禁忌。在「抬頭望見北斗星」的旋律中，我想起的不是無產級級文化大革命或毛主席的揮手，而是一個活生生的女中學生在舞臺上的一個臨空劈腿動作——倒踢紫金冠，甚至也沒有後來的「超我」，只是一個羞愧的「自我」和隱密的色情「潛意識」。

關於這一點，我在布羅茨基的書裏也讀到了，那種中俄之間遙想呼應的相似性，是如此驚人得令人印象深刻，它使得我相信，在中蘇這兩個社會主義國家之間幾乎沒有什麼東西——甚至包括體認世界的方式——是不一致的。在那篇著名的《小於一》中，布羅茨基這樣寫道：

> 色情圖畫這個無生命物能夠使性器官勃起，這恐怕是普遍現象。值得注意的是，斯大林統治下的俄國籠罩著清教徒的氣氛，一幅名叫《入圍》的繪畫也能令人性慾勃發。這幅天真無邪的圖畫百分之百屬於社會主義現實主義流派，它的印數很大，裝飾著全國幾乎所有的教室。圖上諸多人物中有一位金髮的年輕女郎，盤腿坐在椅子上，裸露出兩、三英寸大腿。使我神魂顛倒、夢中也撩撥我的倒不是這部分大腿，而是它和深褐色連衣裙形成的明暗反差。

> 從那時起，我再也不相信關於潛意識的囈語了。我的夢從來不仰仗象徵來進行——我看見的是實實在在的東西：乳房、屁股、女人的內褲。這最後一項在那時對我們男孩子具有特別的意義。我記得我們上課的時候，會有一個男孩子鑽過一排排課桌直向教室的講臺爬去，其目標只有一個——看她連衣裙裏面內褲的顏色。完成這一壯舉之後，他會用戲劇性的耳語向大家宣布：「淡紫」。（布羅茨基：《從彼得堡島斯德哥爾摩》，王希蘇、常暉譯，桂林：灕江出版社，1990，第 430 頁）

「美」在鳴鑼開道。勾人幻想的毛澤東思想宣傳隊、二胡或小提琴，它們伴著文藝和紅旗隨風飛舞、飄揚大地；一種驚人的漿糊在張貼重重疊疊的紙

張，各種報紙（大報和小報）東風浩蕩，喚起少年人雄壯的表達意識。美並未在「革命」中超越肉體，而是抵達肉體、陷入肉體，甚至毀滅肉體。它在夏季多風的時刻或流汗的時刻讓我們情慾初開、氣喘吁吁、難以啟齒。我的耳邊老是響起黃雲龍（詳情見後）身後摩托車女郎的嬌音以及神秘的拳師和美人的關係，響起舞蹈的大腿的暗影以及婀娜的女性的鞭子，她們還在抽打侯科長嗎？

九、石頭、河流、屍體

> 夏天周而復始……常綠常新
>
> 嘉陵江水面，金子波動……
>
> ……
>
> 記住那塊石頭！那正午的石頭
>
> 那從一面紅磚牆後飛出來
>
> 砸傷了我左眼的石頭
>
> 我發誓一定要說出它的神秘
>
> ——柏樺《憶重慶》

我終於也遇到了一次禍從天降的厄運。一次我在回家的路上，不知從哪裏飛出來一塊石頭，砸傷了我的左眼，當場血流如注……這件事讓我終生難忘，尤其是我的爸爸、媽媽以及給我治療眼睛的醫生，他們當時各自的表現至今依然縈繞我心、鮮明奪目、難以釋懷。是的，一次傷害要等多長時間才能說出來：

1966 年夏天，一塊石頭

> 你們中間誰是沒有罪的，誰就可以先拿石頭打她。
>
> ——耶穌
>
> ……這麼多不同種類的石頭，
>
> 素靜的、神秘的，肩並肩躺在紅色的塵土裏。
>
> 停下來，想像每塊石頭的一生！
>
> 如今它們從一隻快樂的人類手臂滑翔而出，
>
> 怎樣的運途。……
>
> ——安妮·卡森《紅的自傳》
>
> 你總是全副武裝用石頭砸我，總是：
>
> 是真的。它可以追溯到童年。
>
> ——德爾莫爾·施瓦茨《波德萊爾》

那是武鬥後剛空出來的戰場
正午的大街空無一人，烈陽高照
唯有我的母親領著我直奔小診所
——序曲

一、一塊石頭

永恆的黃桷樹下
永恆的紅岩迷宮
重慶——奔流著兩條大河
長江和嘉陵江
那裡有多少石頭啊……
那裡肯定有一塊石頭，
它的使命是要砸傷我的——
（每塊石頭都會砸傷一個人嗎）
一天正午，
我的左眼被它砸傷了
除了哭，我能做什麼呢？

二、小診所

正午的父親因驚懼而發怒
母親突然挺身而出
立刻帶我去了一間小診所
是診所幽靜的環境使我平靜了
還是微笑著的醫生？
他有一種文雅的力量
他的聲音好輕柔、好自信
一個謎，令我著迷
（我百思不解！）
他說：「不要緊的，不怕，
打完這支破傷風針就沒事了。」

三、什麼石頭

五十年後的一個早晨

竟然有這麼碰巧的事
我遇見了一個美國詩人
我讀到了他的《一塊空地》
「他說，別撿石頭」
什麼石頭？！
難道是砸傷我十歲眼睛的石頭
可誰又會相信每塊石頭
都帶著死刑來到這個世界？
我不願再想了，
不願再提我發怒的父親

四、石頭之思

那塊石頭，那個醫生……
那個十歲的我，
那個六十歲的我，
他們是同一個我嗎？
人不能兩次踏進同一條河流
人不能兩次重複同一個動作
人甚至不能兩次成為同一個人
但上游下游是同樣的河流
但我十歲和六十歲的眼睛
同樣看得十分清楚：
一塊石頭絕不是另一塊石頭！
那現在還有什麼事可說呢？

五、最後的夢

此刻，我的鐵環
又重新開始滾動了——
一路下坡，簡直就是衝鋒，
七秒之內回到童年。
是為了回到那一天嗎？
是為了那塊史詩般飛來的石頭嗎？

不！我祈求神明，就一次
沒有石頭，更沒有鐵環
讓我重返童年，
我更喜歡老派的速度
我願意用一生的時間

注釋一：我第一次對那小診所的整潔產生了一種奇異的美感。是因為那醫生有一種正午的寧靜嗎，還是他自信溫和的形象？多麼奇異，他身上還有些別的……一時我很難說清楚，終究是一種讓我難言的美感吧，那美感在那醫生的周遭清風送爽、縈繞不滅，牢牢地吸引著我……這真是多麼奇異。

注釋二：「每塊石頭都帶著死刑來到這個世界」出自美國詩人弗羅斯特·甘德（Forrest Gander，1956～）的一首詩《一塊空地》(A Clearing): Each stone carring its death sentence into the animate world（每塊石頭帶著它的死刑來到這個生機勃勃的世界）。

2021 年 2 月 5 日

那塊飛來的紅色石頭可以打傷人，我平生見過的最秀麗最富詩意的江河——嘉陵江也會淹死人。這萬物的張力（它的美、它的惡，它的恐怖、它的安適）也是詩歌的張力，我從小就在這裡感受到了，這張力不僅僅是杜甫流連江畔時寫出的《江畔獨步尋花七絕句》，而是我在《少年廢話詩》裏寫來的江邊精液以及下面即將出現的屍體：

少年廢話詩

心再靈敏，吾生亦有涯
當我醒來會感到有絲風
來自我十歲熱天的下午
瞎子摸完象、盲人來放光
嘉陵江鰱魚在盯著什麼？
投水者自由落體，扎入
活水源頭。黃昏，請聞
江邊有精液的氣味；正午
請看江上空空，人空空。

　　江邊有精液的味道，是我獨到的發現嗎？碰巧我讀到詩人姚風翻譯的葡萄牙詩人安德拉德發表於 1984 年的長詩《白色上的白色》，在這首詩中，安德拉德也說到海邊「漲潮落潮，總是帶著精液的味道」。

　　想來同樣也很特別，我的詩中幾乎沒有或很少寫到長江。但寫到嘉陵江的卻很多。因我從小在重慶嘉陵江邊長大。如前所說，在我遇見的江河中，我認為嘉陵江是最秀美的一條河流，我甚至在《竹笑》（北京十月文藝出版社，2019）這本專門寫日本之美的詩集裏也寫到它：

> 南充至龍門場那段河流，
>
> 有蘆葦嫋嫋習習……
>
> 五十年再次驚回首，
>
> 那兒 1974 年的嘉陵江
>
> 恍若一條日本風景
>
> 秀麗明媚，纖細曲折
>
> ——柏樺《南充至龍門場……》

　　某天，我偶然讀到了李亞偉的文章《山水之間的重慶情感》，其中他同樣談到了嘉陵江的美麗：「……不久，我們就看見一條大河在正午的陽光下閃閃發光，很是美麗。這就是嘉陵江。」還有一次，當我偶讀到鄭愁予的一句詩「沒有河如此年青，年青得不堪舟楫」（《絹絲瀧》），我立刻就想到了嘉陵江——它看上去也是那樣年青，年青得不堪舟楫，尤其在宜人的春秋天氣，嘉陵江水綠如藍般的安靜，河面上真的沒有一隻船影。

　　我從小受嘉陵江的樣子和氣味教化，我天天與它見面，它就在我家門前流過，尤其在文革中，我強烈地感到是嘉陵江的氣味催生我成長為一個詩人：

> 我也記得唯一的清晨的氣味是 1966 年早春，重慶市，上清寺，特園，鮮宅大門前那排大樹及其土坡上的青苔氣味。而黃昏的氣味也必然是這一年酷烈的夏日，從此直下山崖底端嘉陵江邊，屎尿、精液、蠅群、屍體以及迅速向前推進的河水的逼人氣味。這些來自江邊的氣味令我終生難忘，我在詩中不止一次寫到。（柏樺《蠟燈紅》，廣西師範大學出版社，2017，第 182 頁）

　　我說了在江邊我聞到了精液的味道。在江邊我還看到了什麼？屍體！在嘉陵江邊，在街心花園，在正午滾燙的公路上，我觀看過各式各樣的屍體，以及亂戰中當場噴出的熱血。為了度過無聊的童年的下午，我總是在追蹤這些興

奮點：

嘉陵江畔

不要怕，這只是一面鏡子
面對遙遠的往昔——

那天，滾燙的梯坎望不到盡頭
你鍛鍊、奔跑……
在江邊，正午，或黃昏
無眠不休的喜悅呀！
你總聞到一股怒氣衝衝的味道
磅礴不絕，又難以形容

有人從巨石邊飛躍入水
有人於江中追逐著駁船

而我卻在那裡
見到了一位淹死的青年
他面部蒼白、腫脹
身上沒有毛
看上去讓人感到羞恥
如一具女人的屍體

從此，我失去了性別
從此，我看每個人都像死人

這首詩相當精確地寫出了我幼時的記憶，我不知疲倦地在嘉陵江畔上下飛跑，觀看著一具具的屍體，有的是淹死的，有的是自殺的，有的是被打死的。我竟然產生了一種拉丁美洲的幻覺！「我的左邊，夏季展開它綠色的自由、幸福的光明和頂峰：枝葉、透明、水中的赤腳，樹下的困倦和一群在我半睜半閉的眼睛周圍盤旋的形象。……在我的左邊堅持：為了一個軀體而成為草……蜿蜒向前的河流的溫柔的衝擊！」（帕斯《鷹或者太陽》之《圍困》）是的，正是從嘉陵江開始，這生（綠色的自由）與死（江畔屍體）的張力交相輝映，衝擊著我的心靈。

出於兒童的好奇心，我那時最喜歡做的事除了沿江上下飛奔之外，就是去看死人。回想起那些追看死亡的日日夜夜，至今想來也是百思不得其解，是因

為兒童不怕死亡嗎？當然不是，兒童都有一種古怪的心理，那就是越恐怖的東西越是想看。為什麼？為什麼是這樣？

當時重慶文革高潮迭起、武鬥繁多，每遇大戰，我們這幫少年是最激動的了。記得一次正午，我們振起精神，徒步四五公里，冒著攝氏45度的高溫（地面溫度恐怕有攝氏80度）走過嘉陵江大橋，去看一次戰鬥剛結束後街上的屍體。那場面現在想來甚是嚇人，當時卻不知害怕，只圖看個痛快。死屍的樣子我就不描寫了，反正是二十多具屍體亂躺在正午的烈日下，柏油路面上流著血的小溪，好像還有很多白色的蛆……整個公路寂然無聲，沒有一輛汽車駛過，更沒有一個人，除了我們幾個興奮的少年。

而在這之前，武鬥沒有升級之前，雙方打仗還不用大炮和坦克，只頭戴藤帽，手持鋼釺在嘉陵江大橋上拼殺：

> 鬥爭，大橋上的金戈鐵馬
> 鬥爭，血戰後丟下的藤帽鋼釺
> 鬥爭，郵局和文化宮的紙張糨糊……
> ——柏樺《憶重慶》

又有一次我在街上亂逛，看到牛角沱汽車站小花園的黃桷樹上弔著一個赤裸的青年男子，他已被人民群眾用亂棒打死了，好像人們說他偷了東西。我獨自看了很久……似乎也不害怕，也不茫然……只是很難說清當時究竟是一種什麼心情？後來讀書時，我發現人們總是樂意把小偷或強盜弔死在樹上：「在法國大革命前，強盜被弔死在路邊的樹上，就在他們犯罪的地方，如此從路的各個方向都能看到，在很近的距離，屍體掛在樹枝上，在你的頭上隨風飄蕩。……19世紀末和20世紀初美國私刑還廣為盛行。但是，最經常的是將受害者弔死在樹枝上。西部片反覆再現這種場景。」（《樹蔭的溫柔：亙古人類激情之源》，三聯書店，2016，第83頁）

從此，這有關「偷盜」的人與事總是盤旋我心，直到在一本書中，我寫出了一點對小偷的感想才終得以釋懷：

> 夢回「武林舊事」，元夕璀璨鼎沸之後，「至夜闌則有持小燈照路拾遺者，謂之『掃街』。遺鈿墜珥，往往得之。亦東都遺風也。」（見周密《武林舊事》卷二「元夕」）如今，杭州早已換了人間：歲月冷清，人類一文不丟，扒手何以為生？（柏樺著《一點墨》，北方文藝出版社，2013，第66頁）

　　而其中有一次對死亡的觀看，它費時最長，從早上一直看到黃昏。這次觀看至今仍震撼我心，仍讓我感到不知所措、神秘難言。

　　那天，我和一大幫孩子站在一幢上清寺郵局的辦公樓下，大家翹首望著二樓的一間房子，都知道裏面有一夥人正在打一個男人。這男人叫黃雲龍，一個重慶郵電局造反派小頭目，他曾經騎著摩托車在郵局逛來逛去，身後總坐著一位「婀娜的女性」，兩人看上去是那樣春風得意。如今這女性的丈夫及這夥人正在折磨他。從早上到中午到下午直到黃昏，那間房子對於我來說簡直是太恐怖了，因為房間的門和所有的大窗戶都緊緊關閉，聽不到裏面的一絲聲音，但我們這群人也不走，全圍在樓下，也不敢上樓。最後黃昏時分，這幫人平靜地從樓上下來，神情自若地走了，最後一個下樓的人將黃雲龍踢了下來。頓時我們一擁而上，只見黃雲龍蜷縮在樓梯口，頭被黑布包裹著，似乎有許多針扎在他的頭上，我聽到了他沉重的喘息聲，這聲音漸漸低下去，直到最後完全沒有了聲音。黃雲龍死了，他看不見自己的死，他的屍體卻被我們看見：

> 如同每個人看不見自己的出生，
> 每個人也不會看見自己的屍體。
> ——柏樺《世上哪裏會缺寫警句的詩人》

　　而我的感覺很奇怪，不知這些人是怎樣把他折磨死的。連續好幾天我都在想這個問題：一個人死前的喘息聲和他頭上的針，以及他在那個安靜的房間裏是如何熬過這麼長時間的，他到底受了什麼樣的刑法？後來，我在我的詩歌中，幾次三番寫到黃雲龍之死：

> 夏天 1966，黃雲龍臨死前的喘氣聲——
> 兇殺！這英國文學的珍寶再次誕生了！
> 好新鮮，剛發生在上清寺郵局二樓。
> ——柏樺《思華年》

> 眼前文革，過眼槍聲，眨眼黃雲龍。
> ——柏樺《命途》

　　繼續引來整首詩《我是誰》（除黃雲龍的死之外，感興趣的讀者也可順便重溫我幼年的生活）：

我是誰

> 棄我去者，昨日之日不可留。
> 亂我心者，今日之日多煩憂。

——李白《宣州謝朓樓餞別校書叔雲》

我已經注定得到了我不能選擇的祖國，

有個不得不背的包袱在我背上重三千歲。

怎麼說呢，這肯定是我的錯，1956 年

我就在錯的路上尋找著我一生的未來——

我還會錯嗎？我披露自身將把臉丟盡

這不一定吧？人不懂死亡就白活一場

我是北碚新村的誰？大田灣小學的哪一個？

向陽電影院門口緊盯大人吃蛋糕的兒童？

封閉房間裏連續吃下三個蛋糕的兒童？

還是那個夏日少年在上清寺郵局黃昏

面對垂死的黃雲龍，他滿頭黑布啊，

他曾有過短暫的飛起來的摩托車愛情——

請記住，不用你來告訴我，我是誰？

我昨天剛失去性別，今天又失去生死。

算此刻——「我是那些今非昔比的人，

我是那些黃昏時分迷惘無告的人。」

那些只願走到哪兒，就吃到哪兒的人

那些夜裏出家，就絕不想回家的人

分分秒秒，有人心連心，有人墳連墳

有人迷失在人裏，有人迷失在事裏

分分秒秒，我代人心跳，代人行走……

代人吃，代人睡，代人哭，代人笑……

我甚至可以發出每個男女死人不同的聲音……

我甚至看世界，用你活生生的死魚眼。

十、老三篇和詩人們

　　情慾之美殺死了黃雲龍之後，又深入批判了衣服、頭髮、甚至花草、金魚或鴿子，然後它開始塑造新未來，塑造新人類、塑造新真理和新目標（這似乎又是那「五四」時期一切唯新的重演呢）。美得以加強了而不是削弱了，統一了而不是分散了。美超越了現實，在日以繼夜地走進人民的聖殿——公社、機

關、學校、工廠，當然也走進了幻覺中的「共產主義」，幻覺中的紅風和綠地。美對孩子們重施整容術——從紅到專，即又紅又專——把他們抓回到「復課鬧革命」的短暫而必要的課堂。

「老三篇不但幹部、戰士、工人、農民要學，老師和學生也要學；老三篇最容易學，但真正做到就不容易了，要把老三篇作為座右銘來學。」一首歌曲——「老三篇」之歌——響徹教室，唯一當時不懂的是「座右銘」，而「老三篇」是知道的，它是指毛澤東的三篇名著：《為人民服務》，關於爭當革命螺絲釘的問題，也是「鬥私批修」的問題。《愚公移山》，關於繼續革命、自力更生的問題。《紀念白求恩》，關於國際共產主義運動中有關革命援助的問題。日復一日端坐課堂，每天早晨我和我的全班同學都會迎著響亮的太陽高唱「老三篇」。

但終於有一次，我還是犯下了一個語言而不是思想的「錯誤」，但在大人的眼中，這不是一般錯誤，是反革命行為：那是在重慶工人文化宮一面夜晚的牆上，我第一次被毛澤東簡潔有力的語言震驚，那牆上寫著一條「毛主席語錄」：「一個糧食，一個鋼鐵，有了這兩個東西，一切都好辦了。」我突然大聲糾錯式地喊道：「怎麼能說一個糧食，一個鋼鐵，只能說一個人或一個蘋果。」我話音剛落，一個中年男人突然從黑暗中飛跑過來，企圖抓住我，我在驚嚇中立即跑掉了。

「老三篇」的搖籃曲把一個巨人的語言唱入我的血液，隨之而來，僅僅一周我就背下了一半的毛澤東詩詞。如夢的「長征」在經歷第二次「金沙水拍雲崖暖」，一個少年也正用「金」和「暖」代替「糧食」和「鋼鐵」的語錄，悄然編織起他「悔過自新」的「檢討書」（那個時代的人無論老幼，都寫過這類「檢討書」，詳情見後「寫檢查」）和最初的文學「長征」之夢；模仿毛式古典詩詞來寫詩，成了我和我那一代文學青少年的最初文學課。小學生如星星（紅星閃閃）、如花兒（葵花朵朵），各就各位，各得其所，一些上天，一些入地。

不必停止瘋長，青春就在眼前。學習被再次推遲、被改頭換面、被擁來撞去。抒情磨煉了紅心，解放了「道德」，幻想著大腿，又投身風中……那遠走高飛的女紅衛兵早已消魂地跑過黃昏，帶走了一個夏日少年的原地祝福；那些衝擊重慶市委的年輕人搖身一變為手持衝鋒槍的戰士，開始掃射……我有一次在街上走，就被其中一個射手瞄準過，真是命懸一線！終於他沒有扣動扳機，只是瞄準了我。緊接著是一個狄蘭·托馬斯式的綠色炸彈開了花，它稀奇

古怪地爆炸在並非毀滅的歡樂之中。

我看見這超現實詩歌爆炸的餘波，餘波中眾多詩人的側影。北島成長為一個嚴肅的詩人，一個時代的思考者和批判者，一位毛澤東時代最偉大的抒情詩人。新鮮的詞彙，高尚的理想，英雄的氣概貫穿他早期的詩歌，在當時產生了令人驚訝的效果。我還記得一位北京詩人評論家 1989 年曾對我說過這樣一句話：「北島的詩是我們的民族魂，關鍵時刻他的詩歌會產生感召力的。」的確，在某些時刻，我發現總會有人朗誦北島的詩歌。

是的，北島的詩歌代表了一個時代呼喚自由、良知的聲音，這聲音的力度與強度像電流迅速穿透我們全身。但也並非人人都有這番感受。重慶的一位民間老詩人就曾對我說過：「北島的詩是虛無主義的。」僅此一說，我就知道他並不理解他所生活的那個時代。我們生活的時代（毛澤東時代）是一個順從教條及主義的時代。「我──不──相──信！」的懷疑精神絕不是虛無主義的，它飽含了具體的對抗與挑戰。詩人痛感於一個真正的虛無主義時代（烏托邦時代）的弊病，並執著地相信個人命運在人類歷史進程的挑戰和迎戰中一定會出現新的開端，新的轉機，新的局面：

> 新的轉機和閃閃星斗，
>
> 正在綴滿沒有遮攔的天空。
>
> 那是五千年的象形文字，
>
> 那是未來人們凝視的眼睛。
>
> ──北島《回答》

多多在崇拜毛澤東的個人意志的同時，也造成他文革式的璀粲精力和光芒四溢的詩藝翻新。楊黎在他的「語錄和鳥」中，揮舞他「最高指示」的詩歌「小紅書」，並以流淚和動輒下跪進行自我批判和「宇宙出擊」。萬夏以古怪的宋朝式的冥想，深陷入「南京大屠殺」的「血色情結」。莽漢派詩人李亞偉在「打鐵匠和大腳農婦」的挾持下，在川東山區的一條小河邊，被一個中年男性拒絕了一次「搞起來多麼舒服的革命行動」，「筷子和茶盅」被八歲的他熱烈地牢記並被勇猛地打上「封、資、修」的烙印（相關詳情見李亞偉很有名的一篇文章《流浪途中的「莽漢主義」》）。如今德里達和羅蘭・巴特的讚歎者歐陽江河卻在文革中期巡迴演出，扮演一個浪漫主義的革命戰士──「大春」（現代革命芭蕾舞劇《白毛女》中青年男主角），他在傾向一根輕飄飄的紅頭繩。而另一位詩人（名字保密）卻告訴我──他像司湯達一樣，以一種幾乎罪惡的激

情愛他的母親——文革時，最令他難忘的事就是同母親一塊睡覺，假借睡意朦朧把瘋跑了一天的腳放在母親的腹部上，要不就偷看姐姐紅衛兵式的雷厲風行的洗澡。

　　而我沒有趕上極樂的串連列車，沒有趕上毛主席的檢閱，一首兒歌在遺憾中伴著「武鬥」的炮火夜夜催我入夢：

> 我家小弟弟，
>
> 半夜笑嘻嘻，
>
> 問他笑什麼，
>
> 夢見毛主席。

　　我親愛的夢境除了四分之一是毛主席的語錄外，四分之三卻是屍體，美人和裸體，這是革命所帶來的果實，它不潔地騷擾著一個少年敏感的夢，這夢成為我長大後無地自容的「罪證」，這夢也伴隨我「好好學習，天天向上」（毛澤東語錄），直到另一種「階級鬥爭」在我心中喚起另一種革命之火。

　　二十四年後一個春天的深夜，我在南京農業大學一條盡是沙礫的建築工地夜路的中段，和一個身穿軍裝的女舞蹈演員——我微茫記憶中一個遙遠的紅色娘子軍——待在一起，為了消愁解悶，為了彌補我在 1966 年「文化革命」的過失，想像的舞蹈在懷舊中順從了我的摩挲。未老先衰的女紅衛兵流下了1990 年愛的熱淚，那很快就成為昔日的熱淚……而我在下面這首詩中紀念了她：

一個舞蹈演員的故事

> 年輕時的歡樂和痛苦都是晴朗的
>
> 年輕時她從青海去賽普勒斯跳舞
>
> 有個中國外交官一眼就愛上了她……
>
> 後來她去南京找愛情，在後宰門
>
> 她找到一個有心事的無線電詩人
>
> 一個剛剛被工廠開除了的畫家
>
> 無需學，她天生懂，出名的都是
>
> 年輕的天才，愛只獻給年輕的身體
>
> 難道這一點也無需學？是的，破曉
>
> 四點和五點的風不同，其中精細的
>
> 區分她清楚，愛情對於她，玩的

就是這種不同的風，穿插的遊戲……

新時代來了，她掌握了七十二變

哪一變是她？對，每一變都是她

這不，我發現她學抽了很長時間

香煙，卻不像抽煙人。但有一次

她叼著一根煙簽名，看上去好像

天下所有的香煙只為她生產似的

費雯麗，在前線，藝術不論長短

朝夕驚心：怎麼她皮膚上有塵埃？

不，她前額的絨毛有帶電的金澤！

怎麼她常常失控，發自己的脾氣

因為她總在清晨高歌而無人傾聽

怎麼她突然走了，因為大姨夫哭了

注釋：「費雯麗」並不是說那個英國電影演員，而是指詩中那個
「舞蹈演員」。「前線」指南京前線歌舞團。

2016 年 5 月 27 日

十一、寫檢查

犯錯誤寫檢查，這對過去的中國人來說是最為尋常的經歷；現在的情況或許有變（由於經濟時代的來臨而改為了罰款），誰知道呢？以我而言，我從小就因一些我至今也不理解的錯誤而寫過幾十篇檢查。回憶起幼時情景，在家長或老師的逼迫下一遍又一遍地寫檢查並等待通過，內心的感受實在是既難熬又怪異。需知：檢查寫得不深刻是很難通過的。

而我的上一代人同樣也在寫檢查的教育下長大，譬如復旦大學英語系教授陸谷孫（1940～2016）就曾對此有難忘的體會：「……我喜歡打籃球，戴著父親的手錶滿足一下小小的虛榮，父親派表哥去學校找我，當著同學的面令我將表摘下，回家後還要寫檢查。我的所有檢查以及民國時代起的成績報告單，父親都妥為保存，……」（見陸谷孫《身在絲絨樊籠，心有精神家園》，陸谷孫口述，金雯整理，《青年文摘》，2012 年第 13 期）

這使我想到我小時候在家裏寫的檢查，我的媽媽一直也保存在她的抽屜裏。有好幾次，我很想讓媽媽把我半個世紀前寫的檢查拿出來給我看看，但最

終還是忍住了，沒有向她開口。而我現在最想看到的就是我七歲至十歲時寫的那些檢查。可惜再也看不到自己的檢查了，那就讓我來看看別人的檢查吧。

2013 年 12 月 2 日我利用沈啟無（周作人四大弟子之一，後被周除名）自己寫的檢查報告寫了一篇短文《沈啟無在 1958 寫的檢查》，在此引來一節：

> 去年我活在興奮中；今回首才發覺：很可能是我個人主義的大發展，很可能是我為進一步爭名奪利，很可能是我的資產階級世界觀未改，我說了反黨言論，歪曲了整風運動，1958 年，我在北京師院被劃為右派。但這對我的教育意義很大，我得以徹底檢查我的錯誤，除了在學校低頭認罪痛改前非，在順義鄉下我被農村的新面貌震撼：農民意氣風發的新風格使我異常感動，我一面勞動一面為他們編寫農校課本，一面真正認識了「三面紅旗」的偉大。（有關進一步詳情見沈啟無所寫的材料，這些材料他已交李大為和劉國盈）

四川大學中文系教授，《文心雕龍》專家，現已過世的楊明照（1909～2003）先生，在「文革」時也寫過許多檢查，讓我們來讀其中一則：

> 雕龍對人民毫無好處，只能培養出如劉濟昆一類崇拜封、資、修、大、洋、古的學生。養豬則對人民有很大好處，將豬養肥了，可以改善群眾的生活，人人每個月多分配幾兩豬肉。自己也就越能樹立無產階級思想。我深刻認識到，越雕龍越反動，越養豬越革命。
>
> （劉濟昆：《文革大笑話》，香港崑崙製作公司，1993 年 3 月 5 版，第 103 頁）

仍據劉濟昆在《文革大笑話》第 104 頁所說：「校革委委員們看了楊教授的文章（按：指檢查）後，大表讚賞，通報表揚，強調這是知識分子的『康莊大道』，要全校師生向他看齊。楊教授改造有成，升了官，被任命為養豬隊隊長。」最後說幾句閒話：楊教授生前一直是歡喜吃肥豬肉的，尤愛燒白與紅燒肉。更稀奇的是「楊教授面若少艾，人們不解，每問其保顏秘訣，其答：每晨吃八隻生雞蛋。」（楊明照保顏事由趙楚兄提供）

無事翻閱舊報紙，在 1966 年 12 月 11 日《人民日報》上讀到一個河南蘭考縣農民劉九珍寫的一份檢查書《心中有了紅太陽，人換思想畜變樣》，覺得非常有意思，我立即動手將這篇文章分行排列、重新剪裁編輯如下：

一份劉九珍大爺寫的檢查

我是一個老飼養員，技術全生產隊第一。

為此隊裏特別優待我，可我卻從不優待隊裏。
我這個人私心重，思想從不沾集體的邊；
只想自己多掙工分，身在飼養室，心在自留地，
集體的牲口一貫就喂不肥。可去年以來，大隊
黨支部開始狠抓政治學習，毛澤東思想照亮了
我的心，腦子也翻騰激動：白求恩是一位有名的
外國大夫，卻把中國的革命事業當作自己的事業，
拼上命幹。張思德是經過長征的老紅軍，為革命
燒木炭，光榮犧牲。他們為了什麼呢？還不是
為了革命，為了人類的解放，為了我們子孫
後代的幸福！而我是個人民公社社員，為什麼
不能把牲口喂好呢？毛主席的書是一把金鑰匙
一下打開了我思想上的鏽鎖，我的階級覺悟提高了：
把餵牲口和中國革命與世界革命聯繫了起來。
從此，我想得寬了，把內心的吃飯、穿衣、
孩子、家庭換成了集體、畜牲、國家與革命。
在一次學習會上我痛心地檢查了自己的錯誤思想，
後悔沒有早讀毛選，沒有聽毛主席的話。但我現在
悔改還來得及。我決心為了革命一定要喂好隊裏的
畜牲。很快，我把一頭垂死的瘦牛喂肥了。其他
社的飼養員都來向我取經，我笑道：飼養飼養
靠思想，心中有了紅太陽，人換思想畜變樣。

繼續亂翻書，又讀到一本美國人寫的有關影響力的書，該書談論了中國人發明的寫檢查的方法，並認為這是一種最有效最前衛的運用影響力改變人心的方法。通過此書，我幡然覺醒，發現了寫檢查的妙處；知道了寫檢查不僅僅只是中國教育的特產，它也可以用來改造美國戰俘的思想。

在朝鮮戰爭期間，有許多被俘的美國士兵就通過寫檢查被我們逐漸改造了思想。但整個過程還是需要講究一些技巧的，美國人畢竟不是中國人，寫檢查不能硬逼。於是我們的改造官一開始只讓戰俘們做一些看上去無傷大雅的很溫和的反對美國或支持共產主義的聲明，譬如：「美國並不完美」，「共產主義國家不存在失業問題」等。可一旦答應了這些小小的要求，戰俘們馬上就發

現自己面臨著答應類似的且更加實質性的要求的壓力。如果一個人剛剛向改造官承認了美國並不完美，改造官就會要他列舉一些具體的不完美之處。一旦他舉出了這些例子，他又會被要求列出一張「美國存在問題」的清單，並在上面簽上自己的名字。以後他們又要他在與其他戰俘組成的討論小組中宣讀這個清單，並問他：「你的確相信這些，是不是？」再後來，他們又叫他以這個清單為基礎寫一篇文章來更詳盡的討論這些問題。這樣一來他就開始鑽進了寫檢查的圈套之中了。

再接下來，改造官就會在一個反美廣播中提到這個戰俘的名字和他寫的檢查文章，而這個廣播不僅整個俘虜營的人聽得到，在南韓的美國軍隊也會聽到，於是這個戰俘發現自己成了一名給敵人幫忙的「合作者」。由於意識到自己寫那篇文章並不是出於脅迫，他就會開始重新審視自己，以便讓自己的形象和所作所為符合新貼上的「合作者」的標籤，而這又導致了更多更廣泛的合作。事實表明，只有極少數能夠完全避免合作，絕大多數人都免不了在這樣或那樣的時候做一些看來無關緊要的事情。但這些事情卻被改造官們轉化成可以利用的因素。正是通過寫作檢查這一方法在引導他們自首或做自我批評等。

另外戰俘營還定期舉行政治徵文比賽，也就是寫檢查比賽。贏得這樣的競賽獎品是幾根香煙或一點水果。通常得獎文章都堅定地站在支持共產主義的立場上，但也並非總是如此。中國的改造官們非常聰明。他們知道俘虜們覺得自己只有寫共產主義傳單才能獲勝的話，大多數俘虜就不會參加了，所以偶而獎品也會發給一篇基本上是支持美國，但略有一兩處對中國人的觀點表示贊同的文章。這種策略非常有效。俘虜們繼續自願參加比賽。但在不知不覺之間，他們文章的調子就稍稍有了一點改變，偏向了更同情共產主義的立場，因為這樣可以提高得勝率。殊不知一篇自願寫成的文章是一種近乎完美的承諾。以此為基礎，合作和思想改造就可以開始進行了。

如今，美國心理學家重新發現了「中國式檢查」的威力，他們不僅從學理上研究它，而且也將其運用到現代企業的管理之中。由此可見，寫檢查至今絲毫沒有過時，依然屹立不倒，順勢而來，它也就成了中國對世界文明的一大貢獻。

我寫的檢查不見蹤影，卻在此旁逸斜出地談起了寫檢查的方方面面。為什麼？因為我至今仍能感受到寫檢查帶給我的古怪和焦慮。正是這古怪和焦慮驅使我一直對寫檢查著迷，它對於兒童是怎樣的一種艱難的任務？它對於成年人又是怎樣的一種非人的折磨？

十二、鮮宅

（我很清楚每個人的童年都有一座花園，

私人的也好，公共的也好，鄰居的也好。

我很清楚我們的玩耍才是它的主人

而悲哀屬於今天。）

——費爾南多‧佩索阿

但現在這重如萬鈞的詞懸在我童年的故事上

恍若風暴，馳過！古老的樸素一去不返；

恐怖的思緒，在一個個命定的深夜……

——納博科夫《革命》

鮮宅——特園，最早的主人叫鮮英（字特生，本名鮮于英，複姓鮮于），1949 年前的四川聞人。他曾作過軍閥，因傾向共產黨，後放棄民國軍政界，歸隱田園，在重慶上清寺嘉陵江畔建了一座森森的莊園。他在那裡修身養性，結交社會各界賢達人士，周恩來、梁漱溟、張瀾是他莊園的坐上客。據說，他還叫他的孩子拜梁漱溟為師。

「重慶談判」時，毛澤東親臨重慶會見蔣介石。會議期間，毛澤東在周恩來的陪同下曾三次去鮮宅——特園，會見主人鮮英及重慶各界民主人士。鮮宅——特園當時在重慶名重一時，被社會有識之士稱為「民主之家」（這個民主之家 2013 年，被國務院確定為全國重點文物保護單位。特園是全國統戰系統唯一的國家一級博物館，也是重慶這座歷史文化名城新的文化地標）

上世紀五十年代初，鮮英去了北京，作為「民主人士」參與國政。鮮宅留給了他的兒女。

我上小學一年級至三年級時，常去鮮宅做功課、玩耍，因為它的小主人，即鮮英的孫子鮮述東是我的小學同班同學。

鮮宅俯瞰嘉陵江。它的黑漆大門早已剝落，顯得古樸，門上有兩個年代久遠的大銅環。這門總是靜靜地關著，彷彿裏面安息著什麼古老的靈魂。

它的院子對於童年的我來說，確實太大了。進門後是一排長長的石砌階梯，讓人有親歷古代暗堡的感覺（當年毛主席也是順著這階梯進入鮮宅的），上完階梯，景色才豁然開朗。眼前是兩個大草坪，左面的草坪一覽無餘，可以用於奔跑、運動，甚至踢小型兒童足球；右面的草坪，有一個大的池塘，有十幾株小樹散落其間，靠外面的牆角還有一棵參天大樹，風吹過時，簌簌有聲、

頗顯陰涼。順著兩塊草坪中間的一條鵝卵石小徑，走二十米就到達了一幢三層青磚樓房。

樓裏的一切都是舊的。樓梯的每一階層鑲著黃銅護板，因長年磨蹭而發出穩重幽暗的黃光，這黃光透著一點微微的暗紅。真有數不清的房間啊，安靜小巧的臥室一間接著一間。到處都是舊時的沙發、舊時的檯燈、舊時的家俱，沒有一樣是新的，沒有一樣是我日常生活中所遇到的、所用的。二樓的客廳面朝草坪，有一扇巨大的鏤花雕飾窗戶；春陽迷朦地灑進來，淺映著陳舊的大圓桌；室內溢滿一圈圈古雅暗淡的光暈。我和小鮮常爬在桌邊做作業，有時一做就是一下午。隔壁是一間書房，寬敞、舒適、安全，顯得暖和而密切並不給人空蕩的感覺。有一次這古色古香的書房打開了一小半，我剛巧經過，正看見小鮮的姐姐（鮮述文嗎？幾十年後竟還有另一個人——歷史學家岱峻——記得她，並對我多次回憶起她）閒著無事，躺在地毯上，給一隻美麗潔白的小貓一點一點餵牛奶，日常的光陰在她周遭靜靜地徘徊流連，她要長大似乎還遠得很……

樓房的後院是一個缺少陽光的花園，各種奇花異草長得很茂盛，中間疊以一些曲折起伏的假山，旁邊是一碧暗綠的池水，花園幽寂的小徑散發出陳年青苔的氣味。那氣味還夾雜著花草、樹木、池水、假山等各種氣味，那是這個莊園最秘密、最難察覺的氣味，那是歲月停滯在這兒不前進，也不後退的氣味，也是我第一次真正親自從左到右聞到什麼是舊時代的氣味。用現在時髦的話說，此處花園的氣味正是博爾赫斯式的交叉小徑的花園的氣味。

直到老年，我仍記得那圍繞著鮮宅周邊的氣味，而其中最令人熟悉的氣味就是嘉陵江……我在前面《嘉陵江畔》這首詩中，已說過流經鮮宅的嘉陵江，夏天有一種怒氣衝衝的氣味；在《少年廢話詩》中，我又聞到了夏日嘉陵江邊精液的氣味。後來我去過中國許多江河湖泊，漸漸注意到了這一點：糞便與精液的氣味是所有這些河岸邊普遍的氣味。

除了呼吸著這些氣味，我和小鮮常常在這濕潤的後花園玩耍，攀援樹枝、互擲果子、追逐嬉鬧……或坐在陰涼得一塵不染的石頭上拍香煙盒（一種兒童遊戲），寂寞的下午傳來兩個孩子沉悶的拍擊聲，他們在爭奪一張「至高無上」的彩色圖案——「白金龍」（一種香煙牌子的包裝紙）或「紅塔山」（另一種香煙牌子的包裝紙）。

莊園裏還住著一個古怪而愛大聲吵鬧的僕人，他姓楊，終日喝得醉醺醺的，孩子們都怕他。他跟隨主人多年，公然養成倨傲的神氣，但全靠他大吼大

叫才給這個安靜的莊園內部注入了唯一的活力。他的衣服油漬厚重、斑駁黑亮、從不洗滌；頭上一年四季帶一頂稀罕的瓜皮帽，夏天也不脫去。他一天到晚出入烏煙障氣的小茶館和昏暗話多的小酒館，酗酒使他談吐譫狂、前言不搭後語，臉色不是蠟黃就是酡紅。他基本無事可幹，只專職飼養三隻雪白的大鵝。這鵝很怪，走起路來一搖一擺，又傲慢又費力，但也很美麗。它們一見生人就「嗷嗷」亂叫，陡然變得兇猛無比，毫不懼怕地向人直撲過來。

一天下午，鮮述東偷偷帶我去了三樓上面的一個閣樓，那裡有幾間從未有人去過的小密室，窗戶永遠緊緊地關閉著，因常年無人打掃，到處布滿塵埃。

小鮮疾步走進一間密室，搬出一幅大鏡框框起的照片給我看，這照片幾乎有一米長。我從未看過這麼巨大的照片，而且與布滿灰塵的閣樓相反，顯得非常乾淨。我們真是嚇壞了，難道有人每天來擦淨這幀照片的鏡框，會是誰呢？總不會是幽靈吧？

照片上的人的穿著和我們現在的人大不一樣。有些人穿西裝、梳分頭，戴著黑色的圓眼鏡或細絲金邊眼鏡；有些人穿長衫、披馬褂，無鬍鬚或有鬍鬚；還有一些人穿著好看的軍服，雙手肯定地扶著軍刀；軍刀直立在向外張開的雙腿間。照片上的每一個人不管出自什麼職業，個個都很神氣，在我的生活中從來沒有見過如此神氣的人。他們究竟是一些什麼人？說得誇張一點，他們彷彿來自另一個星球……

一會兒，小鮮又從另一間密室拿出一把漂亮的軍刀給我看。

下午在寂靜中絲紋不動，似乎也在我們身邊觀看；這下午的寂靜靜得令人害怕，似乎連眨眼的聲音都能聽見。突然，我們同時都嚇壞了，是因為飛舞的小灰塵在陽光裏發出的聲音嗎？還是某個幽靈發出了輕微的聲音？小鮮立即將東西放回原處，我們驚叫著一起奔下樓去。

第二天清晨，我上學途經鮮宅高牆邊時，再也沒見到那個我每天此刻必見到的老人。放學回家後，聽說他已於昨天下午死了。他就住在我家樓下，同我父母在一個郵電局單位工作。我覺得很奇怪，昨天早晨我還聽到他咳嗽。他死之前數年如一日每個清晨定時（六點到八點）坐在鮮宅高牆下咳嗽。他總是盡力彎腰，努力從薄如一頁的胸部震出鏗鏘的金屬聲，接著把一口口濃痰吐在無辜的青草和長滿青苔的斜坡上。他似乎對鮮宅的莊嚴和寧靜厭煩透頂，要爭分奪秒吵醒什麼……他偶而抬頭，會死死盯一眼過路上學的孩子或不遠處一個紅光滿面正在打太極拳的老人。而我覺得他相當恨我，不知什麼原因；每當我

上學從這裡走過時，他都要絕望並專心地恨我一眼，然後堅決地彎下腰去吐痰。他最後的咳嗽聲如此殘忍，以至於我一想到他就想咳嗽。同時我也對我如下的想法感到很吃驚：那整天被老師或父母處罰的孩子在恨力方面與那吐痰的老人好像有一種內在的相似性，而且好像還要勝過他：

　　早熟的孩子（無論男女）長大了不老實
　　被父親虐待的男孩，長大了哭著想殺人
　　——柏樺《憶柏林組詩之三》

　　隨著清晨咳嗽聲的亡故，鮮宅重歸寧靜，但這是它最後的寧靜；當時間終於如釋重負，鮮宅就來到它毀滅的前夜。

　　文革在發展，學校在放假，下午在獲救。而文革初始，鮮家的人全被趕走了，家也被抄了，一家人遷到市中區解放東路（重慶日報附近）一幢擁擠炎熱的「社會主義」大樓去住。楊僕人由於被人指控酒後造謠，他一貫愛說國民黨馬上就要反攻大陸之類的話，革命群眾把他痛打了一頓，打完之後，他就消失不見了。

　　此時，鮮宅已徹底成了孩子們白天的樂園。孩子們在這裡打鬧踐踏，留下生氣和創傷。大人們吃完晚飯後也去那裡乘涼、聊天、吐痰。有時大人們也把孩子們組織起來在這裡舉行集體活動，比如講革命故事、聽革命歌曲、看革命舞蹈。大人和孩子在這兒混為一談。鮮宅，這個昔日著名的私家大花園如今成了人民公園或小造反派們的遊樂場；也成了我和幾個大朋友的玩耍鍛鍊之地，我在《回憶鮮宅》一首小詩裏沉入回憶：「一天，我們倆在參天老樹下喂小雞；輪流高舉起把手油膩的石頭啞鈴。空氣新鮮，身體發燒，吹來的江風搖動老樹，1966 年鮮宅夏天的上午真是涼快呀……」那與我一道喂小雞並鍛鍊身體的人，也是那個講恐怖故事的少年人，比我大不了幾歲，他後來死於一顆黑夜裏的流彈。

　　一個夏日黃昏，吃完晚飯後，我和一大群孩子坐在鮮宅的大草坪上，夕陽的餘輝把四周遍布傷痕的小樹林的葉子染成暗淡的金黃，晚風從江面吹來，1960 年代的嘉陵江依然從鮮宅下面秀麗地流過，無限涼爽。好動的兒童們在靜靜地等待，一個故事即將開場，文革時我聽故事的生活也從此開始了。

　　一個清瘦的老者慈愛地看著圍坐在他周圍的孩子，頗富吸引力地說道：「今天，接著昨天歐陽海的母親被地主逼死後的情形講起……」我入迷地聽著，被歐陽海童年的鬥爭故事所吸引。這也是我繼聽過母親講的第一個故事

《錯斬崔寧》之後，聽到的第二個故事，即金敬邁的《歐陽海之歌》。

兩個月後的一個下午，一群持槍的中學生紅衛兵（應該是重慶六中的學生？）宣布佔領鮮宅並把中學生紅衛兵司令部設在這裡。鮮宅一夜之間又成了指揮革命運動的神秘大本營，這舊時代的院落被賦予一種新的神聖的「造反」意義。孩子們當然不能再在這裡隨便玩耍了。青春的紅衛兵荷槍實彈日夜守衛著，他們的首領就在這裡日理萬機，夜夜窗前亮起「八角樓的燈光」（一句革命歌曲的歌詞），直到黎明透出曙光。

漫長的「歐陽海之歌」戛然而止。新的故事開始了。主講者再不是老人，而是小青年；地點再不是鮮宅，而是郵局宿舍樓外的空地。「歐陽海之歌」已成昨日黃花，「一雙繡花鞋」在輕輕走來。

那時聽得最多，記得最深的就是百聽不厭的恐怖故事《一雙繡花鞋》。雖然故事情節是固定的，但每一個主講者自有一套吸引聽眾、製造驚險的方法。一個鄰居的大孩子成了我們新的主講人。在這之前，他對我講過巴金的《憩園》，他說過一句令我難忘的話：「你一定要把『憩園』想像成鮮宅，這樣你聽起來就像真的了。」他除講故事外，還喜歡用普通話在下午模仿阿爾巴尼亞電影的中文配音臺詞，喜歡半夜三更唱民歌，喜歡上午練習辯論術或讀偷來的書。關於他的形象，除了我後面的詩《高山與流水》開篇寫到之外，我在別的好多地方也寫到：

> 一個夏天，
> 那看罷《寧死不屈》電影
> 的少年在背臺詞：
> 「墨索里尼，總是有理，
> 現在有理，永遠有理！」
> 一個夏天，
> 老木匠流暢的鉋子
> 被他塗滿了松節油。
> ——柏樺《鏡中少年》

在一個前呼後擁的夏夜，他以青年人才具有的敏感聲音向我們一群十歲左右的孩子說道：

> 1949 年，重慶解放前夕，一個冬天的夜晚。大街空無一人，只
> 有枯葉在空中翻卷或在地上掃過時發出的響聲。

　　這時，一個打更的老頭獨自敲著梆子來到街頭。他的眼睛在昏暗街燈下發出渾濁的幽光。突然他一抬頭看見春森路五號一個獨立院落的一幢舊洋樓三樓的一間屋子亮起朦朧的燈光，那燈光在黑暗中像一個飄浮不定的幽靈。

　　他暗自想到：這是一幢常年無人居住的樓房。房子的主人早已浪跡天涯、杳無蹤影，怎麼燈會在這個寒冷的深夜亮起來呢？

　　打更人是不怕鬼神的。他邁著年老蹣跚的步子、借著殘存的酒意向亮燈的地方走去。

　　他慢慢推開吱嘎朽壞的大門，走進院子。一股冷風撲面而來，他打了一個寒噤，然後壯起膽子一步一步走進樓房。打更人一級一級登梯上樓，在黑暗中摸索前進。眼看他就要上完最後一層階梯到達三樓了。突然，一聲慘叫劃破冬夜，打更鑼隨著他整個人乒乒乓乓跌下樓來。

　　老人面色蒼白、雙目暴突、驚嚇而死。

　　接著，昏暗的三樓階梯邊沿出現了一雙精緻小巧鑲著銀絲的黑色繡花鞋，鞋的頭部有一朵血紅的小花，就像蛇正吐出它致命的細舌……

這「一雙繡花鞋」開始的場景多像鮮宅。孩子們擠成一團，都不敢大聲出氣。彷彿夏夜已變成了寒氣逼人的冬夜，彷彿某個神秘的黑影就要顯身並一把抓走或殺死其中一個孩子。這時我們什麼也聽不見了，除了敘述者平靜而聳人聽聞的聲音。多麼奇怪的兒童的天性，越害怕就越要聽，越聽就越刺激，越刺激就越快樂，越快樂就越是我們的夏天。從恐怖的夏天到歡樂的夏天，真是妙不可言。

　　為了暫時減輕大家的恐懼，有時一個稍大的孩子會指著河的對岸說：「看，炮彈正打向二輕局的大樓了。」

　　晴朗的夏夜，星星閃爍，明天一定又是一個豔陽天，一發發炮彈像光芒四射的流星織成音樂的旋律，從江北的長安廠升起，飛越黑夜沉沉的嘉陵江上空，穿梭般地在二輕局大樓爆炸。二輕局大樓恰好位於嘉陵江橋頭，是戰略要地。

　　兩派的對攻開始了………孩子們又欣喜地轉向聽故事，直到故事結束。真正考驗每一個人的嚴重時刻到了。黑夜，樹影、晚風、炮聲、故事……一切都

使我產生一個幽靈出沒的幻覺，一個殘殺者緊跟在我的身後。我必須鼓起超人的勇氣向前。「別四處望，說不定影子會在你身後主人般站立。也許留在黑暗裏更好……」（陳早譯里爾克《布里格手記》，華東師範大學出版社，2015，第80頁）誰知道呢？

我從強裝鎮靜慢慢地走到驚恐萬狀飛速地跑，終於跑進我家所住的大樓。最可怕的一段已經到達：那已死去的吐痰老人的房間、黑暗的樓梯，樓梯的拐彎處、危險若人體的雜物……任何一個地方都可能潛伏著一根指頭、一雙腳，都可能發出寒冷的笑聲或毛骨悚然的咳嗽，都可能有某種東西向我迎面走來，楊僕人的瓜皮帽、鏡框裏的一襲空蕩蕩的長衫、一隻死者仇恨的獨眼……我全身僵硬，忘掉了恐懼，頭髮豎立，毛孔在擴張。這時，我只要有一秒鐘挺不住，就不敢上樓、不敢穿過走廊回到家中，就可能往回跑，跑到亮處去，怎麼可能留在黑暗裏更好呢？多麼可怕的走廊，但我說不出來，還是顧城的詩代我傳達出了這完美的恐懼：

忽明忽暗的走廊

有人披著頭髮

——顧城《狼群》

而門已消失，挺住意味了一切。而這一切並沒有使我擺脫掉鮮宅空寂的幻影……這一切都是為了我長大後寫下一首恐怖詩《或別的東西》，或另一首恐怖詩《白頭巾》。

不久，隨著「武鬥」升級，鮮宅成了另一派別的主攻目標。在一個月黑風高的深夜，鮮宅燃起了熊熊大火。我家住的那幢大樓就緊靠鮮宅，僅一牆之隔。大火兇猛亂竄，借著風勢很快就要燒到這邊，火苗幾乎已經點燃我家大樓屋頂的一角。整幢樓的人開始逃亡，我們全家也收拾了一些必備的東西趕緊出逃。我卻只拿走一個大紙盒，裏面裝有十幾本連環畫、一些珠子、糖紙、香煙盒，這些當時兒童普遍的玩具寄託了我全部的幸福，這幸福在黑夜的大火中被一個孩子緊抱在胸前，牢牢愛護、沒有半點閃失。

很快，消防隊的救火車趕到了，消防隊員和驚慌奔逃的人亂作一團，但畢竟迅速的滅火行動展開了。滅火中，天公作美，突然降下大雨。火焰在大雨下熄滅了。鮮宅化為一片焦土。而我們故事的主講者，那個鄰居的大孩子卻在這場鮮宅大火中神秘地喪生，一顆子彈宿命地卡在他曾滔滔不絕的喉嚨上。我看到了他被雨水淋濕過的屍體，他居然死後還胖了一點、臉也更白了：

天空——我童年鮮宅的款式

那中彈者的臉色，白如婦女

　　——柏樺《款式知多少》

　　死後的屍體還會胖一點，後來我在讀里爾克的書《布里格手記》時也碰到了：「死人總會脹大一點。」（陳早譯里爾克《布里格手記》，華東師範大學出版社，2015，第22頁）

　　第二天，人們又回到各自的家。重新開始了劫後餘生的生活。雖然空氣中還殘存著一股昨夜燒焦的糊味，未燃完的餘燼伴著一縷縷青煙迤邐上升。但雨後的空氣聞起來總有一股感人的新鮮，一種生命復蘇的新鮮……我甚至有了一種幻覺——我周圍清新的空氣是那樣年輕，年輕得如同我只有十歲的年齡……

　　下午時分，我看見了小鮮的媽媽，鮮宅的女主人，在上清寺銀行工作的歐陽英麗。她正在從我家三樓的一個過道的窗口憑窗眺望已變成一片黑色平地的鮮宅。僅僅一夜，鮮宅就徹底灰飛煙滅了，連一絲痕跡也沒有留下。她在深深地哭泣。我第一次看見一位美麗的婦女哭泣的樣子。她的哭泣是那麼悲慟，悲慟得沒有聲音，只有無盡的淚水默默地流下。彷彿她一生的淚水都是為此刻準備的，彷彿她要在這一刻靜靜地流完它。她輕輕地從口袋裏拿出一隻雪白手絹，半掩著面孔，只露出兩隻漆黑的眼睛凝視著鮮宅。她似乎突然產生了勇氣，她要把這最後一幕永遠記住。就像她要把過去的再不復返的時光，她青春年華在鮮宅度過的歡樂之謎牢牢記住一樣。然後，她慢慢轉過身來，並沒有因悲傷而失態、而憤怒。她沒有聲音，更沒有嚎啕大哭，只是微微頷首，走下樓來，一去不回頭地走了……

十三、鮮宅之後

　　十幾年後，1984年，我乏味又緊張的北碚生活進入詩魔的第二年，那時我與張棗認識不久，正共同日以繼夜地寫作詩歌。一天夜晚，我「下午」般的神經質突然發作，不相關的片段喚醒童年，「鮮宅」奇怪地浮出了我意識的水面，究竟是什麼引起這個念頭的？美已來不及回閃並捕捉，它已從一個既熟悉又新鮮的恐懼開始朝前運動了……為了化解這恐懼，我不由自主寫出：

夜裏別上閣樓

一個地址有一次死亡

　　　　　那依稀的白頸項

　　　　　將轉過頭來

　　　　　⋯⋯

　　　　　——柏樺《懸崖》

　　詩中的閣樓其實是指原西師（西南師範學院／大學，今西南大學）校園行政樓花園旁的一個小亭臺，這校園美麗得像一個放大了的鮮宅。我夜裏常在這一帶散步，每次都遠遠地看著這個小亭臺但從不敢接近它，更不敢登上去。這小亭臺在夜色中讓我產生一個幻覺——它就是鮮宅那神秘莫測的小閣樓——我恐懼的「懸崖」。一首詩的念頭就是從這個小亭臺開始的，然後漸漸朝前，直到耳邊重新響起我和小鮮在那個鮮宅的下午奔下樓去的尖叫聲。在這尖叫聲裏，如今又迴響著一位來自成都的更年輕的詩人的神秘的聲音：

　　　　　好幾個四十年都走不出的下午。

　　　　　心離懸崖的距離將以秒計。

　　　　　——沈至《走出屏幕指南》

　　而此時，在北碚西師校園的夜色裏，詩中貂蟬的耳朵依然無法解開，她一定也穿著一雙黑色繡花鞋來來回回地游蕩著吧⋯⋯

　　一句納博科夫的詩也突然出現了「⋯⋯我會死，但不會死在夏日涼亭」⋯⋯另一個初秋夜，我也寫下一些有關涼亭的片段：

　　　　　戒律苦熬，夏天熱熬，兒童不熬⋯⋯

　　　　　老人們去亭子，最好在晨曦而非夜晚

　　　　　突然他身體發抖，他的衣衫也發抖了

　　　　　突然南方孕婦很迷惘，何處孕婦又不迷惘

　　　　　別急呀，人都會有一間屬於自己的房間，

　　　　　但僅有一戶人家有一個小鐵桶、三塊小蛋糕

　　也不知為什麼，幼時最害怕的地方就是暮晚或黑夜中的涼亭。說來也是怪事，對於這些中國涼亭，我總有一個不知從何而來的偏見，即每一間涼亭都暗藏著一個死人，或更準確地說一個鬼魂。即便是明亮的夏天，那涼亭也會令我害怕：

　　　　　夏天周而復始，常綠常新

　　　　　嘉陵江水面，金子波動⋯⋯

　　　　　從一首廢話詩開始，那一年

我讀到「機構涼亭」處停下了
想起兩路口至鵝嶺那個涼亭
我怎麼那麼害怕走進去？
是因為這世上每一個涼亭
都有一個真實的鬼故事嗎？
還是因為納博科夫說過的謎語
「我會死，但不會死在夏日涼亭。」
　　——柏樺《憶重慶》

隨著奔下鮮宅閣樓尖叫的餘音和童年夏夜歸家的腳步，我也驚異於我這樣的詩句：

嬌小的玫瑰與烏雲
進入同一呼吸
延伸到月光下的陽臺
和樹梢的契機
正沉著地注視
無垠的心跳的走廊——
那「忽明忽暗的走廊
有人披著頭髮」
　　——那是顧城？！
那也是一個影子
在擁抱或抓住
另一個潛伏的影子
　　——柏樺《或別的東西》

下面這首詩，同樣寫於 1984 年，我的恐懼在這年冬天此起彼伏……白頭巾！我寫出了我所有詩歌中最恐怖的一首，它神秘的源頭當然又來自鮮宅（張棗深懂此詩的微妙，此詩題目就是張棗所取）：

白頭巾

趙家毀家郁達夫
養花葬花林黛玉
　　——題記

那邊有個聲音在喊我

眼睛死死地盯著

在深夜，她點起了

兩支神秘的香

那邊有個聲音在喊我

手腕突然被扭曲

在深夜，她拜起了

兩支神秘的香

此刻！更待何時！

我倆將創造一個陌生

並屬於這個陌生

木石結盟可笑嗎？

不會有太多的笑

但我們必須承認

從北碚到烈士墓

有三個夜晚已經死了

　　當這首詩寫出來後，我不僅沒有壓制住我童年的恐懼，反而這恐懼更強烈了或更魔幻了。我總覺得房子裏有人在盯著我或某個白色的幽靈正在從黑暗樓道深處飄來；我能否熄滅那潛伏地盯我並恨我的眼睛？我恍然覺得那咳嗽吐痰的老人並未死反而向我有力地笑起來，那中彈的主講者年輕的喉嚨死去後仍然在敏感地運動。我趕快將《白頭巾》的草稿揉成一團扔出窗外，將寫成的詩藏了起來。

　　這時，我偶然從書桌上一面小鏡中看見了自己因驚恐而昇華了的表情，一個自我斷然缺席的表情。我的理智盡了最大的努力，大約兩小時後，才把我脫離的形象重新找回來。

　　夜還在繼續，室內強烈的日光燈發出輕微的電流聲。我也帶著複雜的害怕之情——童年的恐懼、成年的挫折，對寂靜的害怕，對生命在暗夜可能突然中斷的害怕以及數不清的莫名的害怕……——平安地度過了這一夜，迎來了第二個黎明。

　　我的同學小鮮也迎來了他第二個醉眼惺忪的黎明。他在銀行工作，是一名職員，如今，我想他應該已經退休了吧，他的哥哥鮮述輪（我亦認得）已經去

世，他的女兒去了丹麥留學。鮮宅之美也會去了丹麥？

媽媽，一個雨夜

我不會像中國人那樣怕雨，
媽媽，我已過了怕雨的年紀。
我在雨夜清理死者的遺物，
「只是舊信，千萬別打開。」
是的，媽媽，我早就牢記。

花葉飄零的樣子，也需要
我牢記嗎？媽媽，我知道
葉落地有聲，花落地無聲；
葉落地有力，花落地無力。
讓雨落著、也讓花葉落著⋯⋯

穿過明亮書房來到小花園
像穿過一段歲月，草地潮濕
發出常新的不好聞的草藥味
這引起了我的注意，這裡
是哪裏？這裡有中國氣味！

夜在等什麼呢？酒杯剛停
我產生了一雙繡花鞋的幻覺
鮮宅！不一定非得在重慶，
它也可以在任何一個地方——
在這裡，哥本哈根。媽媽⋯⋯

2014 年 11 月 11 日

　　彷彿一夜火過，鮮宅或一個恐怖故事就成了我們之間的遺物。但我從來沒有忘記過鮮宅⋯⋯不是嗎？每當有人問我怎樣才能成為一個詩人時？我都會立即想到兩點（當然不止這兩點）：感受能力和表述能力，這兩個能力和鮮宅是那樣息息相關，在下面這首詩中，我們立即就會看到並領教。因為我們常常有這樣的經驗，我們可能感受到了，但說不出來；可能說出來了，但離感受的精確度還有距離。好詩人無一不是對生活——乃至生命——有著獨特感受並且表述極其到位的人。話又說回來，這兩種能力（感受能力和表述能力）也並

非神秘莫測，只要一個人有一定的「感時傷懷」的稟賦，都可以通過訓練而達到。訓練從觀察開始，我小時候對我家周圍環境（尤其是鮮宅）是如何觀察，如何感受的？我又是如何在經歷了漫長歲月的反覆淘洗、沉澱、回憶後，終於寫出詩歌的？且再聽一次我的鮮宅之歌吧：

鮮宅，1967

有些白髮漂亮似青春
有些白髮揪心如灰爐
有些回憶漫長而享受
有些回憶一瞥即驚心

更陰天你就一春多病
更念死她就活了下來
歐陽海，母親，特園……
水中孔雀，一雙繡花鞋

鮮宅落日，何以思鄉
鳥邊文革，何以人閒
雨中我們錯斬了崔寧
鮮述東！你去了哪裏？

大戰在即我在找一個
多年前冬天黃昏的聲音
稍息，鮮宅魂也來聽：
一顆淚掉落客廳地板

炮火翻天穿梭，劃過
星空，飛去江南江北
二輕局正酣戰長安廠
三秒爆炸是什麼概念？

明天又是一個大晴天！
他胖胖的屍體還在嗎？
八月，飢餓的女兒要以
食肉相來換那絕交書！

　　還用說嗎，童年，我只記得那個夏天，我聽過三個故事。第一個是母親在一個雨天的黃昏在家裏給我講的《錯斬崔寧》，第二個就是在鮮宅的草地上聽一個老者講的《歐陽海之歌》，第三個當然是那中彈者生前講的恐怖故事《一雙繡花鞋》。

　　而詩中「飢餓的女兒」說的是出生於重慶的小說家虹影，她寫過一本以重慶為背景的小說《飢餓的女兒》。

十四、初中的逗號

　　初中的逗號，在重慶，是我創造的。

　　　──柏樺《現實幾種》

　　在時間的句子裏，人自立為逗號，同時，以終結之，人自絕為句號。

　　　──王振譯齊奧朗《解體概要‧厄運意識》

　　有關我的初中生活及形象，還是讓我從我寫的三首詩開場吧：

重慶十五中學的回憶

一

四十年前一個八月雨天的正午
那山洞郵局職員剛喝到臉紅
我驚訝於（並羨慕）這無事人
他當時還讀著一本什麼書？

二

學得真快，你在十五中開口了
（你在模仿一個長沙詩人嗎？）
無處不是詩呀，當黑樹的影子
跟著中學路燈下的微風迴旋……

三

秋夜來，那小眼睛發亮的歷史
老師寫下一句讓我絕望的哲理──
「詩歌當然是最低級的知識，
它僅靠一些臆想來表現。」

四

如今，這些人的骨灰早已星散
唯政治老師幸存至今，車禍使
他躺在床上。我為什麼想到他？
是因為他的嘴型還是他的聲音？

五

操場旁山坡上青翠的廁所還在！
（雖給人的感覺似乎遠在天邊）
古老水泥尿槽裏桉樹葉的氣味
仍是那麼幽涼、蕭靜、好聞……

六

那為什麼笑不能是一件好事？
為什麼有一次我笑個不停惹惱了
一位美人，她吃驚地看著我……
唉，這全人類最痛苦的初中！

山洞，1970

殘暑正吹起二三涼燕；8 月 31 日
黃昏人間有何行路難，他用小石子
砸一個總是提前一晚來報到的老頭
從此，我學會了用恨的語言寫作……

這事發生在山洞 1970 年的早秋嗎？
那來自山風傳頌的第十五中學……
我小學的尾聲注定了和你一起度過
還有兩個學生，一個學工，一個學農……

操場邊岩石旁古樹下，乘涼的老師呀
物理害羞，數學饒舌，體育吃奶……
屠格涅夫春潮裏的學生如風，常有愛
我愛上戴眼鏡的足球和丁若蘭的乒乓
1970，田醫生不出門，家藏紅十字藥箱

1970，雲遮了小小李太白，你快畫下來——

1970，教室的晚窗分得了我的讀書燈……

1970，小陳不過是一個愛戴乳罩的少年

注釋一：「山洞」，地名，位於重慶沙坪壩區，歌樂山上。

注釋二：詩中涉及眾多人名：「學工」，指學生何工。「學農」，指學生何農。還真有個男生叫常有愛。有個女生叫丁若蘭。

注釋三：「物理害羞，數學饒舌，體育吃奶」，指物理老師害羞，數學老師饒舌，體育老師上課時叫我們應該使出吃奶的力氣。戴眼鏡，一個姓戴的愛踢足球的代課老師。

詩性教育

登重慶山洞寨子山，要讀幾首詩？

皮鞋一雙六斤重，正適合王老師。

軍訓裏有輕陰，我們就來玩詞藻

高爾基，告訴我何謂亞麻色姑娘？

阿司匹林的鋁包裝在陽光下閃亮——

眼光！藥品的華麗是女生的華麗！

它發生在雨後的一個清晨？不，

是 1969 年春潮，一個溫暖的晚間……

王老師真鼓舞了幾個男生暗夜潛行？

越過西南方的邊境，生活在別處——

「西南方高貴敏銳的燦爛光亮開始了」

命運怎麼這麼巧讓我讀到這一句。

雲的境界終歸是要越過邊境的

什麼人的境界才會離開祖國？

多年後，我們返老還童，秋褲不穿……

在北碚論詩青未了，何言談絕倒……

注釋一：「山洞寨子山」位於重慶市沙坪壩區東南部，重慶第十五中學校就位於此。我當時在那裡讀初中一年級。二年級下半學期轉入重慶第六中學校（現在叫求精中學）。

注釋二：「皮鞋一雙六斤重，正適合王老師」，這是一個真實的

故事：教數學的王老師是我一生見過的最好的老師。他常穿一雙極重的特製皮鞋。我們問他為何如此，他說是為了鍛鍊身體。我這才注意到他的面貌原來是那樣清秀，皮膚又是那樣白皙。

注釋三：最後兩行詩轉入我和詩人張棗的交往：1984 年春至 1986 年夏，我常與張棗在重慶北碚西師校園談論詩歌事。「論詩青未了」化脫自杜甫《望嶽》一句「齊魯青未了」。「何言談絕倒」，見黃庭堅詩《奉和文潛贈無咎》其三。

我十三歲那年，形象已經呈現：個子瘦小若逗號。那一年，我帶著這形象遠離市區，來到一所郊外中學——重慶市第十五中學校——讀書。我那並不適宜於城市的樣子又一次繼鮮宅之後，走進「暗」或「舊」的風景中。那兒的風景古樹參天、遍地蔭涼，那真是一個放大了幾百倍的鮮宅。群山在此起伏、森林四處密布，緊挨學校的寨子山「滿山奇石，皆成淺白色，累累疊起。如波濤之湧」，如此形容，我竟然碰巧在日本漢學家竹添進一郎寫的一本書《棧雲峽雨日記》（中華書局，2007，第 63 頁）裏讀到。這裡的山林點綴著一幢幢民國時期遺留下來的別墅，如今大多數已成了這所中學的教師住房。

面對此景我寫下平生第一篇散文，取名《我愛山洞》。重慶市第十五中學校就位於歌樂山上，這個叫山洞的地方。一個愛臉紅的物理老師竟然把一個少年學習風景的習作用毛筆抄寫出來，刊登在校園學生專欄的牆壁上。我懷著初次發表作品的激動之情，看見它被公諸於眾，被公諸於這寬容的秋天。

一連好幾天，我都克制不住要去那面牆下駐足流連，一遍又一遍快速而緊張地讀著自己的文章，生怕被其他同學發現。一天早晨，當我又去看我的文章時，它已經被一夜大風刮得所剩無幾。秋天深了，風捲起破碎的文章以及其他破碎的紙屑，紛紛揚揚。一排學生正從這裡跑過，腳踩舊紙屑和我的殘篇，跑向校園的操場。隨著同學們漸漸遠去的步伐，那文章的七零八碎也飄向一個更遠的寓意不明的遠方。孤單單地站立牆下的我突然感到一陣寒意，同時也聽到了同學們「並非尋常」的笑聲……那笑聲真有一種無以言表的意味，隨著這笑聲，我也與其中幾個同學結下了奇妙的友誼。

在我的那些少年朋友中間，名叫三蛋的少年是最為古怪好笑的一個，他喜歡暗中襲擊他所恨的人。其實他恨所有的人，包括他的父母；他曾告訴我他的母親經常赤身裸體在他面前走來走去，說到此事時他表情怪異，不知是恨還是愛。他隨身攜帶一把自製的樹枝彈弓，經常躲在暗處射人。一個右派老教師的

光頭幾乎天天被他彈射得鮮血直流。這老師因為是一個「右派」，自覺理虧，每次被石子射中只好忍了，有時為了避免被射就戴一頂「幹部帽」。每當這時，三蛋就要上去把他的帽子取下來，並笑扯扯地說：「楊伯伯（這位老師姓楊，早年留學日本，很可能就是由此而犯罪），你是壞蛋，不許戴帽。」邊說邊將他的帽子扔在地上。

　　關於少年偏愛用彈弓打「壞人」，這行為動作真是四海皆同。無巧不成書，我就在吳宓日記裏讀到許多次「兒童用彈弓射泥塊擊宓」（見吳宓寫於 1968 年 11 月 2 日的日記）的事情，現順手引來一次：「1968 年 8 月 29 日星期四，上午十一點三十分，宓下班回家，途遇住居浴所斜後之宅中頑童，斥宓為牛鬼蛇神，命宓承認反黨，持彈弓發射小磚塊擊宓，中三發，從後追宓，橫過養鵝、養豬場，直至坡上（延安路）乃止。」（《吳宓日記續編·第 8 冊，1967～1968》，三聯書店，2006，第 543 頁）

　　有一天下午，我的鼻子也無緣無故地中了他一彈，當場流血不止；小唐同學（比我高兩個年級）——他最愛對我講「薛仁貴征西」的故事並無端端地硬要當我的「大哥」——得知後，帶我去找三蛋，一見面就以薛仁貴的姿勢飛起一腳向他踢去，結果當場踢掉他一個「蛋」。踢完之後，小唐無比興奮，叫我陪他去游泳，我無法推託，只有冒死抱住他的腰游入水中（我當時還不會游泳）。我的「大哥」意猶未盡地繼續他的保護任務，我帶著剛剛報完仇的鼻子溫暖地游入我人生的深水區，在水中我第一次體會到一句古訓的難能可貴：「在家靠父母，出門靠朋友」：

> 身邊怎麼又冒出個唐春兄
> 有一天正午，我們去游泳
> 游泳是游泳本身並無深意
> 生命，在放棄了游泳之後
> ——柏樺《自己的生命》

　　許多年後，我在《自己的生命》這首詩中，略略寫到了那天正午我第一次游泳的情形。但我絕沒有想到四十多年後我還會被一首韓東寫的詩歌《梁奇偉》再次更深地帶入這次游泳。小唐就是我的梁奇偉呀！他在梁奇偉游泳的湖水中得以復活。後來我對照了幾個《梁奇偉》的版本，其中一個版本有一句：「身後的堤岸上，那五年後將在嚴打中被槍決的夥伴」，讀後令我為之一震。但在最後一個定本中，韓東刪除了「在嚴打中」。對於他這首寫於 2015 年 4 月

13 日的詩（記住這個時間多麼重要！），我就不展開來談了。只說一句：韓東寫的梁奇偉是我們那個時代的少年英雄，這種英雄，韓東在他的小說《古傑明傳》中有另一番造像以及更加詳細的敘述。在此，我要以情同手足的感情抄來如下，以紀念我和小唐一起度過的難忘的少年時代，以及個中我們永遠不會與外人道的那些秘密：

梁奇偉

月亮從湖面升起，
我的臉一半在水下，一半在水上，
以這樣的方式和月亮對視。
身後的堤岸上，那五年後將被槍決的夥伴
吹奏一支口琴。

月亮升高了
波光晃動了畫面。
小夥伴們的身上長出了魚鱗。
我拼命地拍打水面
他也扔下口琴跳進水裏——
似乎這樣就可以不死。

那顫抖的月亮，銀色的路
那口琴上的綠塑料……

哪知從我鼻子被彈中的第二天起，我每天清晨都要流鼻血，由於害怕，就將血蘸在饅頭上吃下，自以為吃下人血饅頭，血又回到了我的體內。然而一個月後，鼻血就自動消失了。

「無端端」的意義開始若有所思地扎進我的腦海，無端端的愛、無端端的恨、無端端的鼻血，以及我即將開始的並非無端端的文學。十年後，當我讀到梁宗岱翻譯的德語詩人里爾克的一首詩《嚴重時刻》時，才最終明白了「無端端」的意義。

十五、初中的敖德薩

終於有一天，我離開了城市
初識春潮，來自歌樂山的山風
來自農基課老師的第一次指引

> 但怎麼會愛上屠格涅夫，
> 這讓我懵懂，並難以啟齒
> 我開始不願意遇見老師，
> 不願意再問老師任何問題。
> 從此，我像每一個愛上
> 俄羅斯文學的東方人一樣，
> 我也開始愛上了生氣。
> ——柏樺《憶重慶》

　　一個黑皮膚、小個子、厚嘴唇，說話急促而結巴的同學小顏走進了我的生活。他孤僻地學習歷史學和地理學這兩門功課（由於從小夢想旅行）。一天晚上他以一句奇怪的囈語，「呵，寂靜的木螺絲廠」（他家附近有一個生產木螺絲的工廠）打斷了我的「漫遊」，令我哈哈大笑。隨著笑聲的深入，友誼也在深入。

　　冬去春來，三個月後，一個初春的夜晚。他悄悄給我看一個他從不示人的小筆記本，本子的第一頁寫下「詩抄」二字，接下來寫滿整齊的詩行。字體纖細清潔，似一個少女的筆跡。這是我第一次讀到與我同齡的少年寫的詩歌（大部分是古詩，極少部分是白話詩），只可惜現在一點也記不起了。大概是唐詩、宋詞、毛澤東詩詞、革命烈士詩抄（他最愛讀的一本書）以及賀敬之式的抒情詩這樣一個含混體吧。但這足以令他非同凡響了。

　　我們開始了共同的寫作練習並到處可以找到愉快。一個數學老師及時地將他的愉快送上來。他身體若一根麻繩，皮膚卻細如凝脂，腳穿一雙特製的六斤重的皮鞋，說是為了鍛鍊身體。我們觀察到了他的可愛。另一個數學老師也姓王，他說話帶著繞口令般的快感，發出一連串的奇怪聲音：「日呀，日呀……」這讓我們笑翻了天，決定把他寫入我們的小說中。而體育老師則要求我們上體育課時，應該像嬰兒一樣使出吃奶的力氣。那看上去威猛而嚴肅的體育老師使我們不由得也變得嚴肅起來。瞧，正因為這一切，我才會在《山洞，1970》中說出：「物理害羞，數學饒舌，體育吃奶」呀。

　　「這也是詩嗎？太可笑了……」一位年輕的政治老師在一天夜裏讀到我寫的一首七言律詩。這一夜我的確覺得自己可笑，甚至寫詩也變得是一件可恥的事。老師的嘲諷使我對詩歌第一次產生了一種痛苦的認識。

　　但那愛臉紅的物理老師對我來說一直充滿了神秘的詩意，很多年後，我甚

至寫了兩行詩來紀念他的形象：

　　　從走路的姿勢，我看出他是一個中學物理老師。

　　　1970年，我的偶像是物理老師，他神秘而年輕。

　　最初的文學歡樂也在上演，如同我初中班上神秘的「復活」、神秘的「敖德薩」，還有「亞麻色頭髮的少女」，這些俄羅斯文學的詞語、地址和形象也自然地成為了我們初中文學少年的接頭暗號。

　　這其中，敖德薩（Odessa，地名，烏克蘭西南部一個州名，烏克蘭南部城市市名）的中文發音特別極了，從中學時代起我就迷上了這三個字：敖——德——薩。但一直苦於找不到機會對其表達喜愛之意。2012年4月，在我年近花甲時，我寫出了一首詩《憶重慶山洞》，在其結尾，我終於第一次嵌進了「我初中的敖德薩」！

憶重慶山洞

無事可做，舊地重遊
在我醉酒後的一個黎明
十五中學還在嗎？
古老而乾淨的小郵局已不在

我早年的軍訓女神
迎面撞了上來，怎麼可能
忘了那個正步走的春天
四十二年前我們的小組飯

牙刷！芝加哥屠宰場的
黑幕有什麼好寫！夏末
我下崗來到山洞寫回憶書
是痛還是恨？那是愛呀

《復活》在教室裏傳來傳去——
瑪絲洛娃還是聶赫留朵夫？
一臉餓相是十四歲的我
我狼吞了初中的敖德薩

　　再往後，在閱讀查良錚翻譯的普希金《歐根·奧涅金》時，我又遭遇了敖德薩荒涼而潮濕的風景：

　　……敖德薩，把它說成

　　一片花園。但事實並不這樣：

　　這裡附近全是光禿禿的荒原，

　　只是最近，在有些地方，

　　有些小樹，費了幾許人工，

　　才在夏日鋪下一些陰影。

　　……哦，灰塵的敖德薩。

　　我甚至可以說是：「泥濘」的

　　敖德薩，也沒有冤屈了它。

　　……

　　就這樣，我生活在敖德薩……

　　（參見：查良錚翻譯的普希金《歐根·奧涅金》，四川人民出版

　社，1983，第 300～306 頁）

　　巴別爾（Babel）「在敖德薩，我們一個勁兒地結婚成家。」1914 年 1 月下旬，馬雅可夫斯基在敖德薩第一次墜入了情網：

　　你們以為，

　　這是瘧疾在囈語？

　　這是在，是在敖德薩——

　　我不是男人，是穿褲子的雲。

　　——馬雅可夫斯基《穿褲子的雲》

　　敖德薩更是一直迴響在今天。伊利亞·卡明斯基（Ilya Kaminsky），他舞在敖德薩。中國詩人明迪翻譯了他的《舞在敖德薩》（上海文藝出版社，2013）。在此書第 73 頁，我讀到有趣的一句：「到處都是敖德薩，」他說，「但只有敖德薩舞動起臀部來比敖德薩更美。」那舞在敖德薩的詩人，能聽見什麼呢？能聽見泥濘的夜鶯，也能聽見我的詩——

敖德薩本身就是臀部

　　這可是真事情，

　　發生在敖德薩。

　　——馬雅可夫斯基《穿褲子的雲》

　　屁股是充滿拯救的彌賽亞！

——耶胡達·阿米亥《給女按摩師的讚美詩》

人，童年一次，長大一次，
老一次，死一次……
這一次！在一個孩子眼中，
深夜看到了屁股！

那哪是屁股，
是一個星球！
甚至一個宇宙！
跳動著光芒瀑布！

後來，愛的給予並非只在深夜
（即便在白天）
它無論如何也比不上
命運的給予——

後來，村上春樹，舞、舞、舞。
舞什麼！伊利亞！
敖德薩的發音
本身就是臀部！

2016 年 8 月 13 日

真的！敖德薩，梁贊，基輔，喀山，雅爾塔……正是這些地名構成了我魔幻的中學時代。而魔幻教育也在「工基課」、「農基課」上輪番上演，同樣讓我終生銘記：

肥料傳奇

別了早蜂與樹蜜，輕燕與江泥，
那時，白鶴總從西南飛來——
別了冬燒山，春燒山，山燒山
那浸草更燒灰的山村歲月……

920——我初中的大幻覺！
我農基課上的魔術課——
一個學習委員為我演示了它
這化學超越了葡萄糖和狗肉湯

那些作糞擁田的人呀，

1969 年，豐收喜訊傳四方

湖南大地的春耕如沐春風

當然是濃得化不開！

深夜喇叭響起，伴著肥料，

也伴著屠格涅夫的《春潮》

我們黨的九大！九大！

我們民族的超我，它在昇華⋯⋯

注釋一：「農基課」，我讀初中時的一門課程名字，它的全稱為：農業基礎課，即化學課；與此對應的是「工基課」──工業基礎科，即物理課。

注釋二：「920」，一種肥料，一種植物生長調節劑，簡稱為赤黴素。有關用葡萄糖和狗肉湯作為施肥材料的故事，可參見我的另一本書《史記：1950～1976》，臺灣秀威出版社，2013，第 90～91 頁，《徐水，徐水》。

注釋三：「九大」，指 1969 年 4 月 1 日～24 日在北京舉行的中國共產黨第九次全國代表大會。

2015 年 2 月 10 日

而我在中學時代，對小顏、小唐，甚至三蛋所欠下的感情債務一直到 1984 年才終得以償還。這一年冬天，我在一個冷得發抖的夜晚寫出了《惟有舊日子帶給我們幸福》。那是一首我送給這三位少年的詩，尤其是送給小顏──重慶第十五中學校的小詩人的詩。一份遲到的禮物終於抵達了那早已作古的「校園之歌」。

我的舊友小顏先於我開口說話，卻引起我最初的表達願望。由於我更急迫地到來，他像一位大哥獻出了自己後又退出了自己；我的聲音很快覆蓋了他，也犧牲了他。這一切讓我想起來非常難過，但它如此神秘，只能聽天由命。後來還連續發生了好幾起這樣的事，即當我讀到某位寫詩同學的詩歌時，我會迅速舉一反三，從他們那裡學得其中的好處，並超過他們，同時也埋沒了他們。這些同學的名字，我就不在這裡一一指出了。

我為什麼會在這裡說起這些難為情的舊事呢？我其實是想從中說出一個

道理，這個道理我在後來接受詩歌翻譯家菲奧娜（Fiona Sze-Lorrain）的訪談時，專門談起過，現僅引來其中一段如下：

> 而如何讀？必然又會使我們立刻想到艾略特的名言：「大詩人搶，小詩人偷。」或納博科夫（Vladimir Nabokov）所說：「真正的天才會把別人的東西拿來為我所用。」連王爾德也說過：「只有那些沒有想像力的人才會創作。眾所周知，真正的藝術家會利用他從別人那裡拿來的東西，而他是什麼都拿的。」（〔美〕艾爾曼著：《奧斯卡‧王爾德傳》，廣西師範大學出版社，2015，第512頁）有什麼辦法呢，能夠被搶走或「拿來為我所用」的作品都不是一流的，而且這些非一流作品之所以能夠存在（其最好的命運）就是為了等待被某個大詩人讀到，然後拿走或搶走。（見《柏樺專訪》，《我們的人生：柏樺詩文自選集：1981～2021》，西南交通大學出版社，2021）

如今，小顏是一個供電局的工人，性格未大改，正熱情地追逐著天真的金錢並一如既往地嚮往遠方的生活。三蛋一臉菜色地坐在在街邊賣煙。小唐堅持他少年任俠的威風，以名震重慶的「唐肥腸」在餐飲界繼續當他的大哥。這位大哥就是我心中的梁奇偉或古傑明啊！每個男人在他的少年時代，內心都會潛藏著一個英雄——梁奇偉或古傑明（古傑明這個人物，出自韓東的小說《古傑明傳》）：

> 手上的工具可以簡陋，
> 意義則必須繁複。
> 但也別理會矯情的人學舌：
> 「我們要進窄門。」
> 但小城好漢之英特邁往
> 好像沒有那把口琴？
> 但每顆中國少年心都有
> 一個古傑明，一個梁奇偉。
> ——柏樺《春之外之二》

一年又一年，可愛的數學老師想必仍然穿著如此沉重的皮鞋在不停地走著……。政治老師一定又在「正義地」扼殺另一位汗流滿面的小詩人。唉，或許「如今，這些人的骨灰早已星散」（見柏樺詩《重慶十五中學的回憶》）……

十六、在六中、在外語學校

　　幸運嗎？何以見得？我在政治老師扼殺我的中途，轉學去了重慶第六中學校（現在叫求精中學）。很快新生活呈現出新形象。我在新的初中立即有了一個私下的學習小組，我和彭逸林（詩人，現在是重慶大學教授）曾狂熱地讀現存的書，如《天演論》，普列漢諾夫《論藝術》，甚至還有蘇聯的政治經濟學教材，列寧的《國家與革命》，後來還有《第三帝國的興亡》，《約翰·克里斯朵夫》等，而其中最重要的或許是中華書局出版的一些活頁文選，即簡單的中華古典詩歌與散文。順便說一句，開列這個並不全面的當時的書單是很有意思的，從中可見一代人早年的閱讀史並管窺其成長史，那是一個無書可讀也無選擇的年代，這些書只能使個人人格中的「超我」按照社會規定的集體「超我」成長，真正的「自我」依然在沉睡，關鍵之書遙遙無期。但我們也有快樂，那時我們總在嘉陵江橋上不停地散步、暢談、背誦……

致一位中學友人

藍空不止一朵龍雲，

日本絕無兩個源義經

黑夜升起了一顆難星，

那哲學家長得像狼（黑格爾？）

橋頭！我們瞭望的中學時代，

高山永恆地隔著遠景……

我知道你喜歡明亮的波良納，

在重慶的秋天……

Internationale 來自法國嗎？

馬上，你開始了背誦

背誦在初三高人一等

再請翻開聯共布黨史吧

真好！我們找不到惠特曼

找到的是馬雅可夫斯基

注釋一：源義經（1159～1189），日本傳奇英雄，日本平安時代末期名將，更是日本最著名的美少年英雄。

注釋二：波良納，即雅斯納雅·波良納，它是俄羅斯偉大文豪

列夫・托爾斯泰的出生地，也是他的最終歸宿。這是俄國圖拉省克拉皮文縣的一個貴族莊園。「雅斯納雅・波良納」在俄語中意為「明亮的林中空地」。

注釋三：英文 international 源於法語的 internationale，按聲音譯成中文，即著名的「英特納雄耐爾」，在《國際歌》中指國際共產主義的理想。

2015 年 8 月 29 日

我們在學習寫古詩的過程中也找到了快樂，也會相互酬唱幾句「西北望長安，可憐無數山」。楊江同學（四川大學商學院教授，院長，現已退休，雖患了腸癌，仍在努力生活）還記得嗎？有一次你曾化用過「喚取紅巾翠袖，搵英雄淚」，讓我們刮目相看了好幾天。

許多年後，我用一首詩《舊冬天》回憶了我和彭逸林中學時共同學習、讀書（尤其是讀古文）的情形，當然也有我對渴望加入共青團不得後的內心糾結：

舊冬天

——致初中並兼贈彭逸林

「人在睡覺，但日子在等待」？
冬風精確地在樓房間彎曲地吹來
一隻灰雀飛過去，接著又一隻……
我在幻想我為什麼不是一隻鳥，
一隻精確、孤身地飛回昨日的鳥？
但我也不會浪費，我聞到了什麼
我聞到了一股舊冬天午後的味道
一種東方社會主義式的乾淨寒冷
在大藍布與大綠布間厚厚地傳送——
鋼炭烤火，開水沸騰，黨的魅力
高不可攀，共青團精神正好下凡
午後，室內的朗讀攜來了友誼……
洛神賦，打開它，我們就通過這
驚鴻之美彼此傾訴，格調也這樣被
1972 年的重慶六中造就。從此

我們小組式的啟蒙開始了，讀詩，

聽《中華活頁文選》的紅巾翠袖

吃烤熱的橘子，穿軍大衣過冬。

2011 年 1 月 18 日

　　僅僅「舊冬天」還不夠……當時，我和彭逸林讀古文瘋狂到什麼程度，從我後來寫的一篇古文篇目串聯文字中，可以看見更多並玩味再三：

讀漢魏六朝賦選

　　讖緯興於東漢，班固少有鄉愁；幽通賦？白虎通？我們讀漢書。小小溫泉賦，大大思玄賦。虎牢勁風屬涼，黑雲飛過嵯峨，159 年，蔡邕行路難，作述行賦，檢逸賦。1963 年，我讀《曹氏父子和建安文學》知「吾起義兵，為天下除暴亂。」後來吾遊仙，吾驚夢。「雖信美而非吾土分」在麥城，王粲登樓賦：「曾何足以少留。」「白馬飾金羈……幽并遊俠兒」的下午，洛神的下午，《中華活頁文選》的下午，彭逸林朗誦於初二的下午。潘岳秋興，潘岳閒居，潘岳悼亡，而陸機「惟南有金」，豈是苦橙。突然！洛陽紙貴，左思橫空三都。突然，江淹恨賦、別賦、青苔賦。聽「枕草子」——王羲之、王獻之：「奉橘三百枚，霜未降，未可多得。」「慶等已至也。鵝差不？甚懸心。」鮑參軍，我們最後的蕪城，最後的傷逝；庾開府，我們最後的小園，最後的哀江南賦。

　　在另一首詩《求精中學》（我當時讀書時叫重慶第六中學），我也寫到了我認識的一些老師：

求精中學

那物理老師從墊江來？周末

他在二樓修一個電爐，求精。

那英語老師下午思玉？餅乾

他吃了少許，笑少許，求精。

那語文老師名字直逼董仲舒

白臉超越了 1972 年的性感。

那政治老師的美，永在初秋

初秋，我愛上了她愛的排球。

那總披著圍巾的數學老師呀，

他更喜沁園春，而非微積分。

摩托出事了！音樂同盟紅馬

關涉你我辯論中的白馬非馬。

而春歸不肯帶愁歸，在重慶，

是她？春帶愁來，年年六中……

注釋一：「紅馬」為當時六中的音樂老師，後死於摩托車事故。

2014 年 2 月 24 日

　　在重慶六中還有什麼最難忘的經歷呢？當然是那「批林批孔」的序曲。這批判的時間已過去幾十年了，但那時「批林批孔」的恐懼仍深埋於內心。記得當時批判林彪書寫的幾行字：「悠悠萬事，唯此為大，克己復禮」，而批判的關鍵詞就是「克己復禮」。但我根本不懂「克己復禮」是何意思。只覺得這四個字很恐怖，心裏很害怕。

　　那時既然大家都來批判這個詞語，我也不甘落後，不過我同大家批判的用語則是一樣的，那就是「克己復禮」就是復辟，林彪心中的「萬事」中「大事」就是復辟資本主義，可見其反革命之心是何等迫切、何等頑固。從此，也就隨著「克己復禮」的恐懼長大成人了。現在想來當時為何恐懼，或許是從小所受教育所致。因小時候，學校總是教育我們舊社會是恐怖的，人民不是被餓死、凍死，就是被打死。而林彪要學孔子搞舊社會那一套，當然令人害怕了。後來還產生了一個幻覺，只要一看見「克己復禮」四個字就覺得毛骨悚然，這四字似乎有一種巫術般的邪惡，而且是最難看、最壞的漢字。

　　再後來開始學習孔子的《論語》，才明白了「克己復禮」的含義，恐懼心理稍減。其實，克己復禮是孔子提出的一種道德修養方法。「克己」就是克制和約束自己的語言和行為。「復禮」就是使自己言行符合規範和準則，「禮」是社會已存的一系列道德規範和行為準則。「顏淵問仁。子曰：克己復禮為仁。一日克己復禮，天下歸仁焉。為仁由己，而由人乎哉？」（《論語·顏淵》）這就是說：仁作為人生最美好的追求是通過自身的努力獲得的。只要嚴格要求自己，用社會規範約束自己，就會獲得「仁」這樣的精神境界。孔子接著還對顏淵提出了復禮的詳細內容，那就是「非禮勿視，非禮勿聽，非禮勿言，非禮勿動。」只要人的一言一行、一舉一動都符合禮的規定就能獲得仁。「禮」與「仁」便是外部表現與內在本質之間的關係。「仁」是一些禮義制度的核心，或者說

禮義制度是按仁的原則建立的，因此通過復禮，歸仁才能實現。

　　直到今天，我終於知道克己復禮代表的修養方式所具有的意義。它肯定了人在道德方面的向善性。「禮」雖然以各種規範約束人們的行為，但它與至善、至完美的道德境界是統一的。現在想來小時候對「克己復禮」的恐懼情結有些好笑。如今「克己復禮」終於穿過了時光隧道，直到 2012 年 3 月 21 日，我寫出了下面這首詩：

我的 1974 年

萬物出一理。一理為何？
趙州云：我在青州作一件布衫，
重七斤。不是麻繩三斤。
更不是泥牛入海。

1974 年，文之悅
從「批林批孔」中傳來，
乒乒乓乓、詞聲鏘鏘——
落入會議室茶杯。我寡淡。

雲煙過眼，呼出道家氣……
看人人都埋首作筆記；
數學王老師也隨物宛轉，
白白胖胖，毫無潑煩。

那掙扎的蒼蠅死了嗎？
一種嗡嗡的節奏死了。
那靜看打窗蟲的人呢，
正拿爛詩給江西人看。

　　總是意猶未盡的我，還在沉湎於那個時代（1970 年代），它的形象、它的能指是多麼豐富，令我終生難忘：

　　　　正好一手相握的長方形肥皂，多為醬黃色或灰白色（較稀奇），
　　聞起來有蠟的氣味。油布雨傘，也有一股蠟味。牆上的紅色錦旗（字
　　為黃色）。公雞毛撣子。中國人民解放軍軍帽及幹部帽（鴨舌帽少量，
　　壞人或特務戴）。美多牌或紅燈牌收音機。既可吐痰亦可坐著大便的
　　搪瓷痰盂，上面印著紅綠相間的花卉。從早到晚的花茶、綠茶、沱

茶、老蔭茶（只針對夏天，尤其只針對夏天戶外人群）。燒餅（永恆的早餐）。暫寫到此，下面將不斷添加……

何為交際處？每日在重慶上清寺遇見，卻不知就裏，很好奇。今日凌晨（2012～11～21）從百度搜尋，終得解惑，錄沿革如下：1936年1月26日西北辦事處發布第四號命令，宣布增設外交部，博古兼任部長。外交部下設交際處，處長由西北辦事處秘書長伍修權兼任，不久，交際處改為招待科，科長為胡金魁。

重慶熱（令人想到奴隸制度）。重慶嘉陵江大橋（美麗）。重慶溫泉（年輕的社會主義）。北碚（唯一百住不厭的小城）。重慶南岸（唯有一件事永恆：女廁所三個坑位，男廁所五個）。

陰溝污泥裏抖動不停的紅色線蟲（捉來喂熱帶魚？）。洋蟲（在冬日）。一張電影票，2角。一碗麵條，8分。絲綢面料被子（財富的象徵）。棉紡廠之亮點，上海國棉十七廠（青春王洪文）。

第一個五年計劃、第二個五年計劃、第三個五年計劃……吾國那永恆的喋喋不休的五年計劃呀！愛國衛生運動、掃盲運動、讀報運動。

1965年，我在重慶豬市壩老虎灶打開水，在上清寺公共澡堂洗澡，在牛角沱菜市場花5分錢買燒餅當早餐，在少人行的青翠山坡上走著去大田灣小學讀書。很快，我喜歡上了理髮，這行為同洗澡一樣，可以保持一個男人敏銳的興奮與活力，當然，有關此點，是後來長大了，才懂得的。

黑色皮沙發；竹殼溫水瓶（無處不在）；茶（時時刻刻）；痰盂；書法（以草書為主）；發黃的右手食指與中指（靠近指甲周遭內側更顯焦黃）；紅薯；「智慧即性慾」；廢鐵；紅旗（「依舊是」）；《紅旗》雜誌；海魂衫；少先隊員的理想——撿到一分錢，交給警察叔叔；風雷號輪船；中國—阿爾巴尼亞友好公社；赤腳醫生；衛生院；革命委員會；那工人的手掌柔軟溫涼；敬煙敬酒；新華印刷廠；熱毛巾（上面印有和平鴿與天安門）；軍用水壺；柳樹；豬肉總是剖開的一半；菜籃子與大掃把；鴨舌帽（除幹部帽之外）；灰色中山服（並非一律藍色，藍色為工人衣服的顏色）；劉少奇和林彪穿連襠褲；南京長江大橋；恩維爾·霍查（Enver Hoxha）；車間（主任）；路線鬥

爭；乒乓球（外交）；勞動模範；退休工人每週大掃除；意大利壞人
——安東尼奧尼（1972，他來中國拍紀錄片，不拍高樓，拍爛屋）；
織毛衣；跳繩；用針刺麻醉進行手術；「右傾機會主義者都是孔夫子
的崇拜者」（陳獨秀、羅章龍、張國燾、高崗、彭德懷、劉少奇、林
彪）；無數的串聯的彩色小燈泡；共青團花園；縫紉機；永久牌自行
車；海鷗牌照相機；斑馬蚊香；牡丹香煙；瀘州二曲（酒）；大白兔
奶糖；琵琶；手風琴；笛子；藤椅；地主劉文采；《反杜林論》；木板
床；半導體收音機；《苦菜花》（小說）；舞者的背簍；橡膠雨靴（有
長有短）；遵紀愛黨；眼保健操；「五七幹校」；憶苦飯；工農兵學商；
酒窩；《春苗》（電影）；水泥廠；水庫堤壩；採石廠；礦務局（煤礦）；
農機修理廠；拖拉機廠；軍民魚水情（舞蹈）；大字報；糨糊；為人
民服務（「依舊是」）；美帝國主義；石窟裏的無頭或斷臂佛像，在河
南；「在（工人們）抖動著的衣服裏面，抖動著陰莖。……他們總是
以密集的組群出現。人民公社」；吳庭豔幽靈；柯西金；基辛格；「我
盡力待在那位最英俊的工人身邊，但有什麼用呢？」；小麵；回鍋肉；
宮爆肉丁；革命幹部；他一說話就帶出一股——他剛吃完的——藕
粉味；棉紡廠——織布車間；光明幼兒園；人民小學；東方紅中學；
政治學習——讀報；交公糧（現在是另一番意思，指丈夫必須定時
與妻性交）；農業學大寨；少年之美16歲之後就消失了；少女之美
從17歲才開始；那男演員臉肥白，肉鬆垮，屁股大，簡直就是耽於
雞姦者；友誼商店；友誼第一，比賽第二；收租院（雕塑群組）；工
農兵學員（大學生）；知青點（一群知識青年，即高中畢業生，一般
為二十多名男女青年集中生活、勞動在農村的一個生產大隊）；午覺
（午飯後，整個中國入眠二小時，14點30分才醒來）；汽水；白衣
護士；白衣警察；白衣廚師；白衣服務員；民主集中制；逆流；無
產階級專政；法家革命者廢棄儒家；語言學存在兩條路線鬥爭；運
動與寫檢查；抓革命、促生產；虎頭山（到處都有，不單在大寨）；
馬鞍山（到處都有，不單在安徽，連重慶市中區學田灣與棗子嵐埡
正街交匯處亦有，靠近我父母家）。（見柏樺著《青少年時代的能指
與句子》《蠟燈紅》，廣西師範大學出版社，2017，第161～163頁）
中學時代的學習並非全是書本，也有去工廠和農村勞動，有時甚至像解放

軍那樣進行軍事訓練——野營、行軍，當然也有愉快的打望（四川方言，觀看）和冥想……有一天黃昏，我的同學張高東的貴州表姐突然出現在我的面前，讓我一見之後終生難忘：

> 貴州總是出美女呀，
>
> 蒸汽火車向重慶運送著豐腴，
>
> 張高東的表姐
>
> ——我的洛神！
>
> 我的中學時代！
>
> 我天空下的女列車員！
>
> ——柏樺《天空下》

我的高中能記起些什麼呢？晴空無辜，彩虹入目……在石橋鋪，重慶市外國語學校圍牆外的田疇，一天，我學習俄語的天真夥伴正獨自遙望初夏的落日，並害羞地發現有一個人近在身邊，那是我，我也碰巧在他的身後觀看這落日……那是一種少年人特有的雄奇之感，一種跟隨「靈格風」的英語之聲背誦《在威斯敏斯特橋上》的姿勢，一種華茲華斯式的對落日的觀看——一種消失中的永恆，我們似乎感到了但還說不出來：

> 像是有高度融合的東西
>
> 來自落日的餘暉
>
> ——王佐良譯華茲華斯《丁登寺旁》

後來，生生之謂易……不是嗎，落日之後，友誼宛若易經，我早已忘了這個同學的名字。但我記住了另一些名字，下面這四個人的名字，我並非一筆帶過，而是在一首斷片詩中，讓他們得以不朽！

> 簡明，龍鳳公社書記中這個知青書記最白，他在任何時代都是白人，他譯完德國白美學就消失在白海裏。
>
> 栗愛平，這個老紅軍兒子老實，他的眼睛亮又小，愛好和平的臉往上翹，專等一陣風吹他肥嫩的雙下巴。
>
> 彭飛輪，司機的兒子機敏，說話有顫音，一生從事包裝，因為紅樓夢醒，因為晚年歡度，登了山來下棋。
>
> 王曉川，這修長「黑人」適合當外交家（中學英語專家殷敬湯如是說）。因此，他決定戀愛並學習法語。
>
> ——《高中記憶斷片》草稿，2014 年 3 月 29 日

　　簡明，我將在後面的《五噫歌》這首詩裏，再次提及他；栗愛平已於 2019 年 11 月在重慶突發腦溢血去世了；彭飛輪得了腸癌仍堅持活著，只是少了一個栗愛平這樣的知心牌友和棋友。而其中給我留下最深印象的就是王曉川。他朗誦詩歌的聲音頗有吸引力，完全符合我當時心目中的新詩人形象。2019 年，他去世後不久，我專門寫了一首詩來紀念他：

1978 年的戀愛
　　——為王曉川和尹紅而作

此時瑞典在吃早飯。
五十五歲的他在深圳一家電腦公司
突然想到了他的過去——
一位二十一歲的大學生
正追逐著一位幼兒園的女教師

看看我寫給她的信吧
「我成長於革命幹部的家庭
我的父母都來自山西
我的哥哥姐姐妹妹和我不同……
關於他們，我今後慢慢告訴你」

是我這些長信令她遐想？
還是剛開始的戀愛總是如此
1978 年，她顯出幸福
她傾倒於我對她的傾訴
她高興得為我跳舞……

我真有軍人的儀表嗎？
你覺得呢，尹紅……
但有個英語老師叫殷敬湯
他說我是天生的外交官
可我喜歡的是法國詩人魏爾倫……

後來，一切都結束了
重慶竟然變得那麼遙遠
斯德哥爾摩當然更遠……

我那些宜於春夜朗讀的書信啊

對你來說早已遠在天邊

很快，異國的沈邁克

從上海復旦大學來了……

事情急轉直下，你們結婚

很快，我打往瑞典使館的電話

讓你一次次淚流似海……

注釋並補記：王曉川，我的高中同學，已於 2019 年元旦夜，在深圳辭世。尹紅，王曉川早年女友，後嫁給曾就讀於復旦大學的瑞典外交官沈邁克（Michael Schoenhals）。沈邁克現為瑞典隆德大學教授，中國文革研究專家。

2011 年 12 月 19 日

十七、知青散步記

行走是一種形上學，

從古至今，延綿不絕……

——柏樺《白小集》安徽教育出版社，2018，第 117 頁

實現共產主義首先要消滅三大差別（工農差別，城鄉差別，腦力和體力勞動差別），消滅三大差別首先要培養有社會主義覺悟的有文化的新農民，即讓腦力勞動者變成體力勞動者，讓城裡人變鄉下人（這其實也是 19 世紀俄國民粹派巴枯寧的觀點）。這件意義重大的事率先被青島廣播電臺於 1968 年 12 月 22 日提高到一種永恆時間的高度：「下放知青去農村是一件對未來一百年、一千年、甚至一萬年都具有頭等重要意義的大事。」

——潘鳴嘯《失落的一代：中國的上山下鄉運動，1968～1980》，香港中文大學出版社，2009，第 12 頁

從初中到高中到上山下鄉，還有什麼最美的生活或「意義重大的生活」可以談論呢？當然是我的知青生活。下面依舊從我這一系列詩歌開始吧——

紮根

我紮根於 1975 年夏天——重慶

巴縣白市驛區龍鳳公社公正大隊

這根繫得不深亦不淺，幻覺中

我可能成了飄在那片天空的停雲，

也可能是在那兒優游山林的看雲人……

一年四季、春風化雨、農活很輕——

我挖過地、下過田、挑過擔子

（我們那時候挑擔子都不會換肩嗎？）

可這些我如今幾乎都想不起來了……

而另一些重，卻讓我終生銘記：

紅苕、鹽巴、酒、豬肉（偶而）、香煙

冬夜油燈下翻動的百科全書呵，

聽風聞草、呼吸登臨、醉臥夕陽呵

我們一群「知青」是那樣的年輕——

我們沒有苦悶，我們何來決裂！

如果說美是難的，在希臘

那繫根之美更難，在中國

　　2009 年 8 月，我終於第一次寫到了我的知青生活。在我的印象中，我的知青工作是從 1975 年夏天優游山林開始的……這鄉間散步的工作簡直就如同一首詩，它始於我在山林間愉悅的行走與觀看——真是神奇！我還記得那夏末初秋的一日，一個晴朗的黃昏，我真的躺在一片乾淨的松林地，「聽風、聞草、登臨、呼吸，醉臥夕陽」，如果那時（可惜沒有）我正好讀到了南開大學谷羽老師的一首翻譯詩的片段該多好：

我懷著心願乾杯，

為志向難遂的年代，

為古老的正字法，

為雪蓮，為流冰湧向大海。

　　不過在那些登山眺望的歲月裏，我仍然想像了閱讀俄羅斯詩歌的情形，我甚至幻想了茨維塔耶娃和帕斯捷爾納克的詩句和我的詩句一起交相湧出：

1975 年的茨維塔耶娃

早晨，青春漫長，並無飛逝；

生活透過滿山梨樹的連漪，

愛上了我們

浪——絲綢。田——階梯。
1975 年，我們在璧山高喊：
中午！黑森林巨著。

有必要嗎，都向老人學習？
而我們只思念我們自己
總愛躺著閱讀的青年歲月。

鮑里斯，我天堂般的兄弟
正屏息靜聽我讀下去，伴著
奔騰的樹木，黑人的熱血——

我湍急的公正的鼻音呀！
將讀出多麼漫長的句子
在璧山，在 1975 年的巔峰：

「可常有滿懷激情的姐妹！
可常有兄弟的激情！
可常有風中草地交織著
唇邊的深淵刮過來的
習習微風……」

寫於 2013 年 4 月 18 日

我繼續散步，繼續寫下我知青生活中的看林工作。多說無益，不如直見性命，不如直接讀 2010 年 12 月 11 日我寫的一首詩：

知青大事記

一

三十六年前
我游蕩在巴縣龍鳳公社公正大隊
那裡森林明朗如一幅西洋畫
正午，或黃昏
聞起來有一股圖賓根森林裏
德國男人飛跑過去的味道——
我真是那樣年輕，十八歲

正描繪著一名畫中的農民女兒

一天下午，她剛裝滿一筐柴草……

二

「倒掉！」

突然，森林變陰——

灰黑天空如某種古代的威風倒扣過來

看林的瘸腿人怒吼著從天而降

（他是從哪片天飛出來的？）

面前那幽暗美人半張著嘴

身體在驚懼中入神、凝固

孤獨的空氣呼吸到了什麼？

什麼！這難道不是人的痛苦？

三

從光明到黑暗

也是我昨夜油燈燃盡的痛苦

我聽到另一個自學者

在一部 1963 年出版的百科全書

第三百九十八頁末段

歎了一口氣：

……人生多麼漫長！

但別催我，催也沒用

顏如玉，黃金屋，終成糞土……

四

這一切都為了見證嗎？

見證我沙沙地跑過

跑過秋收後的凸凹之風

風中空空的肩膀、彎腰的淚水……

這一切都為了人民嗎？

為了不遠處備戰備荒的糧站

以及老了的白市驛飛機場

那兒從沒有一隻鳥兒飛過

是的，唯大地的鹽應有盡有

五

多年以後

他還是一個老知青詩人

想像有何必要，一代又一代

每一個人的青年時期

都有一些值得記住的東西

我的森林姑娘和看林人

我的閱讀和跑步……

難道這一切還不足以證明

活著是樁大事，幾乎是個壯舉？

詩中的「知青大事記」，說的是我 1975 年 8 月至 1978 年 1 月，去重慶巴縣白市驛區（詩中的白市驛飛機場就在白市驛區）龍鳳公社公正大隊，參加農業勞動和接受農民教育的事情，其中森林姑娘、看林人、閱讀和跑步的故事就構成了我知青生活中的大事。而「活著是樁大事，還是個壯舉？」出自張愛玲小說《創世紀》中一句話「單是活著就是樁大事，幾乎是個壯舉……」另外，1970～1972，張愛玲曾在加州大學柏克萊分校中國研究中心完成了兩篇學術報告，一為長文《文革的結束》；二是短文《知青下放》。

知青們的趕場生活怎麼可能放過！2014 年 4 月 23 日，我寫到了它們，那又是與散步息息相關，或者這樣說更乾脆：趕場本身就是另一種形式的遊山玩水，在詩中點出這些趕場知青的名字更是多麼愉快，其中有我最好的知青朋友鄧曉嵐，我想起他，就想起他一次又一次在山埡口等我「散步」歸來的樣子……

泥碧山郵

每當我一讀到「泥碧山郵」

我就會想到重慶市的璧山

1976 年深冬的某個星期天

知識青年擔子閒逸了一天

泥土與森林也閒逸了一天

我們從公正大隊翻下山來
坐進橋邊茶館，璧山半日
有冷霧繚繞樓前一段流水
無飯無肉無茶，喝白開水
滿目青色裏我只關心郵局

它讓我立刻想起幾個知青
鄭宗義、鄧培富、鄧曉嵐
小賴、小柳、小黃、小趙
他們每個人都歡喜吃香煙
而當眾吃蛇膽的只有一個

對！還有個農民叫付來如
他的威嚴全來自他的沉默
我在《一點墨》裏寫到他
他像一個不愛激動的列寧
也像一個更為性感的甘地

　　而最激動我心的散步毫無懸念，它沒有發生在城市，只發生在了農村。順便說句閒話：波德萊爾作為城市漫遊者，在巴黎散步中發現了城市現代性之美，寫出了「惡之花」。2010 年 8 月 5 日，我寫下了通過散步串聯起來的——高山與流水般的——知青友誼；我那驚天動地的散步就這樣日以繼夜地從重慶市區直抵達偏遠的合川農村：

高山與流水

（為一個友人退休而作）

　　古有庾信《枯樹賦》:「昔年種柳，依依漢南；今看搖落，悽愴
江潭；樹猶如此，人何以堪！」今有豐子愷畫作題識:「草草杯盤供
語笑，昏昏燈火話平生。」
　　——題記

年輕時他愛在清晨的窗前朗讀斯巴達克斯
晚間他樂意當眾背誦阿爾巴尼亞電影臺詞
或者為我們講梅花黨和一雙繡花鞋的故事
現在他已到退休年齡了（還剩下最後一周）

一生的工作即將在重慶郵局的分揀科結束
接下來理所當然，只要願意，他隨時可以
長時間地懷舊，其中的知青歲月的故事
最令他難忘……每次與人憶起，無論私下
或公開，他都會激動不已地說：真是美呀！
想想吧，我那時天天有使不完的力氣！

但也有欠缺，那就是日出而作後的寂寞
每當天將息了，交談呢？我太需要了
我知道交談需要天賦，這至樂只能偶逢
我有一個這樣的朋友，只可惜他住得太遠
遠在合川的鄉下，但感覺卻遠在天邊

那一年春節，他決定去見那個朋友，從當日
上午出發（先乘車後走路），一直到深夜
那天的黑暗新鮮如初、令人顫慄，恐懼中
他胸懷青春的興奮飛快地朝前走呀，「快了
快了，一百里不算什麼。」他默念著這口訣

如今，每當酒後，他就反覆談起那次遠行——
拂曉時分剛一進村，生活彷彿頭一次向他打開
（其實重慶鄉村都是一樣的），霧中的竹林、
泥巴房子、從未見過的烘籠（用於烤手烤腳）
而我終於抵達！終於走過了人生多少艱難……

2010 年 8 月 5 日

　　知青散步也真有散得更遠的，散到國外去的。為了能夠散步散到國外，知青們可以說是想盡了辦法。在此舉一個例子：1969 年，廣東黎明農場就有下鄉知青為了叛逃國外而去動物園買老虎的糞便，因為算命人說靠了老虎的糞便才能成功地越過邊境。為何靠老虎糞便才能成功越過邊境？因為警犬一聞到老虎的糞便會害怕，就不敢繼續追蹤叛逃者了。有關事情的進一步詳情參見潘鳴嘯著《失落的一代：中國的上山下鄉運動，1968～1980》（香港中文大學出版社，2009）第 367 頁，尤其見注釋第 155 條。

十八、散步聯想

散步已從廣闊天地出發，真好，讓我們再來看看它是怎樣擴展的，怎樣在人間大有作為的……一時間，我從上山下鄉的散步聯想到人類各式各樣的「散步」……

> 總得走呀，陶淵明襲我春服，走向南山
> 莽漢詩人上山下鄉，大步流星闖蕩江湖
> 紅軍長征，胡蘭成亡命，紅衛兵串聯，往下走
> 有個人在「德克薩斯州的巴黎」走，垮掉著走……
> 在蘇聯「我們的愛情活動主要是散步和談話」
> 布羅茨基邊想邊走，這紐約的一天，這天小於一！
> ——柏樺《走》

是的，莽漢詩人正如李亞偉在《流浪途中的「莽漢主義」》這篇文章裏所說：「莽漢主義不完全是詩歌，莽漢主義更多地存在於莽漢行為。……某天我意外地發現這些行為與上山下鄉的知青生活是一脈相承的，它是對知識青年到農村去會大有作為等號召的過時的響應，今天翻過一匹山去一個生產隊把某個知青的家當吃光，明天坐車到另一個公社去打一場架……」

是的，每當我閱讀布羅茨基著名的《小於一》時，我都會想到他那著名的戀愛和散步：

> 我們從來沒有自己的單獨使用的房間與女孩調情，女孩子也沒有她們自己的房間。我們的愛情活動主要是散步和談話（按：這與我們中國當年的情形何其相似，兩手空空的散步和談話也成為我們當時愛情和精神生活的亮點。不是嗎？北島的詩《雨夜》就是最好的證明，相關論述見後）。倘若把我們走的路程用里數來計算，那必定是個天文數字。（布羅茨基：《從彼得堡島斯德哥爾摩》，王希蘇、常暉譯，桂林：灕江出版社，1990，第436頁）

散步還真可以作為研究社會主義式戀愛專書的第一關鍵詞。布羅茨基在其隨筆《小於一》中對此還有更多的談論，感興趣的讀者可以去讀他那篇長文。在此，我僅多說兩句：在俄國，還用說嗎，當然是彼得堡人最愛走路。不過，莫斯科詩人茨維塔耶娃也是一個動輒喜歡走路的人，她也是一個性急的人。1916年3月的一個夜晚，她和曼德爾施塔姆在莫斯科紅場散步：

> 夜晚打從鐘樓走過，

廣場催促我們急行。
……
　　　——茨維塔耶娃《莫斯科吟》

關於兩位詩人的紅場散步，我也寫過兩句詩：

愛來自南方，
來自散步的樟樹林
　　　——柏樺《我們的青春》

我在《我依然是一個詩人》這首詩中，也寫到茨維塔耶娃的散步：

小夥子正當十八歲，太幸福了
我們一見面就散步十五公里
　　　——柏樺《我依然是一個詩人》

十月革命後，那些流亡到德國柏林的俄羅斯人同樣不停地散步，他們通過散步和談話來安慰彼此、報團取暖，那時「俄羅斯人都不睡覺，都在街頭漫步，通宵達旦。……無數的情侶像雕塑一樣擁抱……」（史黛西‧希芙《薇拉：符拉基米爾‧納博科夫夫人》，廣西師範大學出版社，2011，第12頁）

墨西哥詩人帕斯也注意到了散步與戀愛的關係，在他的一首詩《憑證》的《尾聲》裏說：「戀愛或許是學習在世界上行走。」

我也寫過一首有關戀愛的散步詩。詩中第一節就說散步死於美國，為什麼這樣說呢？因為美國是在車輪上的，美國的戀愛自然也是在汽車裏的，不是散步的：

散步

散步創世於蘇俄，
延綿至亞洲和歐洲，
最終死於美國。

如果光散步，
血拼得來的自由有何用？
我享受到的自由是枯燥的……

散步、談話、愛情……
「那時我多年輕！
如今輪到你們。」

> 在成都，她推著自行車，
>
> 邊走邊和他談話，
>
> 她感到又放鬆又自然
>
> 要是她手裏沒什麼東西推著
>
> 她就會覺得不安，覺得恍惚……

意猶未盡，繼續散步。在中國，戀愛的標誌當然與蘇俄一樣，就是一對男女開始作布羅茨基式的漫長的散步。

而集體散步則是另一個意思了，中國人都懂，不說也罷。散步的政治性，我在《耳語者：斯大林時代蘇聯的私人生活》（廣西師範大學出版社，2014 年出版）這本書中讀到過一些有趣的細節：在蘇維埃，豈止上班是政治，連走路也是政治。

宗白華的「美學散步」曾經滄海，是 1980 年代初中國文藝青年的接頭書，亦無需多說。「飯後百步走，活到九十九」這一健身式散步，在中國更是代代相傳、生生不息，當然同樣不必說了。德國式的散步呢？張棗生前在北京走過，常陪同他實行這種散步的人是他晚年得意的學生顏煉軍博士。

里爾克也是一個散步高手，他要麼是「有時一個人在晚餐時起身，／走出去，走，走，走，——」（陳寧翻譯里爾克詩《時辰祈禱書·朝聖之書》，《里爾克詩全集》（10）第一卷　第一冊，商務印書館，2016，第 391 頁）；要麼是「我們總是一再地兩個人走出去」（馮至譯里爾克詩《總是一再地……》）……

法國式的散步呢？盧梭孤獨地走過並孤獨地寫過。還用說嗎，他寫出了一本人人皆知的書：《一個孤獨的散步者的遐想》。

1944 年 5 月的一天，酷愛散步的俄國作家蒲寧，在巴黎的一個春夜，漫步在林蔭大道上……他覺得自己年輕了許多……（見其短篇小說《在一條熟悉的街道上》）

美國式的散步呢？太豐富了！多的不說只說一個：垮掉一代，走在路上。這一切的走，就如同一部電影《得克薩斯州的巴黎》，其中就有個人，即電影裏的主角一直在走……

三十年前，我認識一位中國自學者，叫吳世平，他寫過一首詩，其中反覆感歎一句：「走向以色列。」看來他的雄心更大，他要走路去以色列。聯想到此人一天到晚四處走（從不坐），這也算是一件「散步」的趣事，特記在此。

散步僅活躍於當代嗎？它更樂於走在古代，散步這個詞在中國古代總是

與登山臨水（晚來天氣好，散步中門前）、會友傾談（晝短苦夜長，何不秉燭遊）相聯繫的，古人云：讀萬卷書，行萬里路，這後半句就可以理解為中國人對散步的形上學的一種認識。譬如陶潛在《時運》中寫的「襲我春服，薄言東郊」，講的便是徒步行走在山水之間感悟自然的事，登山則情滿於山，這也是中國式散步的最高美學境界。這一點還影響了後來的美國山水詩人加里·斯奈德，他在《仿陶潛》一詩中這樣寫過：「I'll put on my boots & old levis / & hike across Tamalpais.」（「我會穿起靴子，舊李維牛仔褲／徒步登上塔瑪巴斯山」）

還有一種宗教似的散步，我們稱之為行禪，即通過行走來進行禪修，行禪只專注於走本身，而不去做任何思考等等。行禪的最高境界如一位越南僧人兼詩人一行禪師所說：「我確信告訴你一個秘密將不致冒犯佛陀或上帝。這個秘密就是：如果你能以平和、無憂無慮的腳步行走於這世間，那麼對你而言，你將無須到所謂的淨土或天堂上去。」（一行禪師著《與生命相約》，中國國際廣播出版社，1999，第251頁）

臨濟祖師也說過，我們輕輕地踏在大地上而不是踩在水面上，也不是飛翔在空中。我們在此輕鬆安詳地行路而心無旁騖，這本身就意味著修行，這就是神通。……就讓雲是雲，你是你，花是花。你自己活著，你自己就要走路（出處同上，第283頁）。

而如今的中國一切早已改變。「散步」一詞在毛澤東時代從古典山水遊歷中脫出來，獲得了另一種獨特的現代性美感，它甚至成為了我們成長中某種必須的儀式：如前面說的紅軍長征與文革中紅衛兵大串聯。

由散步，我還想到上世紀七十年代的長途旅行，1970年代在中國有什麼旅行呢，一天我無意讀到顧城1970年寫的一首詩《旅行》，這真是唯一的1970年代的中國純詩性旅行。

旅行

我在密林中穿行，

我在瀑布下游泳，

我能去一切不能到達的地方，

不論是底層還是高空

當我騎上潔淨的白雲

身後便刮起二十四級狂風；

我又以閃電般的速度，

　　去追趕永無止境的旅程。

　　而我的旅行當然不是顧城式的。其實普遍地來說，當時的旅行是這樣的：那時一個人連坐長途汽車或火車去見一位朋友，也會讓他陡升起一種與政治密切相關的行走和傾談的緊張和興奮，旅行以及兩手空空的散步和談話如此怪異地成為人們當時精神生活的亮點。我就曾徒步走過一百里路去見一個知青朋友，接著又邊散步邊談話近五小時，後來，我把這一徒步與談話經歷寫入兩首詩中。

　　一首詩是《惟有舊日子帶給我們幸福》：

　　　　也許我什麼都沒有做

　　　　只暗自等候你熟悉的腳步

　　　　我記得那一年夏天的傍晚

　　　　我們談了許多話，走了許多路

　　　　接著是徹夜不眠的激動

　　　　……

　　另一首詩就是上面那首《高山與流水》，這首詩記錄並展示了我徒步遠行去見另一個知青交談者的過程。這種類似的散步與談話的詩歌，張棗也寫過很多，比如在《秋天的戲劇》第六節，他就寫到我「一路風塵僕僕，只為了一句忘卻的話」去見他的情形。這樣一種走路的情形也使我想到：愛走長路的人是憂傷的人，如我。愛走長路的人也是思想的人，如張棗。這句話我在哪裏說過嗎？在我的另一本書《一點墨》裏說過。

　　在中國，哪個地區的人最喜歡走路，性急的重慶人最愛走路，我就見過這樣的重慶人，他們本來在車站等車，可車一直沒有來，他們就急起來了，急得馬上開始走路而放棄了等車。春夏秋冬，無論老幼男女，重慶人就這麼一天到晚走著，他們走不是因為流連光景，只是因為性急，急什麼？急著走。

　　重慶走

　　　　走的孩子，他正在走，他將永遠天天向前走。

　　　　——惠特曼《有個天天向前走的孩子》

　　　　不是民國，是那個民國人變怪了，

　　　　他（名字保密）在重慶南山獨自走。

　　　　日月經歷生成吹噓，春森路鎖清秋，

解放前，解放後，一雙繡花鞋在走——

嘉陵江橋頭，代課老師拾級而上，
遠看，是他「的確良」襯衫在走。

在走，重慶還有何喜出望外的事，
一翁一媼，異人也，無國籍地走。

四月天氣，尋常巷陌，矯情鎮物，
寫詩的老知青如古人東奔西走。

走，重慶走，出夔門，天下走
小孩兒浪遊記快，走、走、走……

十九、痛失知青歲月

接下來，我這散步的知青去了哪裏？我從此痛失我神仙般的知青歲月……直到 2011 年 1 月 27 日，通過我的一首詩——《風在說》——我才又使我的知青生活失而復得：

風在說

風從深夜起身，開始哈氣，
繼續講一個知青的故事：
深冬，那個絕對的午後，
臘豬頭在灶膛裏煨了一晝夜，
那胖胖的農民兒子請我去吃。
是的，我記得這一刻——
這邀請之聲被定格的一刻——
沒有友誼，也有飯吃
只要一口，就令天下太平。

三十五年過去了，
那農民兒子早已消失多年……
我從此痛失我的知青歲月——
廣闊天地還剩下什麼作為呢？
願景永遠比你的眼睛還要小
而我倆真的永遠不會衰老……

——柏樺《風在說》第二部分

如果我們頭疼腦熱，我們就在太陽穴塗抹萬金油。如果我們肚子不舒服，我們就喝藿香正氣水。如果我們要化瘀止血，我們就噴灑雲南白藥。但是今天，我們如果撞破了皮膚怎麼辦？我們曾用過的紅藥水、藍藥水都去哪裏了？如今那紅藥水、藍藥水的氣味很難聞到或根本就再也聞不到……風過之後，也可以說散步之後，2015 年 10 月 5 日，我聞到了我知青時代的氣味——那正是昨日重來的紅藥水的氣味：

知青時代的氣味

糖果店的氣味已被一個詩人寫了，
供銷社小店的氣味呢？他準備寫。
一件怪事，說出來沒人信，山鄉
蔬菜的氣味竟很難聞到？唯獨那
麻餅裏的老菜油味，我聞了又聞。

還有什麼氣味讓我感到美的顫慄？
是他無毛的皮膚白皙得不像農民？
他插秧、挑擔子、翻山越嶺去趕場，
氣味白裏透紅，充滿運動的朝氣……
後來我知道他是個小地主的兒子

1975 年，巴縣龍鳳公社公正大隊
赤腳醫生小診所紅藥水、藍藥水的
氣味招引來了什麼？田醫生穿過
田埂，登上小坡，抽完一支煙的
樣子，看上去是怎樣的百感交集……

飽吃冰糖餓吃煙，有多少回味呀……
我向貧下中農老師們學會的豈止
是這一句重慶歇後語。三年後，
天空更大有作為，快聞，姜海舟！
空軍標圖有抹布蘸汽油擦的氣味。

「氣味」之後，2015 年 12 月 5 日，為了重作我知青歲月的歡逝賦，我套寫了一曲古人的五噫歌。寫法有點小變化，即我不像古人那樣每寫一句詩都以

「噫」字收尾，而是在雙行體中將「噫」字置前並隨機放入第一行或第二行。

五噫歌

唱歌、聽故事、夜間讀報，政治學習。
噫！憶苦思甜的知青生活多麼有趣。

噫！知青簡書記激起我的好奇和回憶，
勞動使身體越骯髒，思想就越純淨。

期待什麼前途呢？除了在森林裏漫遊，
噫！平屋前的梨樹好看，芭蕉樹難看。

煙歇或歇腳，前者書面語，後者口語。
噫！一彈指佛家語；一杯茶趕場語。

噫！舊年飛逝「請上下一道菜」龍鳳公社
公正大隊來得及，付來如八十來得及。

詩中的簡書記，也是我前面提到的那位與我不同班同年級的高中同學簡明。他是我當年下鄉公社的知青紅人，簡書記不僅紅，也專，即「又紅又專」（「紅」是指具有堅定正確的政治方向，擁護黨的領導；「專」是指要學習和掌握專業知識，成為本行業的內行和能手）。他一下鄉不久就當上了公社黨委副書記；一高考就考上了北京大學德語系，成為一名「七七級」大學生。

而詩中的付來如，是我下鄉地方的農村幹部，當時負責「知青」工作。我1975年去重慶巴縣白市驛區龍鳳公社公正大隊當「知青」時與他相識、相交。我曾在《一點墨》這本書裏寫到他，在《泥碧山郵》這首詩裏再次寫到他，他的相貌既像列寧又像甘地，讓人一見難忘。前不久，我的博士生王語行去我當年下鄉的地方，為我開據下鄉當知青的證明，又去鄉下見到了他。付來如老師，如今已八十多歲了，令我感懷。他還記得我，他告訴王語行，說我勞動不行。的確如此，這一點當時就令我慚愧，至今想來依然慚愧。

在我的知青歲月裏，我也會注意到女知青的命運。2013 年，臺灣秀威出版社出版過我的一本書《史記：1950～1976》，在這本書中，我寫到了一個女知青白啟嫻：

有些事總是逼迫我想

已經過去好多年了，「有些事總是逼迫我想，
為什麼人們要嘲笑我嫁了一個農民？」

白啟嫻一邊追問，一邊回憶……

那是 1968 年 12 月，我剛從河北師範大學
畢業，去了滄縣閆村公社相國莊大隊落戶，
為了把根紮得更牢，一年後我與一個普通
農民結了婚。沒想到，一時間，議論紛紜。
有的說：「一個北京生、北京長的大學畢業生，
嫁個莊稼漢，真可惜。」有的說：「沒遠見、
沒志氣、沒出息。」有的說：「她是個大傻瓜，
缺一竅。」就連我的父母也想不通，說我
這輩子算是完了。還有人嫌我土氣，連我
的小孩也遭殃，人們叫他「小土包子」。
就這樣，我在白眼中生活，直到 1971 年
2 月，組織分配我去公社教書。幾年來我
忠誠於黨的教育事業，埋頭苦幹，但白眼
和譏諷卻有增無減。一次，學校給教師
分發鋪炕的乾草，有一位教師硬說分配不公，
當場罵街。我實在看不下去，就對此事
直率地發表了意見。這位教師轉過來就罵我：
「你不覺醜，你落這個下場，全縣都知道，
你不覺醜！」一聽便知，又是說我嫁農民的事。
為什麼嫁農民就醜？而嫁工人、幹部就光彩？
我一連幾天都在想這件事，吃不下飯，睡不好覺
就這麼一個勁地想呀，這些事總是逼迫我想……

無獨有偶，2018 年 3 月 23 日，我再次寫到了女知青白啟嫻：

我決定下鄉嫁給畢振遠

雄兔腳撲朔，雌兔眼迷離。
雙兔傍地走，安能辨雌雄。
——中國民歌《木蘭詩》

1974 年我雖然沒有完全理解
毛主席的教導「迷信導致浪費。」
但我還是決定下鄉嫁給畢振遠——

這個少言寡語穩當紮實的男人。

這是令我激動不已的日子啊！

中國恢復聯大席位與我結婚相關嗎？

那是我鬥私批修的蝴蝶效應——

婚後，我開始自學恩格斯關於

家庭、私人財產和國家的文章。

開始強力攻讀《哥達綱領批判》

《資本論》，我將放在後面專研

這裡有一件事，我一直沒搞懂：

為什麼官僚主義做派就是一個

女人直接喊她老公的名字？

「白啟嫻決定下鄉嫁給畢振遠」，是當時中國家喻戶曉的新聞，說的是城裏的女知識分子白啟嫻下鄉當知青並嫁給農民畢振遠的故事。這個故事連法國符號學家、解構主義思想家茱麗婭·克里斯蒂娃也注意到了，她在她的著作《中國婦女》中，對白啟嫻嫁給農民的事也有談論（詳情見《中國婦女》，同濟大學出版社，2010，第 159～160 頁）。

後來，我還注意到了兩個來自浙江的詩人鄒漢明、葉麗雋，他們的母親都是當年的知青，也都下鄉嫁給了農民。

沒有下鄉當過知青的詩人翟永明也專門寫了一篇文章《青春無奈》，其中就談到她下鄉去成都附近的廣漢連山松林公社看望她的一個女知青朋友這件事。那是一次美麗的鄉間旅行，她的女友就生活在那個名副其實的美麗地方——梨花溝，那裡盛產各種水果，是真正的水果之鄉。這篇文章一下就吸引了我，我記下她們在梨花溝吃橘子、聽黃歌的故事：

橘樹下

——讀翟永明《青春無奈》中一節有感

「廣闊天地，大有作為。」

只有矯情的人才說：

「你們要進窄門。」

——題記

橘樹遮住了闇莉的小屋

小屋裏我們一起生火做飯
火苗抖動著昏黃，她順手
為我摘下隔壁的兩個橘子

晚飯後我們來到橘樹下
張躍進拉起二胡唱起黃歌
歌聲此起彼伏繚繞我們
什麼唱法？男低音？美聲？

聲音透過橘葉，月亮
入鄉變色，深深的海洋、
俄羅斯三套車、還有呢？
最是那黑眼睛的姑娘！

「再來聽我拉一曲吧」
今宵離別後，何日君再來

2009 年 1 月 1 日，成都

　　我對知青生活之美的體會和追蹤是無休無止的……我甚至在一首詩中還
幻想了遙遠的安徽宣城，以及那裡美麗的知青生活：

宣城，1974

是在宣城嗎？小謝的宣城
「結構何迢遞，曠望極高深」的宣城
一聲槍響！
掌心長出了白楊──
稍息、立正、向右看齊──
民兵們握緊鍛鍊的磚頭

團結、緊張、嚴肅、活潑
1974 年夏天，8 月 15 日
暴雨後的宣城啊
谷神不死！
實彈射擊已經結束
磅礴的涼風吹來又吹去……
別搖晃、別眨眼、看鏡頭

緊靠備戰備荒的糧倉

在一所豬欄的平臺上

在一輪壯麗的日落面前

她迎風跑入他的胸懷

他脫下了她的褲子。

為什麼在詩中談起了民兵的磚頭？因為看了一幅圖片《牢記血淚仇·守衛長江口》，這張照片說的是 1965 年，上海寶山縣吳淞公社城中大隊，基幹民兵連——女民兵班副班長何金英同志在學習《毛選》時，不忘苦練手勁。何金英的閱讀之姿真是一見難忘：她端坐讀《毛選》，右手執書，左手托起三塊磚頭。

另外補充一點：「磚頭」這個能指為我們展示了多麼豐富的所指：磚頭是建築材料，是打人武器，是兒童玩具，是教學用具，是健身器材。之外，我甚至在一些書中讀到用磚頭練舞蹈功、練武術功、練性力功、練睡覺功，等等。「一塊磚頭有五十種用途」，我已從網上百度一搜得知；一塊磚頭多達上千種用途，又可從哪裏得知？

我的知青歲月到底是怎樣結束的？是因為我考上了大學嗎？當然。但我更樂意認為是一隻燕子的接應和引領，讓我不斷地向外走出去⋯⋯

作別農村前一周，一隻早春的燕子速疾地飛進我的室內，接著一個倏然輕旋，它又從黑屋鑽出，飛往碧藍的春天。燕子，一個多麼富有詩意的能指，它預報了我的遠行——我命運的轉折——我將散步到更遠。

我美麗的知青歲月由於這隻神秘春燕的飛臨而「不幸」結束了。一種生活——一種我稱之為知青烏托邦的生活——在 1978 年的早春突然中止。我甚至還有些回不過神來⋯⋯直到今天，我還在常常想念知青生活的美，知青生活的難⋯⋯一個知青的散步工作好像還沒有結束，也不會結束。

第二卷　廣州（1978～1982）

一、讀書與瞌睡

　　我的運氣還不算壞嗎，只在小學一年級當了一個月的模範學生。我後來的學生生活都常與懲罰連在一起，譬如讀小學時就曾被老師留下來罰站辦公室和寫檢查。

　　我內心的反抗是我三十歲以前的一貫主題，從小到大，我生活裏總有個什麼東西在逼迫我去反抗「下午」的一切——媽媽或老師的「下午教育」——一張必須填寫的表格（很可能是在下午填寫的），甚至一把滑稽的工具（我小時候因看不慣一個木匠的鉋子，曾在一個下午用松香油將它塗滿），神秘而令我驚歎的梳子（我在前文《下午》裏已經提到過它：「梳子的三個齒被我打斷了」）。

　　關於反抗，布羅茨基說的很好：「人的大部分生命都是在學習不要屈服。」而我以為亞洲則反之，尤其是中國人，他們一生的生命都是在學習如何屈服得更好。而我從小就學會了不屈服，只要反抗，哪怕一次很小的或毫無必要的反抗，我都會感覺興奮，但興奮之餘也會感到一種悔恨的平靜，這是一個多麼奇怪的感覺。

　　反抗即破壞，這也是有它的道理的，「原來人世的吉祥安穩，倒是因為每每被打破，所以才如天地未濟，而不是一件既成的藝術品。」（胡蘭成）而畢加索也說過：「一件藝術品就是毀壞的總和。」這正是說到了藝術的本質，破壞即創造。破壞或反抗到了盡頭就要重新「恢復」（因反抗最終也是為了建設）。正如歐陽江河在一首詩中這樣寫到的：

　　　　精神疲倦了，但終得以恢復。

　　　　　　和世界清帳，什麼也不欠下。

　　但「恢復」還遙遙無期，我從廣州外語學院一開始就欠下了生活的「債務」。大學四年，除了第一個學期天天去上課外，我可以說基本上都是在逃學中度過的。但學校對學生逃學很寬容，這一點至今也讓我欽佩。不像後來我讀研究生時的四川大學，逃學卻成了一個學生不可饒恕的過錯，但逃學對同樣來自四川大學和我同屆的研究生楊曉明來說，卻非常自然，從不受到處罰。

　　1978 年春，我來到南方這座名城——廣州。這一年我二十二歲，迎著雨後的陽光和興奮，途經三元里——我中學時代就被老師鐫刻於心的抗英愛國主義聖地——到達黃婆洞，廣州外語學院所在地。

　　在明亮的三月，入學後的第二天，一個身體過分纖細的青年含著笑容和我說話，從潮濕的宿舍到校外的田野，他用一隻手不停地梳理他女性般柔軟的黑髮，另一隻手緊握一張雪白的手帕；他以濃鬱的廣州普通話歡迎我，露出自信雪白的牙齒，嘴唇的鮮紅添了一點理想的激動。他叫黃念祖，我的同學，從他出發我認識了廣州，開始了另一種讀書生活。這生活使我並不顧影自憐，也無實用主義。

　　開學不久的一個星期天，在黃念祖家裏，我對廣州生活的最初驚喜竟是從一個極小的茶杯開始的。我第一次見到這麼小的茶杯。簡直令我大吃一驚，似乎只有姆指這般大，拿在手裏像一枚銅錢；用這種茶杯喝水不是為了解渴，而是為了玩味，這精美無比的「銅錢」外面鑲著色彩細緻的花紋，它只能盛八、九滴水，舉在唇邊一呷就沒有了，剛好把嘴角潤濕，進入口腔的恐怕最多只有二、三滴。太不可思議了，難道廣州人都這麼飲茶並飲下他們的生活？

　　讀完飲茶這一頁，他又對我提起兩個神秘的名字，王希哲、李政天——廣州早期地下青年思想家——這名字帶給我某種奇特的激動，這激動直到我徹底投身詩歌寫作後才完全消失。而我後來認識的卻是另外兩個人李克堅、姚學正（見後）。

　　我像一個校園「盲流」在美麗的環境晃來晃去，格格不入。我變著戲法逃脫課堂，寢室成了我的「人造天堂」，充滿自由的瞌睡就合理合法地在那裡進行。

　　白日夢遊、白日抽煙就這樣塞滿我的寢室。我們六個同學好長一段時間都比賽睡覺，似乎躺上床去的頗有一種解脫了的自豪感，因為他率先反抗了「學習」，為此高人一等。壓低聲帶、發出胸音的周海忠最愛睡，一躺上床就歎氣，

大睜雙眼望著天花板，他睡的原因是不能學習數學──他最心愛的功課，命運卻偏要他學習英語，結果他一睡卻最終睡成了中山大學數學系的著名教授。愛裝怪又無所事事的唐序也在睡，那是因為他日夜單戀一個漂亮而矜持的女生，他如今也不知睡到何處去了，或許高年齡已讓他睡得不安穩了。李建華，我的摯友，他的睡眠是為了當眾表達他的聰明，他現在是北京農業大學的教授，他是假睡。另一個假睡者胡威，他一覺醒來就成了祖國的外交官，後下海經商。劉學忠一邊拉二胡一邊睡，他帶給我們的歡樂最大，整個人就是一個喜劇，他睡覺是為了湊熱鬧。黃念祖睡得最少，他馬不停蹄地打扮自己並加班加點地談著走馬燈式的戀愛，一天到晚繁忙地炫耀他的愛情戰果。我同樣自高自大地睡著，我的瞌睡就是為了逃學，或為了當作家而不想學英語。我毫無辦法地選擇了睡眠這種形式，那可是我當時能找到的最愜意的一種形式。

　　多年以後，我還遇到過一位更年輕的睡者（名字隱去）。1986年他同一位校園詩人來看我，不到兩分鐘，他就伏在桌上大睡起來。我眼睜睜地看著他的青春就這麼無辜地睡去。我很有趣地問過他的情況，知道他整天都這樣呵欠連天、睡眼惺忪，他的瞌睡還導致了一件極其頹廢的行為──偷看女廁所──結果被學校處罰，判為留級一年。而他是一個公認的愛詩歌、心腸好的人，瞌睡令他蒙羞，還差一點斷送了他的前程。

　　後來我作了一點瞌睡的調查：中國大學的男生，尤其是中文系男生普遍瞌睡。連芒克也寫過：「生活真是這樣美好，睡覺。」

　　韓東更是從哲理上深思熟慮過瞌睡，他在一首詩《善始善終》中這樣寫道：

　　　　從床上開始的人生

　　　　在一張床上結束

　　　　儘量長久地呆在床上

　　　　儘管不一定睡得著……

在瞌睡中失眠的李亞偉，在《失眠》中開篇就說：

　　　　你不能指著鼻子說明自己

　　　　於是，倚在瞌睡的門邊

　　　　試著要把自己化妝成一個夢。

　　瞌睡的故事包含了多少現代青年成長的故事，但也可以再往前追溯，瞌睡在古老的中國文化中也是有著深厚傳統底蘊的：我在閱讀白居易的《秋雨夜眠》時發現了這一線索：

涼冷三秋夜，安閒一老翁。
臥遲燈滅後，睡美雨聲中。
灰宿溫瓶火，香添暖被籠。
曉晴寒未起，霜葉滿階紅。

深秋的夜晚，天氣「涼冷」，正因為「涼冷」，才有老翁的「安閒」。寂寂的秋夜，安閒的老翁，他在恬淡中閒坐養神，遲遲未睡，俗話說三十年前睡不醒，三十年後睡不著，老人瞌睡很少。直到深夜白居易才睡去。他靜躺在床上，屋外秋雨瀟瀟，詩人將燈盞熄滅了，在細雨聲中享受著安睡眠床的日常快樂。而「睡美」二字中的一個「美」字，便將安睡的愉悅寫足了，實在讓人感覺溫暖。不覺已是天明時分，白居易仍繼續高臥不起，充分享受著他的「睡美」。雖然那用於烤火用的溫瓶已經冷卻了，但詩人還要「香添暖被籠」，還要在溫暖的床榻上流連一番。這正是閒散人生伴閒散光陰，老文人最能體會的一點快樂。

清晨醒來的老翁雖躺在床上玩耍，卻也有一些思想了。他憑經驗知道一夜秋雨後，外面天氣更添了幾多寒意，紅葉在秋霜中飄零，落滿臺階。老人無需用青年人驚訝的目光出去觀賞這秋日的晨景，只需躺在床上想像；如同李簽翁在清晨醒來後，臥聽百鳥的鳴聲一樣。老人有老人的境界，老詩人更有老詩人的形象——晚年惟好靜，萬事不關心（見王維詩《酬張少府》）——只專注於個人身心的享樂，而只有這樣的老詩人才深深懂得睡覺的快樂。

白居易不僅是他那個時代的傑出文人，也是從古至今整個中國文人中最出名的閒人與「頭號快活人」。他在唐代所創造的睡眠及逸樂生活藝術到宋代（尤其是南宋）可謂獲得了至高無上的地位，從皇帝到整個士大夫階層無不歎服他的生活情調。連宋徽宗也曾手書白居易的詩《偶眠》中如下四句：「放杯書案上，枕臂火爐前。老愛尋思事，慵多取次眠。」而宋孝宗有一次在親自抄錄了白居易的詩《飽食閒坐》後，發出感慨：「白生雖不逢其時，孰知三百餘年後，一遇聖明發揮其語，光榮多矣。」

的確，白居易的光榮從此以「睡美雨聲中」的方式朗照人間，引來無數追隨者。僅有宋一代就有邵雍的《小圃睡起》，司馬光的《閒居》，蘇東坡的「午醉醒來無一事，只將春睡賞春晴」（《春晴》），吳文英也有「半窗掩，日長困生翠睫」，周密更是「習懶成癖」，就連辛棄疾這等英雄人物也如此唱來：「自古高人最可嗟，只因疏懶取名多。」

　　2015 年 5 月 6 日，我在《修行如唱》一詩中，趁機將白居易一首詩《答崔侍郎錢舍人書問因繼以詩》中四行與瞌睡養生有關的詩句嵌入我的詩中，向白居易的「睡美」表達敬意：

　　　　還有何事情，吾愛白居易？

　　　　日暮兩蔬食，日中一閒眠。

　　　　便是了一日，如此已三年。

　　又有一次，2016 年 10 月 7 日下午，楊鍵在成都對我說起我的一首詩《聽話》中的四句詩，後來，我把這四句詩寫進了我的另一首詩《說出》之中。難道他也注意到了我在詩中對瞌睡的關注嗎：

　　　　說自由在夜色裏，

　　　　並非說自由在黑暗中……

　　　　說白居易和林語堂，

　　　　他們只關心睡覺的藝術。

　　天下大有各種緊急的事情需要懂得，何必這睡覺要「首當其衝」呢？其實睡覺不只休息這樣簡單，這眠睡中大有文章在裏頭，不然孔子怎麼會說：「寢不尸，居不容」呢。今人不懂安眠之藝術，然而白居易早在唐代就已深享了夜眠的快樂了。

　　瞌睡也引來林語堂大發議論，上世紀三十年代，林語堂就寫了許多文章談睡覺的快樂，他說：「安睡眠床藝術的重要性，能感覺的人至今甚少。這是很令人驚異的。……我覺得蜷腿睡在床上，是人生最大的樂事之一。」（見其《生活的享受》之《安臥眠床》）

　　還有一位早逝的文人叫梁遇春，他當時年紀輕輕就十分懂得睡覺的快樂，為此還專門寫了一篇談睡覺的長文《春朝一刻值千金》。他在文中開宗明義就說：

　　　　十年來，求師訪友，足跡走遍天涯，回想起來給我最大益處的

　　　　卻是「遲起」，因為我現在腦子裏所有聰明的想法，靈活的意思多半

　　　　是早上懶洋洋地賴在床上想出來的。

　　關於瞌睡，不僅古今的詩人和作家有過許多奇特的議論——我甚至在《契訶夫手記》（浙江人民出版社，1982）第 164 頁裏也讀到過很有意思的一句：「吃過中飯就睡覺的那種人的眼睛是不好的。」——就連科學家和哲學家也對其用心研究，在他們眼中有因感到膽汁旺盛且悶悶不樂的入睡者，有血液中生了黃疸病一到正午便思睡的入睡者，有心懷憂患又覺無聊的入睡者，也有眈於

幻想並深感性壓抑的入睡者。瞌睡的確給這些形形色色的人帶去各式各樣的安慰和快樂。而我以為，瞌睡與熱有關，熱乃性之催化劑，嗜睡者即享樂者；相反，失眠與冷有關，冷乃風雅之境，失眠者因此堪稱雅士。

我當時就是在廣州外語學院校園內瞌睡著、享受著睡眠的自由，直到 1980 年 4 月，波德萊爾以他著名的夜晚、著名的《涼臺》將我從睡夢中喚醒，我從此背叛了瞌睡，當我的詩癮越來越大時，瞌睡也就越來越少了。為了謳歌瞌睡，1980 年秋冬之際，我在《星期六下午》這首詩中寫下了它的意義——一個「投籃」的意義。

星期六下午

1912 年 9 月 23 日
卡夫卡在日記中說
「我上午躺在床上，
兩眼始終睜著……」
——題記

一個人度過星期六
下午的方式，預示
了一個人度過人生
幸或不幸的方式

他早就睜開雙眼了
但仍然躺在床上
蚊子擾亂了他的夢
但皮膚一點也不癢

他一直在等什麼呢
等一個老人或戈多？
牛在竹林搖著尾巴
字在書裏暗藏玄機
迎接落日的人總是
失神的人嗎？念去秋
一場籃球賽，成長
不過是投籃而已

1980 年秋，廣州

瞌睡除了自由、快樂、「投籃」外，還有什麼意義呢？還有「天堂」的意義，周海忠通過瞌睡達到了數學天堂，我通過瞌睡達到了詩歌天堂。同時它也是唐序失戀的天堂，我們集體逃學的天堂。李建華聰明的天堂，胡威商業外交的天堂，劉學忠喜劇的天堂。瞌睡的天堂無所不在，從某種意義上說，瞌睡還是最好的讀書天堂。瞌睡當然也可能指向「那個年輕睡者」，他犯下的一個美麗呵欠的錯誤。

瞌睡不僅與年輕人密切相關，與老年人的關係更是須臾不離，如前面提到的白居易筆下「睡美雨聲中」的老翁，我也在我的許多詩歌中寫到瞌睡與老年：

臥看書為逗瞌睡……
道士下山斬了「三尸」
——柏樺《神遊》

化整為零隨時瞌睡
零存整取兌現死亡
——柏樺《周作人軼事》

老詩人沃爾科特，他臨死前
在聖盧西亞家裏，邊打瞌睡邊寫詩……
——柏樺《詩人與親人》

在斯圖加特有個老人，邊
打瞌睡，邊看脫衣舞表演
——柏樺《鐵笑》（組詩）

瞌睡之外，我對一切集中的學習形式天生抱有一種反感，在我的「知青」時代，我曾對每個夜晚兩小時的政治學習和讀報陽奉陰違地反抗過，我甚至公然真實地發起高燒或假借嘔吐離開會場回去睡覺。而大學圖書館的學生閱覽室，我卻從不顧盼。整個大學期間，我只去過幾次。記得一個下午我試著去那裏讀書，書頁的沙沙聲，正襟危坐的學生反倒令我感到不安起來，我的兒童好動症復發了，我一頁書、一個字也讀不進去，我寫下一首詩《恐懼》，成為我最好的讀書心得，獻給了這個無罪的圖書館：

恐懼

那朵雲沒有暗示這危險

　　不祥的安靜
　　一群黃臉升起
　　暗示走近了
　　眼珠傾向觸電
　　……
　　身後有個什麼東西
　　想掐死誰
　　……
　　紐帶？火箭？
　　一根垂危的領帶
　　……
　　旁邊沒有其他人
　　這時它會降臨
　　……

　　恐懼降臨到了我的心中，現在想來真是誇張，恐懼怎麼會讓我在圖書館聯想到萬有引力之虹——托馬斯‧品欽的火箭？

　　後來，1984年春節前夕，我在歐陽江河成都家裏讀到他的成名作《懸棺》，我對其中一句大為驚歎：「人頭驟若謠傳」。多麼可怕的情形，這句詩竟使我當場想起早已死在我心中的大學圖書館學生閱覽室——那裡曾有過多少漂浮的寂靜的人頭……

　　毫無辦法，推而廣之，我常想到教育不好的一面（雖然它好的一面是主要的）。一個人從生下來就被強迫接受教育，這是你無法選擇的，就像你無法選擇你的父母，選擇你的祖國，你也無法選擇你所使用的語言。教育的權力高高在上，將某種你並非願意接受的意識形態、價值觀、道德原則等等強行灌輸進你的身心。既定的教育模式常常還培養出懶人，懶人們的表達和行為就是照章辦事，無需多動腦筋。

　　教育究竟帶給我們什麼？教育需不需要革命？毛澤東早就說過：「教育要革命。」他先知般地看穿了教育的真面目、宣布了教育革命的意義。這一點至今仍令人深思。

　　我一邊瞌睡，也一邊繼續我漫遊式的讀書學習。經黃念祖介紹，我認識的第一位廣州社會活動家是李克堅，他曾在海南島當過八年知青。我一想到他，

就想到他對我講的一個十分離奇的故事。這故事說的是廣東大軍閥陳炯明的一件逸事：當他還是一個小官時，他太太曾對他說他今後定會發達，但不能離開她，一離開他就要倒楣，原因是她陰道左邊有一顆黑痣，這痣會給他帶去鴻運。陳炯明也不以為然，但後來他的確發達了；當他發達到得意忘形的地步，真的離開了他太太時，他太太早年對他說的那番話就隨之應驗了。

大學二年級的時候，黃念祖突然一夜之間發胖了，身體比原來的他大了兩倍，聲音也變粗了，神態依然未變，雪白的手帕仍持在手中；發胖好像改變了他一些內在性格，他比以前顯得大度，纖細消失了，更像一個文雅的青年富翁，而不像先前那種好激動的理想青年。

就在他發胖的前夕，他讓我認識了另一個牧師的兒子，華南師範大學政教系學生姚學正，他也曾在海南島當過八年知青。他靠快速說話的魔力和天生宿命論的感染力吸引了許多青年學生，我也不時沉醉於他口惹懸河的才氣和激情。

讀書還沒有顯得疲倦，它帶著人與事的零零碎碎繼續向前，一本無字之書在生活中吮吸著新鮮，並不講究意義。我在好奇心的驅使下經受「一個青年藝術家的肖像」之考驗，的確「藝術高於了現實」，我那無限折騰又空空蕩蕩的變形記就是丟掉書本，衝出學校，投身社會。自由選擇的口號暫時替代了民主集中制，但另一個集中制的怪圈——「協會」——卻等著我們去鑽。

廣州青年文學協會在 1981 年春天成立了。姚學正是協會會長，李克堅是副會長，黃念祖和我是走馬觀花的會員。

在另一個陽光明媚的中午，第二次廣州青年文學協會大會上，我作為一名會員領到屬於我的會員證，我看見我年輕的照片像另一個人在證件的左邊向我微笑，而我臉的左邊被小半個鮮紅的圖章所覆蓋。姚學正的滔滔話語正刺激著聽眾，也刺激著我的神經末梢。我在忘我的興奮中與唯一一張幽默的臉說話，他叫楊小彥，廣州美術學院的學生，當時寫了一篇小說《孤島》，好像也被傳誦一時。我們在法國小說家加繆身上找到了共同的快樂，現在想來這一點何足奇，中國文人，一代又一代，年輕時都是加繆迷。我們就這樣聊起文學和詩歌，我也從他那里第一次聽到詩人吳少秋和他的《十三行詩》：

　　　　纜繩下抖動著海藍的血管
　　　　黎明滑過印地安人的海岸
　　　　……

像一個英雄的微笑
比一個英雄的眼睛還要孤單
……
——吳少秋《十三行詩》

　　廣州青年文學協會以工人的名義終於創辦了一份自己的刊物《五月》，它發表了我不成熟的詩作，那是後來我離開廣州回到重慶的事了。我並不因此而高興，它應該被遺忘而不是發表，我慶幸於很少有人能讀到我那裝模作樣的「五月」，它已隨著我過去大學生活的結束而完美無缺的結束了。

　　這個協會也是當時中國眾多青年協會的一個縮影、一個怪胎，一個青春雜耍的臨時劇團。1980 年代初，還是鄧小平時代的草創階段，新秩序的思想模式和行為模式還沒有最終建立和運行，鄧小平後現代主義的「消解」還不能徹底取代毛澤東超現實主義的「集中」，我們的道路，正如鄧小平所說，還處在「摸著石頭過河」的階段。真理仍習慣集體，不習慣個人，青年們只好把流於表面而困於內心的生活集中在一起來處理，集中消耗他們不得其所的精力——而其中大部分是從似曾相似的童年積壓下來的痛苦無用的精力。這些精力需要經過一個混亂的群情高漲的過濾時期，「鬥爭情結」終得以稀釋，冷靜下來後就會各奔東西。不出所料，1990 年我重返廣州時，見到了另一番情景，人人各就各位，人人各有了去處：李克堅在廣州經商。姚學正雖壯志未酬卻當上了廣州一間大學的系主任。黃念祖也棄文經商去了。

　　2016 年 4 月，我再次重返廣州，為領取羊城晚報主辦的「花地文學獎」。這次我沒有去見黃念祖等人，但卻寫了一首詩：

回廣州

一

長壽路樹木綠如黑
喇叭生灰銀鋪前有蒼涼，
迷惘的人呢，哪有？
有，也只有你一個。
你珠江夜遊看什麼？
看高樓點燈、看風
你廣州登塔看什麼？
看麻麻雜雜，看霧

正佳廣場，殺馬特的去處
上下九，逛縣城的感覺
這裡是人民立交橋
不要隨地大小便！
三十八年巨變在此。

二

來得快，去得也快，
風浪水田，波浪菜田
同學會照相的理由
也是敬酒的理由──
捂住！「只有嫉妒
保存了每一種回憶」……
廣外，少小離家老大回
我住入多出來的幹訓樓
你偷來的名人傳呢
還堆放在大涼床上嗎？
念祖兄，何須費心
我們又在桃花心木樹下
抽煙，直至天明……

二、黃翔和「啟蒙派」

　　我人在廣州，但對貴州也有所耳聞……前前後後，消息越來越多……神秘偏遠的貴州引起了我的興趣。我從此開始追蹤貴州的地下文學……

　　文學發展從未有過片刻的安寧，正如同一個人試圖成長就必然遭受挫折一樣，貴州啟蒙派詩人黃翔從一開始就遭遇了他命中注定的一系列文學挫折。即便如此，他依然不斷地從貴州殺向北京，以他啟蒙式的泛政治策略以及令人震驚的革命手段塑造出他個人的先鋒性和傳奇性，為吸引公眾的眼球和營造狂歡效果，黃翔揮舞著他那如炮筒狀的一百多張巨幅詩稿，在天安門廣場瘋狂吶喊；他率領他那渾身捆綁詩歌（似炸彈）的「中國詩歌天體星團」，如外星人入侵地球一般殺向北京的詩刊社以及各個高校。他這一系列令人瞠目結舌的文學行為──我更樂意稱之為政治行動──正如他的親密詩友啞默所說：

「黃翔以中國大地上第一代大字報詩人形象奏響了新詩大潮的序曲。」（啞默：《荊棘桂冠──詩人黃翔及其作品》，民刊《大騷動》1993 年第 3 期，第 1 頁）

在一次又一次發起啟蒙式衝擊之後，在受盡了人間無盡折磨之後，1941 年出生的黃翔終於迎來了他遲到的光榮。1992 年 10 月英國國際名人傳記中心將他和 1942 年出生的啞默（兩人性格迥異，前者似火後者若水）同時收入該中心主持的第十屆《世界知識分子名人錄》並確認對他們兩人作為 1992、1993 年度世界名人的提名；該中心並同時授予詩人黃翔「世界知識分子」稱號和「二十世紀成就獎」。1993 年 1 月由該中心和美國國際名人傳記研究院聯合發出邀請，邀請他們於當年 7 月上旬到美國馬薩諸塞州的波士頓參加兩中心共同舉辦的第二十屆世界文化藝術交流大會。這一年黃翔走出中國，完成了他少年時代就想遠走高飛的夢想。而好靜的啞默卻選擇了一直呆在貴州。

黃翔大半生都被慘烈的命運所糾纏，他出生不久就離開親生父母（父親是國民黨東北保密局局長，母親畢業於復旦大學英語系），由養母在湖南桂東農村養大。由於出生「剝削階級」，黃翔僅勉強念完小學，從此便隨養母幹起了繁重的農活。八歲時的某一天，他從鄉間一口水井裏撈出死魚，結果被人當場抓住，認為有投毒之嫌，立即被五花大綁、當街示眾、關進牢房，差點判刑，後經化驗，發現水中無毒，才得以釋放。如按弗洛伊德的說法，這一天的童年經驗對黃翔來說是致命的，他後來的恐懼、瘋癲、被迫害狂都與這一天的精神創傷有關。從此他的命運真是與眾不同，離奇古怪了。

1956 年，黃翔十五歲時，他的一個叔叔把他從桂東接到貴陽，在一間工廠當學徒。幾乎就在這一年，他開始亡命於文學，尤其是詩歌，當然他也開始經歷上百次的詩歌投稿退稿的厄運。

1959 年 3 月的一個夜晚，黃翔在茫然的激動中輾轉反側，幻想著遙遠的世界及新奇的生活，他爬上了一輛火車，遠去大西北，他不停地做著精神分裂症式的白日夢，總認為有一位「穿著紅衣裙的牧羊姑娘」會在歌聲中出現並愛上他。然而等待他的卻是一張逮捕證，其罪證是「畏罪潛逃的現行反革命分子」，「企圖偷越國境逃往蘇聯」（據我所知，當時許多青年都有偷越國境的念頭，好些人還付諸實踐，我當時所在的重慶第十五中學就有幾個中學生如此做過，相關細節可參看前文《初中的逗號》中我的詩《詩性教育》第三節）。接下來，黃翔被「勞動教養」三年，之後，成為一個「黑人」，在社會上流浪，露宿街頭並在漫長的飢餓線上掙扎，後來在一家小煤窯裏找到一份拉煤的工作。

1966 年，文革爆發，那時已在一家茶場工作的黃翔又遭抄家，因從他手稿、書信中發現其「戀愛信件」中的詩歌流露出絕望的痛苦，即被判為現行反革命，關入拘留所。就在這時，他的妻子生下一個男孩，這男孩似乎也是「有罪的」，很快病倒了，由於醫院拒絕為反革命的兒子治病，孩子不久死去。此時的黃翔崩潰了，接著被送進精神病院，醫生對他進行了麻木神經的癡呆性「政治治療」。

從上面這個小傳中我們完全可以理解他寫於 1968 年的《野獸》，這首詩充滿了憤怒的激情，同時也極具藝術的緊張感：

> 我是一隻被追捕的野獸
>
> 我是一隻剛捕獲的野獸
>
> 我是被野獸踐踏的野獸
>
> 我是踐踏野獸的野獸

這首詩可以當作黃翔個人一生的真實寫照，同時它也獲得了普遍的歷史意義。此詩雖從自我經驗出發，卻與文革的語境完全吻合。這證明了一個道理：一個一流詩人在書寫個人命運時，他也就書寫了一個時代的命運。因此，該詩被公認為是文革這一歷史關節點上的早期中國地下詩歌代表作，我認為應該是那個時代的巔峰之作。

同樣是上世紀 1960 年代末的某一天，資產階級出生的詩人啞默從貴陽一個古舊深黑的門洞中走出，獨自來到郊區一個叫野鴨塘的地方，這裡的農民收留了他，讓他在此地公社的一間小學任小學教師。啞默的詩歌寫作開始於 1950 年代末 1960 年代初，他的名字也逐漸開始在貴陽地下文學小圈子內流傳。

很快，野鴨塘成為一個詩歌重鎮（白洋淀幾乎與此同時也成為北方的一個詩歌重鎮，北島、芒克、多多等人曾在那裡聚首並催生了後來的「今天」），各色人物在這裡進出，有詩人、畫家、演員、音樂工作者，這個沙龍被黃翔取名為「野鴨沙龍」，詩人們在這裡談論政治、文學、哲學、藝術。

其實這類地下沙龍在當時的中國到處都是，如我出生的重慶就有兩個以陳本生、馬星臨各為其主的沙龍，北京有徐浩淵的沙龍，北島、芒克的兩個沙龍，南京有顧小虎的沙龍，上海有朱育琳、陳建華的沙龍……但許多沙龍都被無聲無息地埋沒了，猶如一代又一代被埋葬的中國地下詩人。但唯有北京和貴州這一對雙子星座臨空閃耀，奪人眼目。

黃翔寫過一篇讓我一讀之後終生難忘的文章《末世啞默》，該文是我讀過的眾多同類文章（描寫地下文學的文章）中最震動我心的文章，地下文學的傳奇之美被他描述得令人驚歎，直叫人想回到那個時代去重新生活一次：

> 早年的時候，啞默在野鴨塘的房子是個獨間。在我的記憶中窗口栽著一棵僅有幾片嫩葉的小樹，或一簇美人蕉。日照中影子投入房間，有一種說不出的啞默氣氛。房間裏有一架小床，靠床的小茶几上總是整整齊齊地摺著一堆用彩色畫報紙包著的書。這些書是啞默最喜愛的作家的作品。其中包括惠特曼、泰戈爾、羅曼·羅蘭、斯·茨威格和早年的艾青。還有普里什文、巴烏斯托夫斯基。後來又擠進了意識流大師伍爾夫和普魯斯特。靠牆的一角堆著幾堆《參考消息》，從桌子一直堆齊天花板，顏色多半早已發黃。在文化大革命前後的那些年代，啞默就從這些報紙的文字縫隙中窺探「紅色中國」以外的世界。有時一小點什麼消息就會讓他激動不已。如肖洛霍夫或帕斯捷爾納克先後獲得諾貝爾文學獎的一小則報導。
>
> ……當尼克松訪華、叩擊古老中國封閉的銅門時，他同他的朋友們興奮得徹夜不眠，在山城貴陽夜晚冷清清的大街上走了一夜。他們手挽手壯著膽子並排走（這在那種年代是要冒風險的，這種行為立即視為「異端」，若被夜間巡邏的摩托車發現，就要被抓起來）。青春的心靈跳動著夢。他們靜聽著自己的腳步聲，彷彿中國已打開對外開放的大門，一個嶄新的世紀已經來臨。
>
> ……正是在這個時候，我帶著我的處女詩作《火炬之歌》（我的《火神交響詩》的第一首，寫於 1969 年）闖進野鴨沙龍……
>
> 我第一次朗誦《火炬之歌》的那天是個夜晚。屋子裏早已坐著許多人。我進來的時候，立即關了電燈。我「嗤」地一聲劃亮火柴，點亮我自己的一根粗大的蠟燭，插在房間中央的一根獨木衣柱頂端。當蠟光在每個人的瞳孔裏飄閃的時候，我開始朗誦。屋子裏屏息無聲，只偶而一聲壓抑的咳嗽。許久許久，也不知道過了多少時候，我才發現整個房間還沒有人從毛骨悚然的驚懼中回過神來，我這才聽到街上巡夜的摩托車聲。（黃翔：《末世啞默》，民刊《大騷動》，1993 年第 3 期，第 8 頁、10 頁）

以上文字頗富時代現場感。如同聞到某種特殊的氣息一樣，我聞到了那個

時代特異的思想以及早期貴州詩人的隱密生活細節。不過這種隱密的美注定要以一種黃翔式的「血嘯」面目出現，它注定要瘋起來，這「瘋」出現在 1978年 10 月 10 日。這一天，黃翔帶著幾個幫手從貴陽殺至北京，如他自己所述：「一百多張巨幅詩稿卷成筒狀，如炮筒，如沉默的炸藥，如窺視天宇的火箭，我抱著它上了火車、扛著它進了北京城。……我之所以選定北京，因為在那兒，立於天安門廣場。撒泡尿也是大瀑布！放個屁也是驚雷！……牆上出現了一把我自畫的火炬。接著，兩個穀籮那麼大的字『啟蒙』赫然顯現。接著，是我親自奮筆疾書的《火神交響詩》……街上的交通馬上被堵塞。我應群眾的要求即興朗誦。在手挽手地圍住我、保護我的人群中，我只有一個感覺：一個偉大的古老的民族的肌肉正在我周圍重新凝聚。我第一個人點了這第一把火。我深信，我一個並不為世界知曉的詩人，在北京街頭的狂熱的即興朗誦，遠勝於當年匈牙利詩人裴多菲朗誦於民族廣場。」（黃翔：《狂飲不醉的獸形》，民刊《大騷動》，1993 年第 3 期，第 73 頁）

接下來，黃翔一次又一次輪翻對北京進行衝擊，一次比一次激烈，一次比一次遠離文學場域，最後他乾脆從「啟蒙文學」直抵「政治文學」。他一會兒像一個政治家一樣要對毛澤東三七開，要重新評價文革；一會兒又像一個國家領導者一樣欲邀請當時的美國總統卡特與他坐而論道談人權。如此大而無當的多頭出擊，如此不專注於文學場域內部的技藝鍛鍊，其緊接而來的文學地位的「占位」形勢可想而知。

政治場域中的象徵資本並不能在文學場域中進行交換，僅在與國際資本進行流通時會有例外。但一個詩人不能拿例外來進行賭博。正如龐德所說：「技巧是對一個人真誠的考驗」，一個詩人永遠都應專注於他的詩藝，也就是說永遠都應把自己侷限在文學場域內，可以保持政治幻覺，但不去作越界之嘗試。當然這樣說並不是說一個詩人不反叛，反叛是人的天性，更何況詩人。我在此只是想說對反叛之範圍與形式感的把握。而這兩點是一個詩人在文學場域中獲得較好「占位」的關鍵。而黃翔在這兩點上都輸給了北京詩人，因此他雖有「壯懷激烈」的個人傳奇，但在詩歌界內部的「占位」卻不可能超過早期北京地下詩人。

如果不談黃翔那些啟蒙般的詩歌，我覺得他最成功的啟蒙作品應該是他的愛情。在此我特意抄錄黃翔本人的自述，來見證這段愛情故事（見民刊《大騷動》，1993 年第 3 期，第 79 頁，第 80 頁），以紀念那個早已死去的時代及

那一段至美的傳奇：

　　一個年僅十七歲的少女愛上了我。那是從 1983 年 5 月開始的事。她是一位剛剛進大學中文系一年級的女大學生。

　　社會目瞪口呆！

　　我，黃翔，要錢沒錢，要地位沒地位，而且是已經結婚的中年人，家庭背景又是黑的，一個少女，一個年僅十七歲的少女能愛上他嗎？

　　這是引誘！這是欺騙！這是嚴重的犯罪！除此沒有別的解釋。

　　黃翔不是幹部、手中又無黨票。如果黃翔是個領袖人物，那當然「天經地義」；如果黃翔是徐悲鴻、是張大千，是魯迅或是外國的歌德、雨果、羅丹們，那當然也可以。但黃翔什麼也不是！他連個工廠的工人也不夠資格，他只是個「編外工人」！而且是個有「問題」的危險人物！是《啟蒙》社的頭……

　　要揭開這個謎，唯有國家司法機關出面，「立案偵破」！

　　但是，是這個芳名秋瀟雨蘭的少女主動愛上我的。

　　誰也不信。

　　她愛我是因為我是一個為世界所不容忍的人。

　　不可理解！

　　事情確確實實是這樣。

　　那是 1983 年 5 月，在貴州省遵義市召開一個全國性的詩會。參加這次詩會的是來自全國各地的詩人和編輯。在會上，某報刊編輯在發言中說：「你們貴州的黃翔，向老詩人艾青挑戰，太狂妄了！」

　　但列席這次詩會的大學生並不感覺我「狂妄」。他們感到很驚奇，想見到我。現在已經成我愛人、伴我度過風風雨雨的歲月的秋瀟雨蘭就是其中普普通通的一個。

　　她樣子長得像日本的山口百惠，氣質也很相似。但她總是提醒別人說：「我就是我。不是別的什麼人，不是什麼山口百惠！」雖然她自己的確也很喜歡山口百惠。

　　秋瀟雨蘭是她自己改的名字，這裡包含著某種愛情的深意和一個簡單的故事。她不愛使用以前的名字。

　　她來了，敲開我的門，告訴我：「你就是我在想像中一直期待著

的那個人。」

我驚愕。我不敢接收這個純真少女的純真的愛。

我驚愕。我不敢相信在這個追逐利欲的世界上會有這種純潔的精神之愛。

然而我們相愛了。

她愛我的不同於別的「詩人」的詩。

愛創造這些與別人截然不同的詩的這個人。

愛我為所有的人不寬容而寬容所有的人。

她甚至愛我的逆境！

如果一定要說偉大的話，在她的心目中，她的愛人是「中國最偉大的詩人」。

她相信時間和歷史總會是公正的。

未來的新世紀屬於她的愛人，也屬於她的愛。

於是，學校反對，社會反對，她的父母反對，而我與我的妻子發生了不可調和的尖銳的矛盾。

她被我妻子指控為「第三者」！

我被公安機關以「刑事犯」罪名逮捕！

在抓走我之前，我的愛人被「辦案人員」困住三天三夜，要她承認自己是「受害者」，揭發我的「罪行」。

然而，秋瀟雨蘭承擔了全部「罪責」。她堅定地否定我對她有任何引誘和欺騙！

我被強行關押了半年之久，最後迫不得已將我釋放。

但是秋瀟雨蘭被勒令退學了，她離開了大學的校園。因為她寫了這樣一份「檢查」：

「我愛黃翔。我的愛是一種深沉的思想和純真的感情的結晶；它是純潔的，它滲透著超凡脫俗的精神。但決不允許任何人玷辱它。」

但是黃翔是不能愛的。誰也不同情這個愛黃翔的「傻瓜」。

一份不責任的刊物，登出一篇歪曲和捏造事實的文章，把主要矛頭指向她。這篇文章名為《一個女大學生的畸形追求》。

現在我和秋瀟雨蘭生活在一起。她自稱是我的「小保姆」，叫我為「寶寶」。而朋友們把她戲稱為我的「飼養員」。我們在不理解我

們的人群中生活，在人世底層中掙扎求存，被人視為「癌細胞」。

三、食指和「今天派」

就在貴州發出「地下之聲」的同時，北京地下文學也發出了自己的聲音。食指在黃翔寫出《野獸》、《火神交響詩》的前後，寫出了以地下形式傳遍大江南北的《這是四點零八分的北京》。1968 年「是建國後當代文學史上一個具有歷史關結點意義的年份，這一年 12 月 20 日毛澤東發出『上山下鄉』的最高指示，使得文學在紅衛兵向知青的身份轉變中發生新的轉折，真正意義上的『知青文學』和『文革地下文學』從此拉開帷幕；當代作家食指在這一天坐上四點零八分的火車離開北京，並在火車上構思成《這是四點零八分的北京》。這個『四點零八分』的歷史時刻成為一代人青春的創傷記憶。」（李潤霞：《歷史關結點與中國現代文學的發生》，《現代中國文化與文學》（第 1 輯），四川出版集團‧巴蜀書社，2005，第 47 頁）

僅僅兩年之後，食指又於 1970 年寫出了「至今尚無他人能與之相比」（多多語）的純淨程度極高的《相信未來》。多多後來在他一篇被引證極多的回憶文章中這樣說：「郭路生（食指）是自朱湘自殺以來所有詩人中唯一瘋狂了的詩人，也是七十年代以來為新詩歌運動趴在地上的第一人。」（多多：《1972～1978：被埋葬的中國詩人》，《中國新詩年鑒》，花城出版社，1999，第 469 頁）關於他的瘋狂有許多說法，因此充滿傳奇色彩，據馬佳回憶：「郭路生有次險些自殺，那是一種極其慘烈的失戀經歷。能夠在自殺前期聽到馬車駛過運河那種鈴聲，在聽到這種鈴聲時，他又產生了一種生命的渴望……失戀肯定是他崩潰的一大因素，早在 1968 年，他就在和一個維族姑娘相愛，他愛得很真，很熱烈，但又清楚地看到隔在他們中間的重重障礙。這段不會有什麼結果的戀情，使他在感情與理智的矛盾中痛苦不堪……他在草地上不停地翻滾，哭喊著那個女孩的名字」（劉翔：《那些日子的顏色——中國當代抒情詩歌》，學林出版社，2003，第 24 頁）那女孩其實就是賽福鼎的女兒賽莎莎（有關詳情參見政治學者陳小雅在《海南紀實》上的撰文回憶）。1975 年食指與李立三的女兒李雅蘭結婚，七年後離婚（見林莽文《食指生平斷代（1964～1979）》，《沉淪的聖殿》，新疆青少年出版社，1999，第 107 頁）。仍據林莽此文介紹：1972 年開始，他的精神出現了問題，時好時壞，後來就基本長期住在了北京第三福利院。2003 年 11 月，我同他一道在廣州參加一個詩歌朗誦會，知道他現已出院

了，與一位頗富愛心的護士一道生活。看上去他精神不錯，但林莽私下告訴我，偶而如受刺激，仍會犯病，譬如他會突然說：「芬蘭女總統是我的情人」之類的話。

即便是瘋了的食指，並且已經退出了文學場，他的影響力仍很大，他是直接啟迪了「朦朧詩」整整一代詩人的源頭性詩人。江河說：「他是我們的酋長」，多多說：「他是我們的一個小小的傳統」，北島也曾說過：「我當時寫詩是因為讀了食指的詩」。食指的名字早在二十世紀七十年代初就在祖國大地上秘密流傳，成千上萬的青年傳抄他的詩，據說《相信未來》一詩甚至驚動了江青，被江青點名批評過，說他不過是一個小小的灰色詩人而已！（見戈小麗文《郭路生在杏花村》，《沉淪的聖殿》，新疆青少年出版社，1999，第68頁）

對於食指在地下文學場域內的高「占位」，黃翔頗有怨言。他在一封信裏說：「北京的一些人把中國當代詩歌的緣起總是盡可能迴避南方，老扯到白洋淀和食指身上。其實無論從時間的早晚，從民刊和社團活動，從國內外所產生的影響都風馬牛不相及。食指的意識仍凝固在六十年代末期，至今仍堅持『三熱愛』，無論過去和現在思想都非常『正統』和偏限。他當時的影響僅侷限在小圈子裏，而不具有廣泛的社會歷史意義。我想這是公允的。」（鐘鳴：《旁觀者》，海南出版社，1998，第668頁）其實這是不公允的。前面已說食指當時的影響已廣及全國知識青年，舉一個例子：當時在昆明工廠當工人的于堅都於1970年代初讀過《相信未來》，由此可見其傳播的深廣度。

食指如今的聲名已超出了文學界，被公認為中國早期地下文學的第一人。當然，我們可以說黃翔從事地下文學的時間比食指早，因他的年齡比食指大，但早並不等於就能積累更多的象徵資本。與黃翔相比，食指對於詩藝更專注、更自覺，他從不從詩歌中越界，他終其一身都在探討詩的形式，深受其老師何其芳的影響。

崔衛平在一篇文章說：「他很快和我談起了何其芳，談起了何其芳當年對他說的，詩是『窗含西嶺千秋雪』，他邊打手勢邊對我說：『得有個窗子，有個形式，從窗子裏看出去。』」（崔衛平：《收穫的能是什麼》，《作品》，2003年第10期，第63頁）如此形象地談論詩的形式可見他對中國現代格律詩這一形式探究的執著。又如崔衛平所說：「在任何情況下，他從來不敢忘懷詩歌形式的要求，始終不逾出詩歌作為一門藝術所允許的限度，換句話說，即使生活本身

是混亂的、分裂的，詩歌也要創造和諧的形式，將那些原來是刺耳的、兇猛的東西制服；即使生活本身是扭曲的、晦澀的，詩歌也要提供堅固優美的秩序，使人們苦悶壓抑的精神得到支撐和依託；即使生活本身是醜惡的、痛苦的，詩歌最終仍將是美的，給人以美感和向上的力量的。」（崔衛平：《收穫的能是什麼》，《作品》，2003 年第 10 期，第 62 頁）

而黃翔卻常常從文學場域中越界到其他領域，如進入泛政治領域，「追求轟動效應，渴望聽見群眾狂歡，熱愛詩歌運動」因此黃翔沒有遵循布迪厄關於「象徵資本」的獲得必須依靠嚴格意義上的文學活動這一鐵律。從前所述，我們見到黃翔的激情若脫韁之野馬，四處狂奔，多頭而零亂，完全不像食指那樣埋首於詩歌這一點上。

除食指之外，白洋淀也是北京地下文學的一個重鎮，芒克、多多、北島等人都曾在那裡切磋詩藝。白洋淀與野鴨塘既相同又不同，相同的是兩個地方都有一群談論文學與人生的青年，不同的是文學資源卻相去甚遠。如多多所說：「1970 年初冬是北京青年精神上的一個早春。兩本最時髦的書《麥田裏的守望者》、《帶星星的火車票》向北京青年吹來一股新風。隨即一批灰皮書、黃皮書傳遍北京：《娘子谷及其他》、貝克特的《椅子》、薩特的《厭惡及其他》，⋯⋯」（多多：《1972～1978：被埋葬的中國詩人》，《中國新詩年鑑》，花城出版社，1999，第 469 頁）這批內部讀物真是及時雨，讓「今天」詩人們在決定性的年齡讀到了決定性的書，正如北島後來所說，正是這批書的翻譯文體幫助了他們挑戰枯躁的新華社的大字報式文體。

完全可以想像，當時的貴州文學青年卻處在無書可讀的苦悶之中，他們只讀了早年艾青詩選、泰戈爾之類，這些書還不能強力提升他們的精神高度，他們對於世界的現代性進程以及前沿知識還一無所知，而北京青年已十分熟悉存在主義及荒誕派戲劇了。正是在這一點上，北京地下文學在場域中的占位必然領先於貴州，處於主導地位。他們在寫作中自然而然是「遊戲規則」的制定者，偏遠的貴州地下文學只能處於非主導性的占位，要麼成為模仿者，要麼繼續它那艱難的在場的鬥爭。

常常出於急躁，貴州詩人往往會採取一些特別恐怖的革命行動來挑戰已取得優勢占位的北京詩人。如前所說，黃翔於 1978 年身扛卷成炮筒狀的 100多張巨幅詩稿殺向北京；後在 1980 年代末又搞什麼天體星團大爆炸，他帶領幾個小青年，將書寫的詩歌捆綁於全身，猶如真實的炸藥武裝於全身，以如此

「武裝」奔赴北京，對北京五所高校進行藝術「大爆炸」，其結果可想而知，黃翔以「擾亂社會秩序罪」被捕入獄。今天看來，這樣的行事確有鬧劇之嫌，但也實屬無奈，因為「今天派」詩人早在 1980 年代中期就進入國際資本流通了，黃翔卻仍在貴州的監獄進進出出並獨自哀歎：「直到目前為止，並沒有誰承認我是詩人。」（黃翔：《狂飲不醉的獸形》，民刊《大騷動》1993 年第 3 期，第 74 頁）

中國當代第一本地下文學刊物《今天》，於 1978 年 10 月成立編輯部，12 月 23 日第一期創刊，當天，北島、芒克等人就把它張貼在北京城內。「《今天》一共出版了九期，到 1980 年停刊。對於二十世紀八十年代名聲大噪的所謂『朦朧詩』的詩人來講，他們的源頭便是《今天》。而創辦《今天》雜誌，北島功不可沒。他理所當然地成了『朦朧詩』的領袖人物。」（芒克：《瞧！這些人》，時代文藝出版社，2003，第 22 頁）現在想來真是一個奇蹟，《今天》彷彿一夜之間就傳遍了全中國。

當我回顧 1970 年代末至 1980 年代初的那段歲月時——從不同的消息來源，當時的或後來的——我清楚地看到了在我的大學生活之外，一段充滿傳奇色彩的詩歌歷史在迤邐地展開，我記得當時我正在廣州外國語學院英語系讀書，但已從成都、重慶、廣州中山大學等許多朋友處，頻頻讀到北島等人的詩歌。這種閃電般的文化資本傳播速度哪怕是在今天，在講究高效率的出版發行機制的情況下都是絕對不可思議的天方夜譚。

「今天」詩人在中國的青年人中間幾乎是當場便產生了巨大的震撼。1978 年 12 月 23 日，讓我再重複一次這個時間，從這一天開始，中國詩歌就以一種獨具特色的運作形式出現在世界詩歌的版圖上。接下來，象徵資本如滾雪球般擴大，幾乎又是一夜之間，「今天」詩人獲得了地下文學場域中的絕對占位優勢，此時的貴州已相去十萬八千里了，這一點黃翔後來也看得明白。「而四十歲的我，時至今日，幾乎還沒有一首詩公諸於報刊。後來我一直未與他們（指「今天」詩人）見面。」（黃翔：《狂飲不醉的獸形》，民刊《大騷動》1993 年第 3 期，第 74 頁）但以黃翔為首的貴州的「啟蒙派」詩人從來沒有放棄對已經取得「主導性占位」優勢的北京「今天派」詩人進行挑戰和衝擊。貴州詩人們總是以一種強迫症或受虐狂姿態來強調地下文學的起源在貴州，並企圖以這個源頭之爭來奪取地下文學場域內的「占位」優勢。但這個爭奪是徒勞的，北京「今天派」詩人的詩歌品質毫無疑問大大超過了貴州的「啟蒙派」詩人。

而且「今天」的運作也非常國際化，它的成功模式與前蘇聯的地下刊物的運作過程極其相似。馬克‧斯洛寧對後者有詳盡敘述：

　　　　二十年代，自由刊物遭到禁止，革命前的一些出版社都被封閉；從此以後，國家對文學藝術所施加的壓力就逐年加強。結果，許多詩歌、文章和短篇小說都因有『顛覆性』或曖昧的內容而沒有獲得在『合法』刊物上發表的機會；於是它們開始以打字稿的形式在主要是知識分子中間流傳。但直到斯大林逝世為止，這種「刊物」只是偶然出現，範圍很小，地區也很分散。不過，從那時起，它就具有廣泛而有組織的活動的特徵，成為自由發表意見的一種出路，並獲得「薩米茲達特」（Samizdat，俄語的意思是「自發性刊物」）的名稱，這一著名的名稱不僅在蘇聯，而且在西方也使用了。

　　　　「薩米茲達特」以莫斯科和列格勒為中心，並小範圍地在一些省城逐漸擴展成為打字的、油印的，以及照相複製的一種真正的地下刊物。……「薩米茲達特」成了一種重要的文化因素，也成了使保安機構傷透腦筋的偵查對象。「薩米茲達特」的活動在 1955 年至 1965 年間達到了全盛時期。後來，它不僅涉及到詩歌和小說，而且還涉及到政治、哲學和宗教。

　　　　1957 年，帕斯捷爾納克那部長達五百六十多頁的小說《日瓦戈醫生》在蘇聯遭到禁止，在西方卻以原文和多種譯文出版，這時，該書被偷偷地帶進俄國，由「薩米茲達特」翻印了其中大量章節。這是一種雙向交流的開端：許多最初由「薩米茲達特」傳播並秘密送往國外的作品，印成書後又被作為走私品、「違禁品」運回俄國，再由國內翻印流傳。索爾仁尼琴的著作就是採用這種方式，由「薩米茲達特」有計劃地加以翻印。作家們也經常通過迂迴的途徑把自己的作品送往國外出版。

　　　　……約瑟夫‧布羅茨基早在他流放前很久就在「薩米茲達特」上發表詩歌，雖然這些作品在蘇聯從未正式出版過；他的詩集《長短詩》於 1965 年在紐約出版。（馬克‧斯洛寧：《蘇維埃俄羅斯文學》，上海：上海譯文出版社，1983，第 395～396 頁）

上世紀七十年代末，毛澤東逝世不久，方向朦朧、激情懸空，一個新時代剛剛起步，它精神的穩定性還無法確定。過去的詩遠遠不能滿足新個性的

迫切需要，當然也不能穩定人心。人們又疲倦又茫然……就在我們心靈發生嚴重危機的時刻，「今天」詩人以地下刊物（「薩米茲達特」）的形式應運而生，及時發揮了作用，發出最早的穩定的光芒。這光芒幫助了陷入短暫激情真空的青年迅速形成一系列新的激情反應方式和表達方式，它包括對「自我」的重新認識、對超級浪漫理想及新英雄幻覺的重新確立以及如何去反抗和創造。從此，我們的激情自覺地跟隨「今天」的節奏突破了思想的制度化、類同化、典型化以及詞語的條目化、貧血化、「紅旗」化；我們發現了新詞、新韻、新的觀念；我們痛快淋漓地陶醉於對一個「偉大時代」（毛澤東時代）的重新認識或「昇華」。

今天派所處的時代是一個物質全面匱乏而精神高度單一、集中的時代。他們和當時的青年一樣身不由己地（那個時代沒有選擇）接受了那個時代鬥爭精神的特徵（「與天鬥其樂無窮，與地鬥其樂無窮，與人鬥其樂無窮」——毛澤東語錄）及毛澤東時代所包含的所有詩意。這詩意從另一面培養了他們「獨特的」理想主義、英雄主義和浪漫情懷。他們運用這一「情懷」充分表達他們自己：幸福和光明的感覺、痛苦和淚水的閃光、專注和深邃的反抗、苦難的震驚及全新的顫慄……請聽北島在《回答》中的聲音：

> 告訴你吧，世界，
>
> 我──不──相──信！
>
> 縱使你腳下有一千名挑戰者，
>
> 那就把我算做第一千零一名。

《回答》一詩出自食指的《相信未來》這一傳統，但無疑超越了它。《回答》的含義更複雜、更飽滿、更堅定、更富鬥爭性，《相信未來》卻更單純、更個人、更趨向於感動。如果說《相信未來》是現實主義的春風，《回答》就是超現實主義的春雷。再次套用浙江大學教授、詩人兼批評家劉翔對我說過的一句話：「食指是相信的，北島已經不相信了。」

回答似的激情在震動北島的同時也徹底地震動了我們。這是何等的聲音，幾乎不是聲音，是「地震」。「回答」理所當然是激情的震中，正如舒婷所說北島的詩是「八級地震」。我們的激情終於在此刻落到了時代的實處，它從「今天」開始，從「我不相信」開始，從一個英雄的聲音開始。說來湊巧，這個「不相信的聲音」我竟然在古羅馬哲學家西塞羅那裡找到了源頭：「應該說話，但

不表示任何肯定；我始終在尋找，同時不斷在懷疑，不相信自己。」（《蒙田隨筆全集·第二卷》，上海書店出版社，2011，第 159 頁）這聲音在鍍金的天空舞蹈，為死者彎曲的倒影歌唱，這一切又恰如一位富有詩性的中國思想家和社會活動家王康（1949～2020）對我說過的一句抒情的話：「中國所需要的不是太多的主義，而是大道、青天、情懷。」正是滿懷這一信念，幾乎所有當時的年輕讀者在他們（今天派詩人）身上找到了被賦予輝煌色彩的自己的感情及自己的思想（借自布羅茨基的一個觀點）。

當芒克寫出「偉大的土地呵，你激起了我的激情」的同時，驀然寫出了《葡萄園》這首中國政治生活的例外詩篇。《葡萄園》是一首標準的法國早期象徵主義詩歌：

> 當秋風突然走進哐哐作響的門口，
>
> 我的家園都是含著眼淚的葡萄。

它的色、音、光、影、情，真像一首魏爾倫的小詩。芒克，這位被多多稱為大自然的詩人與多多是初中同班同學，後來又一道去白洋淀下鄉當知青，而白洋淀卻成了早期今天派詩歌的搖籃。北島、江河等不少詩人都曾前往白洋淀遊歷並切磋詩藝。

據多多以及其他詩人的介紹，芒克是一個天生的詩人，自然之子；他豪飲、打架、流浪，高貴的原始激情猶如大自然的音樂在他的生活和詩篇中和諧的律動。

楊煉，我是從彭逸林那里第一次聽到他的名字，後來又在歐陽江河那裡聽到他對楊煉的讚歎。楊煉真是風靡了成都，1980 年代，他在此地的影響可謂巨大。他早期的名詩《諾日朗》就來自對四川九寨溝的遊歷，受其神秘的觸動，一氣呵成，寫出了那個時代洋洋灑灑、驚豔耀目華章。這組詩不僅立刻轟動了成都，也轟動了全國。隨之而來就是一股尋古思古的歷史寫作風潮，還用說嗎？風潮的領頭羊就是楊煉。楊煉引古典入詩、引易經入詩，一時也成了成都一些詩人爭相學習的時髦。

除了寫詩之外，在今天派詩人中楊煉應該算是最會寫文章的一個。詩歌對於楊煉來說，是一個貫通古今的偉大事業，從不是一件即興的藝術。楊煉的氣勢和長詩可以說是直接啟發了歐陽江河早期的懸棺式寫作以及四川「整體主義」這一宏大詩歌流派的寫作。

四、詩人多多

　　詩人多多是一個純粹的強力抒情詩人，他在他那一代或比他晚一代，甚至幾代的詩人那裡，享有極為尊崇的詩歌地位。在談論多多的眾多文章中，最具感性和穿透力的文章就是黃燦然那篇名文《多多：直取詩歌的核心》。該文探討了多多詩歌與漢語的關係，尤其談到了多多在詩歌中如何運用和處理漢語的。在此簡介一下這篇文章，主要是想把這篇文章再次推薦給更多的讀者。

　　的確，多多讓人歎為觀止的詩歌真是太多了，多得來逸出了詩歌圈，在更廣大的讀者群中也激起了強烈的反響。

　　我對多多的詩是較為熟悉的，因為他是我教書生涯裏每學期必講的專題。我讚歎他超現實的寫法，也激賞他語不驚人死不休的勁頭。而他詩歌中的張力，不僅僅是語言的，更是他特殊的身體帶動的。張力在他的詩歌中無處不在，正如他自己在一次訪談中所說的「我基本就是張力說，沒有張力的詩歌，或者說不緊張的詩歌我是不讀的，沒有意思的。」是的，從一開始，多多詩歌中的張力——狼吃掉孩子後的寂靜與大籃子中愛我的人抱在一起——就令人震驚，這一幅畫面完全不可思議，既兇猛又柔情，既充滿死亡又充滿生命：

> 多情人流淚的時刻——我注意到
>
> 風暴掀起大海的四腳
>
> 大地有著被狼吃掉最後一個孩子後的寂靜
>
> 但從一隻高高升起的大籃子中
>
> 我看到所有愛過我的人們
>
> 在這樣緊緊地緊緊地緊緊地——摟在一起
>
> ——多多《北方的海》

　　而在這同一首詩中，「綱子抖動河面，河流在天上疾滾」，還用說嗎，只能說這是另一個李太白在寫，這是另一頁「黃河之水天上來」。多多的詩初讀驚豔，再讀驚歎，接下來就是完全沉浸。

　　多多詩歌中的張力也並非一味圖快、圖猛，他也在他寫作的騰挪中一邊享受著快慢自如的運動，一邊享受著他把握張力的快感和精確性。仍然在他早期詩歌中，可愛的小白老鼠這個童話般的意象曾多次出現。譬如在《馬》這首詩裏：

> 驟然出現在祖母可怕的臉上
>
> 噢，小白老鼠玩耍自己雙腳那會兒

那會兒！本來是多麼緊張的時刻，那匹馬在奔馳，那咳血的野王子多麼可怕，但可愛的小白老鼠突然出現了，輕盈的小老鼠以它的玩耍的輕姿使整首詩突然減速了，小老鼠小小的美與暴風雪的冬夜，與送葬的人群和悲哀的牛頭形成了完美的張力。

而《冬夜的天空》更是開篇就是四隻小白老鼠出場，童話感覺、幻覺之美與天地相交融；冬天的景物虛虛實實、一一鋪開；同時，詩人的心情也自然地帶了出來，隨物婉轉……詩人的心情是那樣的好，這好也在層層遞進：

噢，我的心情是那樣好

就像順著巨鯨光滑的脊背撫摸下去

我在尋找我住的城市

心情好到什麼程度，美到什麼程度，詩人給出的這個畫面讓我立刻想到了宮崎駿的電影《千與千尋》中那最動人的鏡頭：千尋騎在白龍的脊背上順著波濤起伏滑翔……唯有這個美麗的鏡頭才能與多多這三行詩完美匹配，這才是詩和電影的天作之合。而多多早於宮崎駿體會到這一點，描寫了這一點。

多多的詩是說不盡道不完的，比起我在課堂上的講解來，我還沒有展開，但我想已經夠了。我想急著在這裡抄錄多多所有詩歌中我最喜歡的一首詩——《居民》，在此，多說無益，就讓我們跟隨詩人的聲音，一道淪入他至美的音樂吧：

居民

他們在天空深處喝啤酒時，我們才接吻

他們歌唱時，我們熄燈

我們入睡時，他們用鍍銀的腳趾甲

走進我們的夢，我們等待夢醒時

他們早已組成了河流

在沒有時間的睡眠裏

他們刮臉，我們就聽到提琴聲

他們劃槳，地球就停轉

他們不劃，他們不劃

我們就沒有醒來的可能

在沒有睡眠的時間裏

他們向我們招手，我們向孩子招手

孩子們向孩子們招手時

星星們從一所遙遠的旅館中醒來了

一切會痛苦的都醒來了

他們喝過的啤酒，早已流回大海

那些在海面上行走的孩子

全都受到他們的祝福：流動

流動，也只是河流的屈從

用偷偷流出的眼淚，我們組成了河流……

1989

詩歌之外，我們再來看看現實裏的詩人多多吧。在我與多多的接觸中，我感覺多多是一個有著孩子般激情的「大英雄」典型。他好像永遠生活在超現實主義的 1960 年代，他以那個年代的一顆紅心不停地唱出今天派中最抒情的高音。這高音有時會使他獨自一人爬在床邊、大口喘氣，被無端的激情煎熬；這高音也經常使他以震撼人心的個人行為令我們大家驚悚。王家新在一篇文章《火車站，小姐姐……》裏這樣回憶道：

在那時的北京詩人圈子裏，雖然對多多的詩歌天才早有公論，然而對他的人，許多人卻敬而遠之──他的傲氣，他的暴烈和偏激，讓許多人都受不了。傳說有一次他和一個老朋友發火時，在人家的陽臺上掟起一輛自行車說扔就扔了下去！然而很怪，對他的這種脾性，我卻能理解。一次在一個聚會上，多多一來神就亮起了他的男高音歌喉，接著還念了一句曼德爾施塔姆的詩「黃金在天上舞蹈，命令我歌唱」，然後傲氣十足地說「瞧瞧人家，這才叫詩人！哪裏像咱們中國的這些土鱉！」可以說在那一刻，我一下就喜歡上了多多！

這也讓我想起了另一件傳說：有一次朋友聚會，他與一位年輕詩人（名字保密，不便透露）發生了爭執。突然，他怒火上湧、衝動起來：「我們現在來比死，看誰敢從這樓上跳下去；我先跳，接著你跳，如果你不跳，在場的人就把你推下去。」白熱的多多那一年已三十九歲了。但做人，作詩都比好多二十多歲的年輕詩人更顯青春活力，更先鋒、更亡命。

常年累月，他被一種神經質的朝氣蓬勃的寫作「毒癮」所「迫害」，這隨

時發作的「毒癮」——他稱之為詩歌寫作中最要緊的「張力說」——只許他高歌，不許他像中年人那樣淺唱低吟。由於「中毒」太深，他始終如一地對詩歌的歌唱技巧有一種孩子般的好奇心和緊迫感。他一刻不停地墮入他詩歌天才的深淵。

他曾對我說：「我是不可打敗的，因為我是用毛澤東思想武裝起來的人。」很有意思的一句話。「毛澤東思想」在這裡已轉換成一種超級理想與長生不老的激情象徵。也正是毛主席這種前無古人後無來者的「青春激情」創造性地煥發了他的藝術激情。這激情「只爭朝夕」地迫使他經歷一個又一個的風暴，從上山下鄉的知識青年到《農民日報》的記者，他從未休息過片刻。他就這樣一步步成長為一個天真、任性、敏感、急躁、永不衰老的詩人，迫切地想把自己的一腔熱血拋灑出去，隨時隨地都可能突然起立，為真理或為「瘋狂的藝術」獻出自身。如今滿頭銀髮的多多在荷蘭萊頓這個小城已生活了許多年，在他家對面的一座建築的牆上用繁體漢字寫著一首杜甫的詩，名叫《可惜》，真是意味深長，令人浮想聯翩……

> 北京，1972～1978
> 被埋葬的地下詩人知多少？
> 阿姆斯特丹的河流呀，多多……
> 唯《可惜》這一首
> 最令人玩味不止
> ——柏樺《魂斷藍橋》

如今，我們「可惜」的詩人已回到了中國，他仍像杜甫那樣「花飛有底急，老去願春遲。可惜歡娛地，都非少壯時」嗎？

> 他現在是一個名副其實的三無人員——
> 無房、無退休金、無醫保
> 他在荷蘭曾繳納過十五年的保險，
> 但在回國時
> 堅決地退掉了。
> （他為此還費了很大的周折。
> 這項保險在荷蘭是強制性的，
> 作為一項基礎保障。）
> 但每年1500歐元的保險費

對他來說是一個沉重的負擔。

回國後，他在南方一個海島上的大學

擔任中文教職，

十二年後，又因外籍身份不能獲得退休金。

他說，他並不過於擔心未來，

也不去想明天。

　　　　——泉子《從保俶塔通向寶石山山頂的崎嶇山路上》

　　明日何所道？寫詩是正途。七十歲的多多仍然在精進……他對詩歌一直保持著一種初逢的驚奇和驚喜。他最近迷上了保羅・策蘭的詩歌，這是否意味著他在詩歌寫作上更加決絕了呢？讓我們拭目以待……

五、天才顧城

　　顧城 1993 年 10 月 8 日在新西蘭自殺時，我正在寫這本書……一個月後我就讀到了他《英兒》中的一句話：「南極的星星在雲間密集得像鑽石一樣。」（顧城《英兒》，華藝出版社，1993，第 59 頁）接著同樣在《英兒》裏，他又說：「為了消磨時間，我做了木匠，養了豬，寫了詩。」然後呢，他繼續說：「北京是些塵土，外國是些積木。」新西蘭由此進入了我的視線，而且我還大膽預測了：自顧城在新西蘭率先養雞以來，華人在新西蘭養雞已成為一個不小的傳統。

　　顧城的天才罕見！他說他不認識命運，卻為它日夜工作。他說：微微一藍，天藍過來了（《上邊有天》）。何謂裂變？顧城又說：「天漆黑地亮著」。睡覺時，他「睡得像一桶水」；夢中，他寫了這樣一行詩：「你是一個暴行，有電的金屬蘭若」（《木偶》）。而早在 1979 年，顧城便說過：「知了是個奇怪的東西，它從地下爬出來，用假眼睛看你，總有些棺材的味道。」（見《顧城哲思錄》，重慶出版社，2015，第 137 頁）

　　顧城也並非處處故意驚人，他也寫一些至簡而達至玄的詩，這些詩表面看上去那麼平凡，卻又如此神秘，給人帶來無窮的回味，猶如當頭棒喝的禪師。隨手抄一首他的詩《鳥》：

村子裏的鳥不多了

是不多了

出來走走

村裏有

村外也有

顧城的詩藝和特別強調主體性的「今天派」完全不沾邊。全靠他寫了兩行
「黑夜給了我黑色的眼睛，我卻用它尋找光明」(《一代人》)——這首唯一的
主體性極強的小詩——否則顧城完全是「今天派」的一個異數。而顧城最終總
是要驚人的，且看他的鶴立雞群，我禁不住流水般地抄來：

在《柳罐》裏，他說：

......

細眉細眼

手持刀棍

在《法門》裏，他說：

......

一個小米

一個小國

......

一個小時

一個小鍋

在《人云》裏，他說：

樹死了砍了才倒

人沒死就扶不起了

接下來是：

西市

法度刀是朝廷的鑰匙

小龍床被殺

小神

搬開雲母的事

你說四 你說四十

北京圖書館

爬並不是從前的事

這時 車站從中華轉向風景

知春亭

那麼長的走廊　有粉筆

把手伸得高高的

白石橋

我感謝院子，是飛著的鳥

她們在我來時，和衣睡覺

府右街

一會看她，一會剝冬筍，一把刀也好要長一點

平安里

我總聽見最好的聲音

走廊裏的燈　可以關上

　　是的，有關走廊關燈一節，許多詩人寫過，譬如阿米亥、譬如食指等；可見夜裏走廊的關燈聲，吸引了多少詩人呀。還記得我為張剛在四川省軍區廁所過道留一盞燈的故事嗎？（見後「震顫」）而有關走廊的恐懼，顧城也寫過，見前面我在《鮮宅》裏引用過的《狼群》。無疑，芥川龍之介尤其會被開燈或關燈吸引，因為他平生最怕的（也可以說最敬畏的）就是聲音，無論是大聲還是小聲，高聲還是低聲，粗聲還是細聲……

　　顧城的詩，我曾用三天時間（七十二小時）讀完兩千多首；沒有準確統計，但無疑有三百首是傑作：《開瑞售》、《老是》、《九號樓》、《中午》、《城門》、《樹林裏》、《南口》、《點滴》、《焉知》、《回文幾何》、《蓮花池》、《紛繁》、《樹也有腳心》、《提防》、《上邊有天》、《鬼進城》……好詩太多了，只好放棄把所有我喜歡的詩歌題目抄錄於此。但又禁不住再隨手抄一些顧城的詩句：

　　「盲人的目光是可怕的」《還有三日》。

　　「有選票有客氣／有金錢有禮儀／鴿子提了又提……唉，我是來烙餅的／都很成熟呵／就我揉來揉去」《河田（一）》。

　　「鎮墓獸也有了女兒叫鎮尺」《鎮尺》。

　　「我不能像／世人那樣生活／我不理錢」《核桃》。

　　「你走路有腳／過河有橋／天冷，就有竹子／便採些壞的來燒」《斑布》

「汗從外邊下雨回來」《雨點兩分》。

「多麼好看的魚／不是水裏的笨東西」《遇》

「公安局造井／其實是鑿／這還真是個新課題啊」《亞乙米西多》。

「人自下而上水自上而下／……人的責任是照顧一塊屋頂／在活的時候讓它有煙，早上有門」《時辰》。

「像端一盆雞蛋／吃著說著／昨天就認識」《地界》。

「家中有女／馬上無鄰」《嫻歌》。

「雞的叫聲／蒼蠅旋風」《坪》。

「雞沒了，變成春捲了」《雞春捲》。

「風一吹就是美人，雨一停又是雲煙……／恨不得沒有提問，而有羊毛衫」《簡明》。

「認花認草，認真／迷眼迷心，迷人」《呆》

「要不趕最重的火車／到湖北再停下來」《維繫》

「暴風雨暴風雨／使我安睡／（DAAD）」《暴風雨使我安睡》

「樹身上有許多圓環／轉一轉就會溫暖」《然若》

「絕對時刻／鮮花如影」《環》。

「對／對對／桌子要小／來小土堆」《電傳》。

「她的痣有點淒涼／傳達室呀」《油漆座》。

「天上有雲，地上有人；有人無錢，忙個不停」《島爺》。

1982 年 2 月，顧城寫下一首特別的小詩《輓歌》。這種類型的小詩對後來的中國詩歌很有影響，它影響了好幾個很重要的詩人。

輓歌

月亮下的小土豆

月亮下的小土豆

走來一隻狗

嗅

月亮下的小土豆

六、雨夜中的北島

北島詩歌的「雨夜」式的抒情詩與俄羅斯「白夜」式的抒情詩有相通之處，但也自有一番特別的中國語境。關於此點我在許多文章中專門談論過，感興趣的讀者可去閱讀我發表在《江漢大學學報》2008 年第 1 期的論文《「今天」：俄羅斯式的對抗美學》以及發表在《東吳學術》2012 年第 6 期的論文《從白夜到雨夜：一種「薩米茲達特」（Samizdat）式的新抒情主義》。另外，我在《水繪仙侶：冒辟疆與董小宛：1642～1651》（江蘇鳳凰文藝出版社，2019）這本書中也談到了北島的詩《雨夜》和帕斯捷爾納克的詩《白夜》。

以詩歌中的抒情性來進入北島的詩歌是很有意思的。譬如他詩歌中所呈現的愛情觀就確定了當時青年的愛情感受方式和表達方式。正如張棗曾對我說過的：「北島的《黃昏·丁家灘》使當時的大學生們懂得了談戀愛時如何表達。」在一個陰雨天，我和張棗在重慶歌樂山下邊散步邊為這首詩所激動。我們那時真是「確信審美力有賴於前輩。」（布羅茨基語）

即便是今天，每當回首往事，或有年輕人問我，你年輕時最難忘的詩歌是什麼？我總是說，當我二十二歲時讀到北島最初發表在自印的《今天》雜誌上的一首詩《黃昏：丁家灘》時，我全身的感官好像一下被打開了，我好像幾乎是立刻就掌握了寫詩的訣竅（那也是快樂的訣竅）──寫出驚心的意象，如同這四句：

> 是他，用指頭去穿透
> 從天邊滾來煙圈般的月亮
> 那是一枚訂婚戒指
> 姑娘黃金般緘默的嘴唇
> ──北島《黃昏·丁家灘》

當然還有非常多的新鮮又動人的意象，比如《習慣》中的結尾，曾讓我久久流連，直到倒背如流：

> 在冬天，在藍幽幽的路燈下
> 你的呵氣象圍巾繞在我的脖子上
> 是的，我習慣了
> 你敲擊的火石灼燙著
> 我習慣了的黑暗
> ──北島《習慣》

　　北島的一系列抒情詩最能代表那個時代年輕的心之渴望。他安慰了我們，也煥發了我們，而不是讓我們沉淪或頹唐。「以往的辛酸凝成淚水，用網捕捉我們的歡樂之謎。」僅這《雨夜》中這兩句就足以激起幾代人的感情波濤。它不是簡單意義上的當時的「傷痕文學」，這兩句不但足以抵上所有的傷痕文學，而且是更深地扎向傷痕的最深處。它的意義在於辛酸中的歡樂之謎，只有辛酸或傷痕是不夠的，重要的是辛酸中悄悄的深刻與甜蜜，以及個人的溫柔與寬懷，甚至要滿含熱淚，胸懷歡樂去憐憫這個較為殘酷的世界：

雨夜

當水窪裏破碎的夜晚
搖著一片新葉
像搖著自己的孩子睡去
當燈光串起雨滴
綴飾在你肩頭
閃著光，
又滾落在地
你說，不
口氣如此堅決
可微笑卻洩露了內心的秘密
低低的烏雲用潮濕的手掌
揉著你的頭髮
揉進花的芳香和我滾燙的呼吸
路燈拉長的身影
連接著每個路口，
連接著每個夢
用網捕捉著我們的歡樂之謎
以往的辛酸凝成淚水
沾濕了你的手絹
被遺忘在一個黑漆漆的門洞裏
即使明天早上
槍口和血淋淋的太陽

讓我交出自由、青春和筆

我也決不會交出這個夜晚

我決不會交出你

讓牆壁堵住我的嘴唇吧

讓鐵條分割我的天空吧

只要心在跳動，就有血的潮汐

而你的微笑將印在紅色的月亮上

每夜升起在我小窗前

喚醒記憶

　　此詩開篇就是一對戀人在雨夜散步談話的場面，這個場面我們是那樣熟悉，倍覺親切。我們似乎聽到了一些話，一些黑夜中的溫柔細語，一些滾燙的呼吸，它們在北島的「雨夜」中發出了聲音，我們會情不自禁地念出這些我們記憶中的詩行（而非戴望舒的《雨巷》），這就是我們當時的生活，那時我們還不會表達，是北島為我們說出來了。

　　出奇不意的「鐵條」，也是我們生活經驗中一個熟悉而「親切的」詞彙，在這裡，它帶著一種近乎殘忍的極樂（beatitude）刺入我們歡樂的心中。「鐵條」和愛情和受難和我們日常性的束縛和「偉大的」政治糾纏在一起。這樣的抒情詩或愛情詩當然會使人們產生廣闊的聯想，在人們的心中一石激起千層浪。這「雨夜」中的「鐵條」正好就是人們內心珍貴的鐵條、幸福的鐵條，它已昇華為一種普遍的英雄或烈士象徵。

　　《雨夜》又一次體現了北島抒情詩的力量之所在，它與俄羅斯式的抒情是相通的。《雨夜》寓意了社會主義國家裏一個平凡而真誠的人的故事，一個感人而秘密的愛情生活故事，當然也如同帕斯捷爾納克的詩《白夜》一樣，是關乎愛情、見證、對抗的故事。這故事如一股電流無聲地振盪了每一個讀者的心，喚醒了他們那沉睡已久的麻木生活。在此，我也不禁要抄錄帕斯捷爾納克這首詩：

白夜

我見到遙遠的往昔：

彼得堡涅瓦河邊一間樓房，

你，大草原裏一個小地主的女兒，

從庫爾斯克來讀書。

美人兒，你贏盡男子們的傾慕。
但在這白色的夜裏，你和我
舒適地坐在你家的窗前
從高樓向下俯視。

像下面那蝴蝶似的煤氣街燈，
清晨的寒意侵襲著我們；
像那沉睡中的遠景一般
我柔聲和你長談。

我們，彷彿是沿著無際的涅瓦河
延展出去的彼得堡，
在怯羞的虔誠之中
被一個神秘的謎籠罩。

野外，遠處，在密林中，
在這白色的春夜，
枝頭夜鶯千折百轉地高唱，
詠歎的歌聲震動著林野。

夜鶯的高歌激越入雲，
這細小而平凡歌手的歌聲
在那迷亂的樹林深處
挑逗著、喚醒了歡樂的心。

夜，像赤腳的朝聖婦人，
徐徐地挨近圍牆，
從窗櫺跟蹤到她的背後的
是我們細語的聲響。

在這些被她偷聽的細語的回聲中，
在圍牆裏邊的園樹裏，
蘋果和櫻桃在枝上
開著美麗的白花。

這些樹，像白色的幽魂
從園裏擠出到外面的路上，

> 如同揮手告別
>> 這白色的夜，和整夜裏的見證。

　　俄羅斯的白夜，帕斯捷爾納克的白夜，是「清晨的寒意侵襲著我們」，是單薄的兩個人在「涅瓦河邊一間樓房」以私人的愛情與國家機器相抗衡，雖然隱秘，但我們可以感到，那是怎樣一種驚世駭俗的力量。帕斯捷爾納克在此將這種「白夜」式的私人愛情敘述轉化為了一種宏大的俄羅斯式的對抗美學姿態。我們可以想像蘇聯時代越消解個人生活，個人生活就越強大，個人生活的核心——愛情就更激烈、更動人、更秘密、更忘我、更大膽、更帶個人苦難的傾訴性、更易把擁抱轉變為真理，正如帕斯捷爾納克在另外的詩中所說的那樣「天色破曉之前已經記不起，我們接吻到何時為止。」「擁抱永無休止，一日長於百年。」這種帕斯捷爾納克創造出來的對抗性抒情效果和強度不僅通過《白夜》，更是通過《日瓦戈醫生》中娜娜這一完美女性形象的塑造達到高潮；在娜娜身上，帕斯捷爾納克傾注了他所有的理想、抱負和美學。他對娜娜的完美塑造使他擺脫了可厭又可怕的人間生活。

　　很可能是歪打正著，娜娜這一原本只屬於蘇俄的美學形象竟然超越了蘇俄，驚動了西方，娜娜甚至被最後的美國文人而非學者的埃德蒙·威爾遜確定為世界文學版圖中一個從未出現過的嶄新形象——近乎聖母瑪麗婭的形象。這一點似乎再次證明了傑姆遜的觀點，即第三世界文學都是「民族寓言」的文學，即愛情這個很私人的題目總是會演變成另一番高蹈——對極權的反抗，對壓抑的突圍。這裡的娜娜如此，北島《雨夜》中「戀人散步」同樣如此。

　　《雨夜》是當之無愧的另一首俄羅斯的白夜之歌，是中國七十年代的「娜娜之歌」，當然也是我前面說到的戀愛與散步之詩。這種北島「雨夜」式的愛情以及帕斯捷爾納克筆下「小地主的女兒從庫爾斯克來讀書」的白夜式愛情，《日瓦戈醫生》中「娜娜式的」愛情，這一系列愛情形象成了社會主義國家被壓抑的人民心中至高無上的精神偶像（這壓抑指1960～1970年代），一個我們自己才能理解的神話或「民族寓言」——「用網捕捉我們的歡樂之謎」。但這個神話，宇文所安認為是應當避免寫出的。他說：「這種傷感正是現代中國詩壇的病症，較古典詩歌中令人窒息的重荷更為不堪忍受的欺騙。在現代中國，這種病症出現在政治性詩歌中，也在反政治性詩歌中出現。」（宇文所安：《何謂世界詩歌？——對具有全球影響的詩歌之期望》，《傾向》，1994年第1期）真的應當避免寫出嗎？其實這是一首具有典型中國社會主義政治現代性經驗

的詩歌，它有著十分特殊的中國語境。

順勢而來，有一個重點必須指出，即「政治性」是中國文學和詩歌自古以來的一個深遠傳統。吉川幸次郎也反覆說過：「中國文學以對政治的貢獻為志業，這在文學革命以前，即在以詩歌為文學中心的時代就已是這樣。詩歌的祖先《詩經》是由各國的民謠及朝廷舉行儀式時所唱的歌組成的，後者與政治有強烈的關係，自不用說，前者也常常有對於當時為政者的批判，這成為中國詩的傳統被一直保持下來。被稱為偉大的詩人的杜甫、白居易、蘇東坡等，也是因為有許多對當時政治持批判態度的作品才成為大詩人的。一般來說，陶淵明、李白對政治的態度比較冷淡，但大多數的中國評論家又說，其實二人都不是純粹的不問世事的人，他們也有對當時政治的批判或想參與政治的意圖，這是符合事實的。當然，這並不是說沒有只寫個人情感的詩人。但這些都是小詩人，不會給予很高的地位，這是中國詩的傳統。」（吉川幸次郎：《中國的文學革命》）因此，我認為，討論北島早期詩歌的政治性，應該將其置於這個偉大的中國傳統中來進行，而非像有些人那樣簡單地否定。毫無疑問，抒情的「雨夜」暗含了極其深刻的中國政治性。它已上升為我們的「民族寓言」。

關於詩歌的政治性，我並不想在這裡展開來談論，但我想到了以色列詩人耶胡達‧阿米亥的一段名言：「我常說，所有詩歌都是政治的。這是因為，真正的詩歌，都是處理人對現實的反應，而政治是現實的一個部分，是正在構成中的現實。即使詩人寫的是坐在玻璃房中喝茶，它反映的也是政治。」（見《巴黎評論》第一百二十二期，1992年春季號）順此思路，我可以說：所有詩人都是政治詩人。

雖然也受到些西方詩歌的影響，但以北島為主的今天派詩歌與俄羅斯的現代詩歌更相契合。俄羅斯的現代詩與西方的現代詩是不同的，帕斯捷爾納克、曼德爾施塔姆、茨維塔耶娃，他們寫的不是西方所謂的「世界主義詩歌」，而是有一個鮮明的俄羅斯背景或蘇聯社會主義背景。他們首先要用詩歌解決個人生活中每天遭遇的嚴峻現實政治問題，為了突破「政治」、歌唱自由，他們不惜用盡一切「細節」、一切「速度」、一切「超我」，真像一隻泣血的夜鶯，讓我們再看一眼這只夜鶯吧：

夜鶯的高歌激越入雲，
這細小而平凡歌手的歌聲
在那迷亂的樹林深處

挑逗著、喚醒了歡樂的心。

——帕斯捷爾納克《白夜》

　　西方詩人從某種意義上說已超越了政治而專注於最普遍、最基本的人性本身。正如一位作家所說：「帕斯捷爾納克是蘇聯的作家。而索爾・貝婁不僅僅是美國作家，也是全人類的作家，他越過了政治（意識形態）這一概念，在作品中表現出了對全人類的普遍人性問題的關注、理解和同情。」

　　而北島詩歌的背後同樣有一個社會主義背景，俄羅斯詩歌自然而然成了它的姐妹。從這一點上說，北島是那個時代的必然產物。毋庸置疑，同樣的背景，同樣的內容、當然就採用同樣的形式。

　　另外一點就是「地下文學」這一相似性，即前面提到的蘇聯地下文學（「薩米茲達特」）的運作模式與「今天派」（包括「啟蒙派」）的運作模式的相近。布羅茨基認為：這種地下文學的「生活方式在蘇聯是觸犯刑法的罪行。客觀地講，如果您對文學感興趣，這就已經是一種偏離航向，是對規範的違背。每一個或多或少真的搞起文學來的人，都會程度不同地感到自己處在地下狀態。對於我來說，這是一個顯而易見的事實。」（布羅茨基語，見《布羅茨基談話錄》，作家出版社，2019，第275頁）在1970年代的中國，情況也是如此。

　　如前所說，我在一篇文章——從《白夜到雨夜：一種「薩米茲達特」（Samizdat）式的新抒情主義》（《東吳學術》2012年第6期）——中繼續談論了以北島為中心的這種新的詩歌形式——「新抒情主義」，即一種強力的中國式的「薩米茲達特」文學。

　　「新抒情主義」大致可以這樣理解：它是一種對抗式的強力寫作，即以個體之情對抗極權的寫作。需知，極權主義裏挾著一股巨大的集體力量，反抗者必須有足夠強大的個人情感力量，才得以與之抗衡。這是一種以個人之情反抗集體之情的激烈、強力的抒情，這種抒情，我將之命名為新抒情主義。

　　新抒情主義產生的文本因其特殊的政治原因，往往被迫以非公開的地下方式秘密流傳。新抒情主義成為一個時代（國家）一部分寫作者的共同寫作模式，並具有思潮的性質和特點。在這個意義上，亦可認為，它是一個國家特殊時期的極具悲劇色彩的民族寓言，這種強力的抒情在整個國家範圍內秘密地進行，不同於既往出於對時間「惘惘的威脅」而產生的抒情，它是以一種對抗的方式尖銳地存在，對抗的對象具有虛妄、烏托邦性質。

　　隨著國家生活相對正常化，以及個人主義存在空間的相對拓展，這種對抗

美學（以個人之情反抗整個社會）也隨之淡化，逐漸減弱。

　　從地理覆蓋範圍看，新抒情主義包括前蘇聯和東歐的地下文學，以及中國文革以來的地下文學，其代表性作品主要是帕斯捷爾納克的《日瓦戈醫生》及其抒情詩，在中國主要是北島的詩歌，諸如《回答》、《雨夜》等。

　　時至今日，當我們回憶起 1970 年代末至 1980 年代中期，今天派最活躍的那段歷史時，我們仍然不覺驚歎：以北島為首的今天派帶給我們的神話是罕見的，也是永遠的。它通過幾個詩人，以及他們的一些詩就完成了對一個偉大時代的見證。

　　今天派之後的中國詩壇又是另一番景象了。「詩是作為一種已經完成的社會華麗儀式和莊嚴儀仗而創造的。只有在這樣的社會中，光榮才會有它應有的地位。」（馬拉美：《關於文學的發展》，《西方文論選》下卷，伍蠡甫主編，上海譯文出版社，1979，第 263 頁）中國詩歌在經歷了今天派詩人的「華麗儀式和莊嚴儀仗」後，它的光輝暗淡了、隕落了。「我們這個時代，詩人是對整個社會罷工了。」（馬拉美語，同上）早在十九世紀末，馬拉美就宣告了這一點、預言了這一點。也正如 W・B・葉芝所說：「一切都四散了，再也保不住中心。」今天的詩人只是一個生活的旁觀者或一個孤獨的掘墓人，要不就是一個高科技時代的「笑話」或一個二十世紀最後的堂・吉訶德先生。

　　從北島的《雨夜》到帕斯捷爾納克的《白夜》，還有一首詩一直吸引著我，我認為它是這類「新抒情主義」詩歌的典範之作，順便抄來如下，希望更多的讀者讀到：

麻雀山

帕斯捷爾納克

王嘎　譯

你被親吻的雙乳，彷彿在淨瓶下洗過。
夏日如泉水湧濺，卻不會綿延百年。
我們讓手風琴低鳴，卻不會踩踏節奏
夜夜起舞，任由音調與塵土飛揚。

我曾經聽說過老年。多可怕的預言！
揮手向星辰，已不再有細浪翻卷。
他們說著，你懷疑著。草地上沒有人影，

池水邊沒有心，松樹林裏也沒有神。

你呀，擾亂了我的魂！不如把今天喝乾。

這是世界的正午。何處是你的眼眸？

你看，思想深處，啄木鳥、烏雲和松果

暑熱和針葉，全都變成了蒼白的飛沫。

在這兒，城市電車抵達了盡頭，

前方有松樹值守，軌道不得延伸。

前方仍會有星期日。一條小徑

分開枝條，從草葉間一滑而過。

透過樹影，浮現出正午、漫步與聖靈節，

小樹林要讓人相信，世界向來如此：

就這樣被濃蔭顧念，被林間空地感染，

被我們承擔，彷彿雲朵滴落在印花布上。

1917 年

七、抄詩

　　瞌睡過後，我的生活被一首一首的詩充滿。我以罕見的精神投入到抄詩和寫詩，特別是抄詩，我幾乎抄了厚厚三十本。這些本子後來被沉入箱底，直到 1985 年，也唯有黃彥（時為西南師範大學的學生）借過我抄下的所有詩歌本子，他甚至發現我抄了許多的菲里浦‧拉金的英文詩。

　　就像一塊石頭擊向平靜的湖水，漣漪一圈一圈在擴大，那漣漪的中心是象徵主義，第一圈漣漪是超現實主義，第二圈是意象派，第三圈是自白派，第四圈是運動派，第五圈是垮掉派，第六圈……第七圈……一石激起千層浪，我開始讀著一個又一個的詩人：肉感的詩、抽象的詩、光明的詩、黑暗的詩、幸福的詩、疼痛的詩、閒談的詩、雄辯的詩、良心的詩、智慧的詩、裝怪的詩、赤裸的詩，甚至無意義的廢話詩。

　　「歌唱心靈與官能的狂熱」仍是我早期詩歌的第一聲部，它讓我獲得了一種前所未有的抒情體驗——「所謂抒情，指的是個人主體性的發現和解放的欲望。」（王德威的觀點，見季進：《抒情傳統與中國現代性》，《書城》2008 年第 6 期）

　　我們總是不斷地走出去，走向幽暗可怕的山谷，倒在草地上，臥在花叢

裏……我在閱讀著里爾克，1980年秋天的一個正午，在校園草地的中央，我曬著太陽吟詠「秋日」和一隻「豹」，想像著秋日餘輝下一座巴黎的暗淡公園的深處，那裡有一對閃爍著秋光的孤寂豹眼。里爾克是繼波德萊爾之後又一位走進我心靈的德語詩人，他曾在俄羅斯一個暮春的晚間傾聽過一匹白馬朝他奔來，這一形象被我牢記；他也是一個非常有趣的詩人，既想獨處，又想社交，既想安定，又想出走，既想被資助，又想資助人；富貴吸引他，苦難也吸引他；他只愛外人，不愛家人……里爾克——一個矛盾的人？一個有張力的人？我抄下他的詩，並繼續抄下波德萊爾、魏爾倫、蘭波的詩，也抄下北島、舒婷的詩……

《獻給愛琴海》——我的第一首「現代派」詩歌——嚴格地說是浪漫主義的，寫得既空洞又華而不實，那空轉的能指！可在當時我卻鄭重其事，不遺餘力。這首詩受到彭逸林的加倍鼓勵，一時信心大增，我開始不分晝夜地寫詩。一天，我碰巧在《詩刊》（以前從不讀《詩刊》）讀到北島的《回答》、《習慣》、《迷途》。《回答》帶給我「父親般」的震盪。那震盪也在廣州各高校引起反應。我看過楊小彥（他現在是中山大學傳播系教授）一個很漂亮的筆記本，上面抄錄了許多北島的詩歌，當然也有這首《回答》。

北島的《回答》一夜之間走紅全中國，「回答」的聲音此起彼伏，形成了浩瀚的心靈的風波。這對於今天的年輕人來說也許顯得不太真實或不可思議。這神秘的快速流傳或許應歸功於那個時代特有的「現代」傳播形式：走動——串聯——交流，尤其不能小看那個時代老式但快速的政治列車，它幾乎是以某種超現實的魔法把一張寫在紙上的詩旦夕之間傳遞到每一個想讀到的人手中。同時，這首詩也正好應和了那個時代每一個人內心的「我——不——相——信」的聲音。我彷彿也是在一夜之間，就頻頻從成都、重慶、廣州等許多朋友處聽說並讀到了北島的《回答》。

當時在廣州讀書的我與在成都讀書的朋友彭逸林互通了大量信件，郵差傳遞著書信，書信交流著生活，無序的青春在奔向一個有序的共同點——詩歌——它成為我們書信中至關重要的部分，一個重新集中的焦點。

1980年的一天我懷著相當新鮮的心情讀到彭逸林寄來的分析瓦雷里的《海濱墓園》的文章，它單純得令我羨慕。同時他告訴我他已開始寫「現代派」詩歌並與四川大學經濟系的學生游小蘇、四川大學經濟系學生郭健、四川省軍區政治部宣傳處的歐陽江河、溫江歌舞團的駱耕野、中國科學院成都分院的女詩人翟永明組成了一個詩社，駱耕野由於成功的「不滿」和年長被推為詩社社

長。

　　游小蘇是詩社公認的「首席小提琴手」，他以一本自己油印的《黑雪》詩集震動川大，又以一首抒情詩《金鐘》傳遍了成都的各個大學，甚至傳到了重慶、貴州、昆明、西藏，年輕的大學生們爭相傳唱其中一行「作我的妻子吧」；詩人當時並不知道他將為這美麗的抒情付出何種代價；如今代價早已兌現，大學畢業不久，他就成了一名交通局的機關幹部，負責牆報及共青團工作，從此再沒有寫詩了。為什麼會這樣？看來那「表層的」抒情或許非要某種內部的「邪惡」來支撐——比如波德萊爾、魏爾倫、甚至維庸——但游小蘇從一開始就與這個品質無緣。這也讓我想到 T.S.艾略特在論述波德萊爾時所說的一段話：「在某種悖繆的意義上，做惡總比什麼也不幹好，至少，我們存在著。認為人的光榮是他的拯救能力，這是對的，認為人的光榮是他的詛咒能力，這也是對的。」為此，我們才能真正理解休姆（T.E.Hulme）在談論波德萊爾時說過的一句至理名言：「人在本質上是壞的。」

　　很快，我又從彭逸林的來信中得知北京出現了一批「今天派」詩人，北島、芒克、江河、顧城、楊煉、舒婷，我從彭逸林激動的筆跡中新奇地打量這幾個名字，恍若真的看到了「太空來客」。一個老詩人卞之琳（彭逸林與他有過通信）的名字也出現了，他在新一代詩人中再度以他早年的四行「斷章」引起轟動。剛復刊不久的《世界文學》雜誌歡快地刊登出卞之琳譯的瓦雷里的幾首詩。在譯者附言中他提到梁宗岱教授是中國介紹瓦雷里詩歌的先行者。而梁宗岱就是我校的教授，就在我的身邊，後來我與梁宗岱教授有過較深的交往，他的高傲和天真給我留下極深的印象。

　　幾乎也就在那同時，我讀到了波德萊爾的詩歌。事情來得非常偶然。王輝耀，我的一個同學，他後來成為加拿大魁北克駐香港及大中華區商務經濟參贊，現在是中華人民共和國國務院參事，全球化智庫（CCG）創始人兼理事長，他彷彿是神派來的一個使者，他把一本徐遲主編，華中師範大學出版的雜誌《外國文學研究》遞到我的手中。就是這本雜誌在我決定性的年齡改變了我的命運，而我在此之前的閱讀隨之作廢。

　　我的目光停在程抱一翻譯的《涼臺》這首詩上。我屏住呼吸地讀著……就在那天晚上——1980年春天廣州北郊一個風景如畫的校園白夜——我決定寫詩。

　　我也繼續研究《涼臺》……我在艾略特（T.S.Eliot）的文章《波德萊爾》（Baudelaire）中，碰巧發現了他對《涼臺》的談論：

瓦雷里先生認為《涼臺》是波德萊爾最美的詩歌之一，我也這樣認為；這首詩充滿了浪漫主義的觀念，但也有點別的東西：對某種在人際關係中不能有而又只能通過人際關係獲得的東西的追求。事實上，在浪漫派的許多詩歌中，悲傷是由於利用了這一事實：人類的關係永遠不能滿足人類的願望；而且同樣，他們不相信除了這些人類不能滿足的願望外，人類還有更加深遠的目標值得追求。

通過《涼臺》，波德萊爾寫出了一首人類經驗中存在但卻無人表達過此種經驗的詩，因為真情與晦澀（直露與遮掩）的分寸在這首詩裏是那樣難以精確地把握，但他完美無缺地把握了。這對於他本人來說，也是一次突破。對於所有其他詩人同道來說，更是可遇不可求的嚮往。

一天我在教師閱覽室發現了一本菲里浦·拉金主編的《牛津二十世紀英詩選》，拉金引起我奇怪的注意，對於正迷醉於象徵主義、超現實主義的我來說，拉金的詩顯然是不適合我的，而我卻抄錄了他大量的詩歌。其中有一首《到來》深深觸動了我，此詩寫於 1950 年 2 月 25 日，後來收入他 1955 年由馬維爾出版社出版的個人詩集《較少受騙者》。這首詩的結尾幾行喚起我的同感，我過目不忘，至今仍記憶猶新：

> 而我，童年是
> 遺忘了的倦怠
> 我像一個孩子
> 來到大人們
> 和好如初的場所
> 我只聽懂了
> 那非同尋常的笑聲
> 於是也覺得高興。

還有他寫於 1974 年 6 月，後收入《高窗》詩集中的一首，「This Be the Verse」，第一節在平靜中讓我震驚：

> 父母，把你搞出來
> 他們並非想這麼做，他們只是要做。
> 他們把他們的缺點塞給了你
> 還添上另一些，恰好適合於你的。

拉金寫的詩都是一些平凡人的普通生活，這讓我好奇而入迷……很快，我

在韓東和于堅的寫作中也發現了這一特點，他們兩個也是寫平凡人生的高手，其中最聞名的當然是韓東的《有關大雁塔》和于堅的《羅家生》。與此同時，我也注意到韓東寫的另一首詩《向鞋子敬禮》。可惜這首詩——寫凡人的日常快樂——沒有被人發現。在《向鞋子敬禮》中，韓東極富感受性地寫出了他對一雙新鞋的真心喜悅：

> 抬起放下
> 穿上新鞋後我的小腿
> 直想動彈
> 不必說冬天我獨自一人
> 現在我真願意去路口站崗
> 讓人們向我的鞋子
> 敬禮

含蓄的拉金也以調侃之筆寫到他日常生活中尷尬而可愛的一瞬：

> 無帽可脫，我摘下
> 褲腿上的自行車夾子，不自然地表示敬重。

拉金說話的語氣和觀察事物的獨特角度與韓東很相似。正因如此，我在多年後撰文——《同寫平凡的「世界性因素」——韓東和拉金詩歌的比較》（《文藝研究》2007 年第 9 期）——討論這種相似性時，專門借用了陳思和的「世界性因素」一詞。我試圖指出這兩個未曾有任何影響關係的詩人之間是如何在主題、語言及情感方面平行呼應，並發出屬於自己的聲音的。

西爾維亞·普拉斯的疼痛之詩也對我有過短暫的影響，她那種狂熱的自傳式韻律，令人髮指的幻想和警句般的短語迎合了我當時激烈的心情或童年的「下午」心情。在她的影響下，也恍若在我白熱母親「下午」的影響下，我寫出了《世界是一棵樹》這樣的詩，我把它看作是我的「生活研究」文本——我1979 年的習作：

世界是一棵樹

> 是那扇窗戶打開
> 天空才暗了下來
> ——引子
>
> 世界是一棵樹
> 樹上弔死了黃昏

脖子的碎片紛紛撒落

一群人騷亂

一條蛇不動

一束陰影降下

一根脊樑彎曲

一個少年在畫中衰老

神經順著他的睫毛

跌進黑夢的燈籠

噪聲刺激、石頭襲擊

紫丁香和鐵板敲敲打打

襯衫領捲起了人生

一代又一代

夾手夾腳

哪來神曲

唯有棺材可恥、

棺材好多、

棺材像樹木升空！

　　我似是而非地喜歡過華萊士・史蒂文斯。這位在田納西州放置了一個有秩序的瓶子，並將抽象的音樂落在寂靜之上的詩人，這位被弗羅斯特誤稱為「小古董、小藝術品」的詩人，這位純粹以語言遊戲反抗 T・S・艾略特文學獨裁的詩人。我甚至還寫過一首模仿史蒂文斯的詩，幸好不可能有人看見，它早已灰飛煙滅。

　　我短暫地喜歡過狄蘭・托馬斯，這個自稱為「共產主義者」的仇恨富人的詩人，這個靠聲音讓成百上千美國大學生著魔的詩人，內容對他來說，「並不像人們通常所認為的那樣重要。」的確，「詩人是靠聲音、音響來工作的。」（布羅茨基語，見《布羅茨基談話錄》，作家出版社，2019，第 147 頁）這個超現實主義的「緊迫的狄蘭」（他早就預感他活不長），這個最後一位浪漫主義天才，這個頑童、魔術師、自我毀滅的極左派，他以絢爛的雄辯和暈眩的句法創造的音響效果大肆刺激我的神經。直到 1987 年這刺激才徹底結束。當時，我還翻譯過他二十多首詩。

　　我喜歡過銀塵中堅實如絲綢般閃光的 H・D。她寫著白銀般的小詩，真是

高雅如英國女小說家維吉尼亞·伍爾夫。一個隱秘的詩人。

我喜歡過「石砌馬道」上的寒山創造者，飲著山泉、獨坐幽篁的星相學家，加里·斯奈德。他硬朗、質樸的詩風，他詩中東方的樹、草、花、星、文詞和岩石令人快慰。

我喜歡過書寫「我青春期反父母」的羅伯特·洛威爾，一個將個人矛盾融入文化矛盾的知識分子詩人，既玄學又肉感，當然喜歡的時間也極為短暫。

我喜歡過沉醉在鄉野同情中的詹姆斯·賴特，他那些安靜的出人意外的短詩讓我涵詠。我感覺到他的詩會在中國走紅。但結果卻是加里·斯奈德比他更紅。

我也曾認真學習過「光明的對稱」詩人埃利蒂斯，後來我寫了一首《春天》，它有點像他，但我認為是一首失敗之作。

記得有一次吳少秋給我讀一首西班牙詩人阿萊桑德雷寫的詩《獻給一位死去的女孩》（此詩的中文譯文刊載於地下雜誌《今天》），他感歎其中一行詩：「腳在涼快的河岸洗滌。」多麼平常而準確的一個詞——涼快。而這個詞我怎麼以前竟然沒有發現？非得通過另一個人朗讀的聲音才發現了它的美感。

我抄錄布勒東的《娜嘉》，深受他「任何東西只要是奇異的就是美麗的」影響，他打開了我的感官，我接受了他開發潛意識的指令：用詩歌化學的地獄推翻資本主義的金錢天堂，用「飛行」完成我們畢生的「超現實主義之夢」。

而偉大的、太富傳奇的，鼓吹中世紀經濟學的二十世紀詩歌之王——龐德，他只作為一種詩歌精神（日日新精神）一直激勵著我。

我在寫詩的初期還短暫地、毫不費力地喜歡過何其芳、戴望舒，但可惜沒有喜歡過徐志摩，這是我後來特別引為遺憾的事，徐志摩是真正的大詩人，可惜懂他的人很少。

我對卞之琳的喜愛是持久的。「化歐化古」的卞之琳是一個態度嚴謹，經得起推敲的詩人，一個優雅的生活旁觀者，充滿現代中國詩人的智慧。

我無條件地喜歡廢名，他的所有文字，他的詩、他的小說。廢名需要真正意義上的被重新發現。廢名是不好說的，正如他在小說《橋》裏所說「雨是一件袈裟」——美但無理路，猶如禪宗，讓人迷惑。廢名的文本很難進行學術解剖。以上是我1993年的認識，後來我對他的看法有了一些變化。

八、表達

抄寫滾滾向前，《表達》即將在望。

　　1981 年 10 月一個晴朗得出奇的夜晚，我獨自游蕩在校園的林蔭道上，不知不覺走到一塊草坪的中央。突然一個詞跳出來了，「表達」。我前兩天讀一本英文書時碰見的那個詞，它正好是一首英文詩歌的標題；當時我對這個詞立刻產生了感應，久久地注視著這個孤零零的單詞，竟然忘了讀這首詩。此時，耳邊又響起了這個詞。是什麼東西再次觸發了它？一個聲音在田野深處顫慄著不可名狀的美之恐怖，那是「蛇纏住青蛙發出的聲音」；我還聽到不遠處水流的聲音，清越的風吹斷一截嫩枝的聲音；夜草間蟋蟀和昆蟲的低吟；聲音在集中、在指出，向耳畔、向氣氛傳達著意義。

　　我訓練了一年的感官熟練地打開了，彷彿門猛然打開沉入清新的風中，吸納著南方夜色中的萬物——一個影子、一朵花、一棵樹、一陣風、一段流水、一塊石頭、一個聲音……我不可救藥的勞動緊張地展開，追逐著、效忠著一首詩的第一行；神經在激動中由黑變紅，又由紅變白，渴望著墮入、恍惚、蘇醒或完成。

　　當我再次醒來，我已在一座石橋上坐著，水從橋下流過，一段樹木帶著它枝條的暗影浸在水中。南國秋天的溫度濕潤，詞語卻在難受中幸福地滾動，終於串串詞語與所有的聲音融洽匯合了。我首先聽見自己吐出順利的第一句：「我要表達一種情緒……」，接下來穿流不息的詞語按照我的自由意志被編織成一個環境、一個圖案、一個夢，舒緩沉鬱的激情在自如的韻律中達到最後一個延續的音符，「因為我們不想死去」。

　　僅僅三十分鐘，或最多一個小時，「白色的情緒」讓我陷入因首次成功而話別的悲傷（就像我必然作別我哭喊著初來人間的小身體並長大成人）；處女的高峰已矗立在我的面前，一首詩發生了，言說了，不屬於我了，但也被記住了。我的觸角獲得了寧靜。

　　剛剛過去的南國之夏：是露珠而不是淚珠；是雨後黃昏短暫的明亮；是清新的，感受強烈得來不及說出的呼吸；是一眨眼便又晴朗的黑夜，是森林邊緣的樹發出銀光；是某種古老氣味的沙沙聲……是 1981 年 10 月的這個夜晚！

表達

我要表達一種情緒

一種白色的情緒

這情緒不會說話

你也不能感到它的存在

但它存在
來自另一個星球
只為了今天這個夜晚
才來到這個陌生的世界

它是一個幽靈
拖著一條長長的影子
可就是找不到另一個可以交談的影子

你如果說它像一塊石頭
冰冷而沉默
我就告訴你它是一朵花
這花的氣味在夜空下潛行
只有當你死亡之時
才進入你意識的平原

音樂無法呈現這種情緒
舞蹈也不能抒發它的形體
你無法知道它的頭髮有多少
也不知道它為什麼要梳成這樣的髮式

你愛它，它不愛你
你的愛是從去年春天的傍晚開始的
為何不是今年冬日的黎明？

我要表達一種細胞運動的情緒
我要思考它們為什麼反叛自己
給自己帶來莫名的激動和怒氣

我知道這種情緒很難表達
比如夜，為什麼在這時降臨？
人與風為什麼在這時相愛？
你為什麼在這時死去？

我知道鮮血的流淌是無聲的
雖然悲壯、磅礴
也無法溶化這鋪滿鋼鐵的大地

水流動發出一種聲音

樹斷裂發出一種聲音

蛇纏住青蛙發出一種聲音

這聲音預示著什麼？

是準備傳達一種情緒呢？

還是表達一種內含的哲理？

還有那些哭聲

那些不可言喻的哭聲

中國的兒女在古城下哭泣過

基督忠實的兒女在耶路撒冷哭泣過

千千萬萬的人在廣島死去了

日本人曾哭泣過

那些殉難者，那些怯懦者也哭泣過

可這一切都很難被理解

一種白色的情緒

一種無法表達的情緒

就在今夜已經來到這個世界

在我們視覺之外

在我們中樞神經裏

靜靜地籠罩著整個宇宙

它不會死，也不會離開我們

在我們心裏延續著，延續著

不能平息，不能感知

因為我們不想死去

1981 年 10 月

　　而一年前的四月，我度過了最令人不安的一夜，並從此開始了學習寫詩。那一夜在學生宿舍的白熾燈光下，我以一朵枯萎的「惡之花」乾脆利落的地結束了我的茫然若失。我吟頌《涼臺》（它帶給我「母親般」的震盪），接下來一聲魏爾倫的歎息和一點瓦雷里的憔悴挽救了我的躁鬱，象徵主義巨大的記憶黃光把馬拉美和里爾克幽涼的側影輪流送上。我持續了一年多的寫作狂熱（我

寫作的學徒期僅僅一年）終於在瓦雷里式的「軟弱」中寫下了屬於自己的哀歌。它在夜空下發出神秘而悠長的呼喚，它要求世界甚至茫茫宇宙給予我一個位置，「表達」這時是一個詩人的核心。愛但更重要的是失去，表達即言說，無論多麼困難；即抒情，無論多麼迷離；即向前，無論多麼險峻；即返回，無論多麼古老。

我在「表達」的「熱戀」中不忍這「情緒」離去，意猶未竟的歡樂在尋找一個分享者。我抄寫一份寄給遠在成都、四川師院（今四川師範大學）中文系讀書的彭逸林，我同他從少年時代就結下文學的友誼，他理應成為《表達》歡樂的見證。他的回信令我興奮，他喜歡這首詩並建議我寄給北島。而我那時更執著於厮守和蟄存而不是發射，我忐忑不安的內省並未因「表達」而停止深入。

一首詩應該軟弱而美，像一個人或光陰，悄然觸動又悄然流逝……記得 2019 年 12 月的一天，21 號還是 22 號？在無錫還是張家港？在蘇州還是江陰？準確的時間和地點，我不是記得很清楚了，但楊鍵當面對我說的這句話被我銘記：「《表達》這首詩包含了你一生的命運。」他的這個判斷令我吃驚，也令我反覆沉思……「表達」被一種什麼樣的情緒所籠罩？它完成了怎樣的星際旅行？「這些詩句若要抵達接收者，就像一個星球在將自己的光投向另一個星球那樣，需要一個天文時間。」（曼德爾施塔姆《論交談者》，《時代的喧囂》，作家出版社，1998，第 48 頁）而《表達》也這樣，一直在等待一個被接收的天文時間……

寫出《表達》十二年後，一位德國漢學家告訴我這是一首她或德國人喜歡的詩。張棗最初通過這首詩認識了我，「它是有關言說和尋求自我位置的普遍真理之詩，它面對的是世界而不僅僅是中國」（參見張棗名文《朝向語言風景的危險旅行——中國當代詩歌的元詩結構和寫者姿態》）。張棗這種對《表達》的闡釋讓我想到納博科夫在《說吧，記憶》中對詩歌及其言說的闡釋：「所有的詩都具有位置感（定位性）的：從意識擁抱宇宙的角度而言，企圖表達一個人的位置（定位）是一種古老的衝動。」表達正是我年輕身體內部的古老衝動。

《表達》甚至還去了遙遠的非洲，在肯尼亞內羅畢一所大學的夏日晚會上，一個黑人在我的朋友李冰的引導下用英語朗誦了這首詩。我後來甚至看到了一個奇特的日語書寫的《表達》版本，在日本它被譯成《表現》，日本人會怎樣想呢？當他們讀到：「千千萬萬的人在廣島死去了，日本人曾哭泣過」。在荷蘭，鹿特丹第二十一屆國際詩歌節，柯雷（Maghiel Van Crevel）——一位荷

蘭漢學家——將我《表達》的白日夢譯成了荷蘭文。接著我還讀到了英文和法文的《表達》，在美麗的法文中，《表達》將發出怎樣動聽的樂音？變幻多端的語言把我的《表達》編織在各個語言的表達中，在異域它鄉的風景和氣息裏流動；在十月的晚上，或八月銀白的夜空下，《表達》有著它自身的更多的快樂，它早已同我告別；我二十五歲由來已久的激情經過它圓滿的出口傾瀉而去，它白色的翅膀已經飛遠。

九、去見梁宗岱

1981 年 5 月一個氣溫適宜的夜晚，我揣著我早期的一首象徵派習作《夜》（其中寫到一隻貓，謝天謝地那貓終於消失了）以及我對波德萊爾詩歌一鱗半爪的知識去見一位老人——詩人梁宗岱。他是我校（廣州外語學院）法語系教授，我是英語系三年級學生。我對他——這位我即將拜謁的導師——幾乎一無所知，但一種想見到他的衝動在催迫我立即做出行動。

為什麼要去見他？雖然年輕人無一例外都想尋找導師，至今想來仍是一件神秘的事情，首先是卞之琳在《世界文學》上簡短地提到他的名字，然後是「梁宗岱」這三個字讓我本能地產生了一種預兆般的親近。或許正在發狂寫詩的我需要去親近一個偉大而隱逸的導師，或許我搖晃不定的詩篇正急切地想得到一箇舊時代的老人的首肯，或許我命運中早已安排好了這一必然的相遇……

大約是前三個月的一個中午，我和幾個同學下課回宿舍，在一條必經的林蔭道上看見一位高大結實的老人正在和兩位外國人交談。他站得筆直，拄著拐杖，神態從容，只穿一件汗衫和一條短褲，這一點令我非常吃驚。廣州的二月雖已不寒冷，但他這夏天的裝束足以令我們這些還穿著毛衣的年輕人自覺慚愧了。我身邊的一個同學悄悄對我說：「他是法文系梁宗岱教授，廣州外語學院的名人。」

而這個夜晚我就要去拜見這位我心中神秘莫測的名人了。從少年時代起我就一直崇敬奇異的老年人，而且也親自深入接觸過好幾個不同凡響的老人（因這裡只說梁宗岱，就不枝蔓了），這是我天生特有的稟性，這稟性——從左出發、兼收並蓄，也接納右邊——並非教育的結果。

我讀小學時就在鮮宅沐浴過舊時代的晚霞，讀初中時又在山洞、林園聆聽到舊時代的殘餘正在一天天消逝的輓歌。這一幕幕舊時的圖畫像一個迷朦的

古都或一個「同此涼熱」的導師正在慢慢地模糊或破碎。但也正是從那時起，我就有了一種難以描繪的感覺——新舊時代的血液將畢生在我的體內循環。這也是為什麼我的詩歌在走向最極端的時刻仍保持著對歌唱的古典抒情傳統，並形成我後來帶有總結性的詩觀，「一首好詩應該只有百分之三十的獨創性，百分之七十的傳統。」（或許這是一句反語，誰知道呢）

而這些古老、縹緲的感覺總是讓我想到那些能夠體現屬於那個時代精神特徵的老人。他們和我們不一樣：不同的信仰，不同的生活，不同的興味，不同的禮儀。這些不同對我一直是一個著魔的謎，也是為什麼我總是不自覺地情願熱愛這些老人的原因。

我已來到梁宗岱教授的住所，一幢深深映掩在竹林和花草中的小樓。昏暗的路燈照耀著這小樓古舊的輪廓，幾株大樹在初夏的晚風中微微向我點頭。我的大腦因緊張而處於一片興奮的空白。終於在良久地徘徊和踟躕之後，我輕輕推開了竹籬，循著一個太小的花園，步上臺階。略略鎮靜了幾秒鐘，我鼓起勇氣叩門。

教授夫人開了門，讓我進去。

我又看見了梁宗岱教授。他恰好面朝我，坐在一張圓桌旁。整個房間四壁全是書，書架很高，從地面直到天花板，全是些上世紀末，本世紀初出版的各種外文版圖書，這些昔日的書籍在昏黃的燈光下散發出穩重而陳舊的光輝。家具很少，只有幾個老式的靠背軟椅，一切都顯得簡潔。唯有一個似乎從未打開過的 12 寸黑白電視機顯得有一點滑稽的突兀和不協的時髦（後來我才知道這電視機是別人送的），但老人從來不看這個東西，只把它隨意安放在一個書架的角落，像一小塊廢棄的黑鐵或一個無甚用處的塑料殼。

他注視著我，微笑著點了點頭，示意我坐下。這一次我看清楚了他的臉，一張老邁、紅潤、智慧的臉，前額飽滿，鼻翼寬闊，自信的力量刻出他嘴唇的直線，他的眼睛不大但有一種凌厲、警覺的閃光；整個面部表情流露出熱烈的霸氣，但他微笑的時候，神情就徹底改觀了，顯得仁慈、安詳。

我迫不急待地要把一切告訴他：「梁教授，我是英文系三年級的學生，喜歡寫詩，前不久，讀到卞之琳譯的瓦雷里的詩，從卞之琳的譯介短文裏，才知道你是中國最早翻譯法國象徵主義的詩人……」

老人靜靜地聽著，目光凝視著對面的一壁書架，輕聲說道（聲音有些沙啞）：「卞之琳是我的學生，他譯的瓦雷里的幾首詩還放在我這裡，讓我修改，

他譯得不好。」

我心裏一怔，趕緊把話岔開：「我非常喜歡波德萊爾的詩……」說著說著就開始用中文背誦波德萊爾的《煩憂》，並說：「我喜歡他的『惡』之美。」

老人愉快地笑著說：「不是『惡』之美，是美本身。」

老人的夫人這時插話道：「梁教授年輕時就是南國詩人，廣東才子。」

「少蘇，你給他看一看我們的藥。」老人打住了她的話頭，換了一個話題。

「藥……」我不明白到底是怎麼一回事。

老人的夫人甘少蘇已拿出一疊信給我看，全是些被他們治好的病人的感激信。我還看到了一些病人生病前和治癒後的照片。老人的夫人介紹了老人發明的一種神奇的萬能藥——綠素酊，並說這些病人都是服用了綠素酊後才痊癒的。綠素酊可以治療癌症、肝病、氣管炎及幾乎所有疾病，這種藥是用中草藥煉製而成的，沒有任何副作用。

「我們還在自家的後院建了一個簡易的煉藥房。只要病人求醫，一概免費贈藥，由於求藥的人多，藥的需要量很大，每月得製三次藥，梁教授還經常親自上山採藥，我們簡直累極了，為製藥救人，我們耗盡了所有精力和財力。」接著她還講了那神藥的一些逸事。「1979 年 10 月下旬，胡喬木來廣州，託人來我們家取藥，胡喬木服了藥後又託人送來了回信，想介紹我們為經濟學家孫冶方和許立群治病。他還向當時的廣東省委書記習仲勳、楊尚昆談了我們的製藥情況，兩位書記曾表示給予支持。」

老人的夫人越說越開了：「梁教授曾於 1951 年在廣西百色被關進監獄兩年多，差一點被公審並判死刑，原因是在一次宴會上喝酒比賽得罪了一位領導。胡喬木（當時任國家新聞總署署長）得知情況後立即從北京發了電報給百色地委，要求把梁宗岱交中央處理，最後才得以無罪釋放，出獄時省公安廳廳長當面鄭重向梁教授道歉。胡喬木是梁宗岱的救命恩人。1979 年那次來廣州時，還親自對梁教授說：『你的著作不會過時，經得住時間的考驗，把你的書全部出版，你看如何？就交給北京人民文學出版社，讓他們全部出版吧。』」

老人中途打斷了夫人的話，問我是哪里人，父母幹什麼的。我告訴他，我是重慶人，出生在北碚，父母在重慶郵電局工作。

「重慶北碚。」老人興奮了一下，「我抗戰時曾在那裡住過，當時我教書的學校復旦大學就在北碚。」他的目光已流露出對往昔的片刻回憶，我也彷彿和他一道憶起了嘉陵江流經北碚時最秀麗、最孤單的那一段江水。

　　突然，東西掉在地上發出的聲音讓我吃了一驚。一看，我剛買的兩包廉價「豐收」牌香煙從我短褲口袋裏滑落地上。我迅速彎身拾起，重新塞進口袋。

　　老人這時緩緩站起來，邀請我上樓去他的臥室兼書房。好像一切都沒有發生，他也沒有在乎我的「豐收」牌香煙。我的心也平靜了下來。

　　我跟著老人慢慢走上昏暗的樓梯，來到二樓潔淨樸素的臥室兼書房，仍然到處都是書，昔日的外文書和一冊冊中國古典線裝書，堆滿了兩壁牆，可就是沒有一本新書。一個書桌，兩把椅子，一張床，一個衣帽架，簡單之至。我和老人一起坐到他工作的書桌旁，檯燈照映著老人的一大半側影，那濃重的側影在明暗不定的書籍前靜靜地閃爍。

　　這時我拿出我的習作給老人看，老人專注地看著，沒有什麼異樣的表情，最後還給我時只輕聲說道：「這詩有特色。」接著老人從抽屜裏取出一份厚厚的文章複印件，題目正是他寫的《試論直覺與表現》。我冒昧地衝口而出：「能否讓我帶回去看一看？」老人猶豫著，一下變得有點孩子式的局促，這文章似乎立刻就要不翼而飛。我向他保證明天上午十點以前一定奉還，他才慢慢地交到了我的手上。又靜靜地坐了一會兒，我起身告辭了。臨別前，他送給我兩瓶綠素酊，一份他自己寫的藥品介紹文章，一份他自己寫的個人傳記的打印件。

　　從此，我開始瞭解老人的情況。我讀到了許多老人不為人知的事：

　　他 1903 年出生於廣東新會，他的父親梁星坡與梁啟超同年，又是同鄉，由於家境貧寒，立志從商，失去了成為梁啟超同窗學友的機會。這是老人一直深為遺憾的一件事。

　　老人初中就讀於廣州培正中學，從那時起就廣泛閱讀中外文學名著。十五歲時讀美國詩人朗費羅譯的但丁《神曲》，閱讀中表現的狂熱令英文女教師大覺吃驚。十六歲時就獲得「南國詩人」的稱譽。而且他還在當時讀書的培正中學《培正學報》第 4 期上發表了一篇頗有意思的文章，此文用文言寫成，最有意思的是文章題目，我從未見過這麼長的題目：《字義隨世風為轉移今所謂智古所謂譎今所謂愚古所謂忠試述社會人心之變態並籌補救之方論》。同期還發了他另一篇文言寫的文章《左氏浮誇辨》。（參見劉志俠、盧嵐著：《青年梁宗岱》，華東師範大學出版社，2014，第 63 頁）

　　十八歲時與後來成為日本著名詩人的草野心平在廣州嶺南大學，學生宿舍頂樓，面對珠江共同閱讀羅曼·羅蘭的小說《約翰·克利斯朵夫》，當讀到「去死罷，你們應該去死！一個人並非為快樂而活著。他活著是為了完成我的

律法。受苦，死。但做應該做的──一個人。」這時，他們不約而同地因悲愴而痛哭起來，彷彿聽到了上帝的聲音。羅曼‧羅蘭這部書對他影響很大，「做一個人，一個頂天立地無依傍的人，一個要由畢生超人的奮鬥和努力去征服他苦痛，完成他工作的人。」這成了老人終身的座右銘。

有關羅曼‧羅蘭和他的這本書，我在此多說幾句：《約翰‧克利斯朵夫》不僅只在中國風靡過好幾次，它在歐洲、美洲也很風行。連博爾赫斯都說過：「我記得在 1917 年還有人說：約翰‧克利斯朵夫是新一代的口令。」（博爾赫斯：《羅曼‧羅蘭》，見《博爾赫斯全集》散文卷下，浙江文藝出版社，1999，第 335 頁）。豈止 1917 年！如上所示，1921 年，梁宗岱十八歲時就曾在廣州嶺南的一個下午被約翰‧克利斯朵夫深深震撼，震撼之具體情節還可參看梁宗岱本人寫的抒情文章《憶羅曼‧羅蘭》（梁宗岱著《詩與真‧詩與真二集》，外國文學出版社，1984，第 208～210 頁）。在 1970 年代至 1980 年代的中國，約翰‧克利斯朵夫精神仍繼續生猛古怪地刺激著那時中國青年的神經。記得當時（1978 年）成都有個自學成才者叫許金生，他就以研究《約翰‧克利斯朵夫》而一朝成名，被人推崇。同時我注意到了一個特點：從 1921 年梁宗岱所受的刺激到我身處的 1970～1980 年，中國的文學青年幾乎都以大段背誦《約翰‧克利斯朵夫》的相關內容和文字為光榮，並以此作為同道之間見面接頭的暗號。

老人於 1921 年應鄭振鐸和茅盾邀請加入文學研究會，成為文研會在廣州的第一個會員。1924 年去法國巴黎留學，結識了法國著名象徵主義詩人瓦雷里並成為摯友。1927 年瓦雷里陪他在巴黎綠林苑一邊散步，一邊講解自己的著名長詩《水仙辭》。1930 年，老人譯出此詩由上海中華書局出版，以單行本問世，瓦雷里第一次被介紹到中國。1929 年與羅曼‧羅蘭相識，互贈書籍和照片。1930 年法譯《陶潛詩選》由巴黎 Lemanyer 出版社出版，此書由瓦雷里作序。老人在 1936 年寫的一篇《憶羅曼‧羅蘭》的文章中說道：「影響我最深澈最完全的卻是兩個無論在思想或藝術上都幾乎等於兩極的作家：一個是保羅‧瓦雷里，一個是羅曼‧羅蘭。」

老人曾被吳宓稱為「中國的拜倫」，他自己卻說：「我只有壞脾氣這一點像他。」老人從小就脾氣火爆，最愛打抱不平。一生打架的次數加起來至少也有幾十次。在歐洲留學時，一次在一個華人餐館吃飯，一個德國人罵中國人是懦夫，老人一聽便按捺不住，衝上去便打。文革時被紅衛兵毆打，一次他怒火上

來，飛起一腳將一個紅衛兵踢出一丈多遠。

　　1931 年老人擔任北京大學法文系主任兼教授，同兼清華大學講師，年僅二十八歲。他當時周圍聚集一大幫學生，其中有後來成名的卞之琳、羅大岡。我想像著老人當時春風得意、才氣縱橫的形象。

　　1934 年由於離婚及與北大的胡適發生齟齬，老人離開北大去天津南開大學。柳亞子的兒子柳無忌在南開英文系任教，他後來回憶說：「宗岱自視甚高，傲骨崢嶸。好在我和羅皚嵐都謙虛禮讓，因此相處甚安。」有關老人的高傲可以說是眾所周知，不僅年輕時如此，直到老年也沒變。他最愛說的一句話是：「老子天下第一」。文革時批判他的文章就記錄了梁宗岱的七十多條「老子天下第一」，譬如喝酒第一，體育第一，種菜第一，養豬第一，氣力第一，製藥第一，當然還有文章第一，翻譯第一……

　　1944 年蔣介石前後三次派人持他親筆信來召見老人，都被老人婉言拒絕。第四次由蔣介石親信，老人留歐時的同學徐道麟親自坐蔣介石的專車到北碚復旦大學接他去見蔣介石。這一次，老人藉故請老同學吃午飯，說飯後隨去。結果，老人有意在餐桌上不斷飲酒並佯裝醉態，說今天不能去見蔣總裁了，改天再去吧。這一年冬天，老人為擺脫政治的糾纏（因老人另一個留歐同學，梁寒操，當時的國民黨宣部部長，一定堅持要請老人出來做官），辭去了教職，回到廣西百色，過起他初步的陶潛式的隱居生活。直到二十世紀五十年代初，他才結束了百色的隱居生活，回到廣州中山大學，過起另一種隱居生活。他生活中最富詩意最輝煌的傳奇從此開始，他迷上了製藥。

　　老人有運動員一樣的身體。一年四季只穿單衣，冬天連毛衣也很少穿，他把這一點歸功於他自製的萬能藥酒，他每天至少喝三斤以上這種濃度不低的藥酒，一杯一杯當茶喝。說到老人的喝酒，我後來在楊憲益寫的一本書中還讀到一件趣事：

　　　　1941 年，「在北碚的那段時光很美好，我絲毫不覺得困苦。」（楊憲益：《從離騷開始，翻譯整個中國：楊憲益對話集》，人民日報出版社，第 112 頁）也是在北碚，有一天晚上，楊憲益誤倒了一碗「酒」（實際上卻是一碗煤油）給梁宗岱喝，梁宗岱一邊讚賞這酒有一種特殊的味道，一邊將這一碗煤油喝盡而全不察覺。（同上，第 128～129 頁）

二十世紀三十年代北大溫源寧教授在一篇描寫他的小品文裏，說他行路

像汽車一般飛跑。有一次學校開會，會議前他臨時到幾十里外的一個村子去了，大家以為他無論如何也不可能趕上開會。結果他不但在會前按時趕到，還背回一頭奶羊，村上農民賣給他的。他的迅速和臂力立刻成了奇談。而他認為這太尋常了。是的，這很不尋常，我們看到的是一個真正「文明其精神，野蠻其體魄」的斗酒詩百篇的詩人形象。

他所譯的《莎士比亞十四行詩》，歌德的《浮士德》、《蒙田試筆》、里爾克的《羅丹論》，羅曼‧羅蘭的《歌德與貝多芬》、《貝多芬：他的偉大的創造時期》，《梁宗岱譯詩集》，以及法國象徵主義詩選，全都是中國翻譯界難得的精品。

1984 年，他寫的《詩與真‧詩與真二集》由外國文學出版社出版了（對於他來說，僅僅一本很薄的書就夠了）。這本書終於讓我們透過時間的迷霧發現了這位二十世紀中國文壇的大隱士。世界被創造了出來，實質上就是為了達到這樣的一本美的書的境界（馬拉美的一個觀點）。但我們知道他的時候太晚了，他影響我們的時間也太晚了。不難想像，如果我們提前十年讀到這本書（這本書在 1949 年前曾出版過），我們將變成怎樣的人呢？這本書對於中學時代迷惘的我無疑將起到決定性的作用，而那時我在哪裏去找這本薄薄的書呢？時至今日，我才滿懷欣慰地看到這本書已成了青年學子們的美的「聖經」，詩歌的「新啟蒙」教程，我心靈的春、夏、秋、冬。

那一夜，我敢說我先於所有中國青年詩人走進了梁宗岱的心，一顆單純、素樸而又驕傲的心。這是我的幸福！我的注定！是誰安排了我與他做這最後的通靈，那一閃即逝的我們唯一的通靈……「在交流中，在老師存在的此地，學生明顯地、無聲息地成熟了。他的成熟是被動的，因為他獲取了老師在場時照射的精神光芒；他的成熟也是主動的，因為他感覺到了在這光芒照射下的不安。」（埃里克‧馬爾蒂著：《羅蘭‧巴特：寫作的職業》，上海人民出版社，2011，第 19 頁）

正是在這種馬爾蒂似的「不安」之中，那一夜，我回到宿舍獨自一人狂熱地捧讀老人寫的這篇文章的《試論直覺與表現》。我不是在讀，也不是被吸引，而是顫慄和震驚！我從未看到過如此動人心魄的文字，幾乎不是文字，是一連串色澤不一的珍珠，在夜裏（或白天）發出神奇的光芒，這是我生平頭一次目睹了文字那可怕的美，文字的真魔力！我同樣驚訝於我現在竟然一點也記不起這些文字了，它在我的腦海裏只留下一頁頁熠熠生輝的幻美。唯一記住的

是，他在文章中回憶了他為什麼寫詩的原因，「那是一個秋天的下午，我六歲，母親在那天去世了。送葬回來那天，我痛不欲生，只想尋死……我第一次朦朧地體會到強烈的詩歌激情，那是唯一可以抗拒死亡的神聖的東西……。」

萬籟俱寂，我聽見了我的心在跳動，我聽見了老人一滴六歲的血滴進了我迎接著的二十五歲的心。就在那一夜，我第一句詩觀得以形成：「人生來就抱有一個單純的抗拒死亡的願望，也許正因為這種強烈的願望才誕生了詩歌。」

越認識他越覺得他神秘，他對於我們是一個難以企及的「深淵」。他前半生恃才傲物，名滿文壇，以講堂為生輝之地；後半生拂袖而去，一心煉丹製藥，借醫術為入世之媒。他廣施綠素酊，濟接苦難眾生，而不像李叔同出家住進名剎，一心獨善其身。他飲酒採藥，歸於山林，他的身心具有中國古代文人的精華，他是二十世紀中國文人中唯一的一個陶淵明式的隱士。但他又不完全是這樣消極，他又像浮士德不停地渴求著、改變著、嘗試著、發現著生活的真諦，絕不會只在一地流連。他就是這樣一個混合體：陶淵明寧靜致遠的精神和浮士德勇往直前的精神交相渾融在他的身上。

他作為一個完全孤獨的詩人可以說是中國文壇的異數——文詞中的詩人、草藥中的詩人、飲酒中的詩人、運動及體魄中的詩人、甚至得罪人的詩人，我們詩人中的詩人。

他的氣質，他的詩文，他的霸氣代表了一個已經作古的時代的最美好的品質。這品質哪怕只能在我眼裏、在 1981 年 5 月的夜晚存留短暫的一刻，卻足以代表一個消逝的美麗的中國。他那完全昨日的精神和教養一半是神性的、一半是古代詩人的，就連他隱士般的聲響，他不為人知的名字和潛在的持久的聲望，這一切都具有與我們今天的時尚完全不同的東西——高貴、聖潔、清白無辜、行俠仗義，同時又非常可敬。「梁宗岱」三個字，看上去和寫下來都有一種逼人的魅力和音響。

今天，我才明白一個詩人成就的意義。它不是我們時下的流行效果和出版高紀錄。一些所謂的名人被遺忘了，隱士顯身了。就像這位老人，他從不隨波逐流，不管轟動或者沈寂，他給我們悄悄留下「永恆精神」這樣的東西。

對於文學史，他不屑一顧，依然我行我素，從容不迫，甚至棄文從藥，就像蘭波棄詩從商，而他的同時代人徐志摩、聞一多在文學史中遠遠比他被編寫得更恢宏、更洋洋灑灑。是的，文學史可以不提到他，或者只提到他一個名字，或者寫一點點潦草而不妥當的兩三行文字。但這也不要緊，他的形象，他一生

作為一個人的形象，僅僅這形象本身就夠了。這形象照耀著我，照耀著我們，我們會源源不盡地吸納他——「一個先輩聖徒」的——偉大而平凡的基因，接著，我們又會點燃或照亮更新的正在成長的年輕詩人的心靈。

就在同年（1981 年）10 月我寫出了《表達》，可惜我再沒有去給老人看，為此我一直深懷遺憾之情。我帶著這遺憾離開了廣州，直到他 1983 年 11 月 6 日，晨，8 點 40 分，去世，直到現在。

真是沒有想到，在他去世三十四年後，2017 年 2 月，我在新加坡南洋理工大學校園內寫了一首詩《人各一生》，此詩追憶的第一個詩人就是梁宗岱，接下來是吳宓，最後是張棗。把這三個人逐一安排在一起，真是太美了，既神秘又貼切：

人各一生

我該對你說一些什麼呢？
梁宗岱，來自東方的青年，
「看我多麼會變，起風了！……
只有試著活下去一條路！」

1959 年 12 月 20 日星期天，
吳宓淚落如繩，為什麼？
那泰瑤臉厚，每天來吳宓
室內偷或者討一個饅頭。

一個預言，再回到西師，
那時你總樂於在深夜炫耀
「相信我，最多兩小時」——
戀愛結束，如過完節日。

今天，你二十歲經歷的風景，
他七十歲才來幫你憶起……
那時你只要集中一次力氣
就能過上一勞永逸的生活

十、我的早期詩觀

語言，回到音樂中去吧
——曼德爾施塔姆

　　1981 年初夏的一個晚上，在廣州文化宮一幢典型的社會主義式大樓三樓一間會議室，廣東青年們正熱烈地談論著他們年輕的命運女神——文藝。

　　我坐在一群人中間，心不在焉地聽著。在這個聚會上，我認識了中山大學中文系學生吳少秋，他當時已寫出了一首頗有吸引力的詩《十三行詩》，詩的題目就很奇特。

　　一個初秋的周末，我去了他的學校，那一天我們談到了惠特曼，一個如此興高采烈而又緊張放縱的詩人，他站在一個隨便的地方唱了起來，一唱就不可收拾。他是一個天生勝任雄偉的詩人，一個熱愛光明、新鮮活力和自由的詩人；他腳踩大地嚮往海洋和天空，歌唱勞動者、伐木者、打獵者、航海者，當然也歌唱同志；整個美洲在他帶電的肉體下顫動著、歡呼著、瘋狂著，他熱熱鬧鬧地就建構了美洲的風景和文明。惠特曼在中國有眾多的熱愛者，喜歡他的人幾乎不分階級。

　　我們也談到了聶魯達，一個給人帶來歡樂的超現實主義詩人，他的歌聲無所不包，隨心所欲得令人驚歎，他能輕易地把一枚香蕉或一個麵包變成「鑽石」。他的才華無法容納他，他必一吐為快。在中國，他同樣幾乎人見人愛。

　　我們就這樣在中山大學的花園、林蔭道、運動場來回不停地走著、談著（又是散步！）……他談到了一些神秘的話題，我的心弦為之一顫——那是最能觸動我的天然的一點。他的聲音在我的四周形成一道神秘的氣氛，我明顯感到這氣氛的環繞。他談到契訶夫那暗淡的帶閣樓的小房子；談到「巴黎」的蒲寧獨自一人在一個幽暗的公寓哭泣；談到他知青時代的一個夜晚，他怎樣虛幻地走過一座神秘莫測的鄉村石橋；談到汕頭，他家鄉黃昏時分的大海、島嶼、濤聲和一顆金星，一個少年在夜幕降臨的海邊徘徊、沉思或駐立。他在 1981 年寫出了這些詩句：「月亮從半夜躍起，流下驚愕的山坡……大群雪鷗日夜飛渡，在暴風雨面前交換著語言，遠方的女孩在低聲朗誦……風吹不動的睫毛，我刻骨銘心地愛上這一切……」。

　　在深夜接近零點時分，他對我朗誦了一個以法語寫作而出名的美國作家於連·格林（Julien Green，1900～1998）的短篇小說《克里斯蒂娜》，這篇小說以華滋華斯的四行詩作為一個宿命的開頭：

　　　　當我初見她閃光的倩影，

　　　　她婉若一個歡悅的幻象，

　　　　一個可愛的縹緲的精靈，

被遣來裝點這瞬間時光。

一個發生在夏天的，奇妙如「蝴蝶夢」般的，孤寂得可怕的故事；一個與黑夜走廊有關的，十三歲少年和少女的故事；我享受了故事中少男少女成長的神秘與瘋狂。

我不禁再次翻開書，默讀了《克里斯蒂娜》中如下這一小節（又是走廊！）：

……我的心開始猛烈地跳起來。這走廊很長，要拐好幾個彎，而且昏黑一片。一句聖經箴言裝飾著走廊的入口，映入我的眼簾：「我將走在幽靈的山谷中，不怕一切邪惡」。

那少年上樓、走過幽長的樓道、將一個黑暗中閃亮的金戒指從門底下塞進去了；我的頭髮直立起來，彷彿感到一個幽靈在我身後輕輕吐氣或歎息……

故事結束了，我好像親身經歷了一個我成年後住過的幽暗寓所，又返回到我童年時被緊閉在家的神秘下午，從這個下午我聞到了克利斯蒂娜撲面而來的氣味……我終於明白了「氣氛」、「詩意的氣氛」；「神秘」、「詩意的神秘」。朗讀者深夜的「聲音」就是這氣氛和神秘的傳達者。而我總是善於傾聽的，我甚至常常會從街頭巷尾任何一個陌生人的說話聲中，採摘到為我所用的故事或韻律學。這樣的例子太多了，在此我只舉一例。

一次我和畫家何工談話，何工談起了他的家庭，說起他的母親對待兒子們的態度，其中有一句話被我無意中記下了：「媽媽說兒子們滾遠點」。後來，這句話非常自然地出現在我寫的一首詩《看風景如何展覽》的結尾：

孔子瞧不起婦女
林彪瞧不起婦女
批林批孔的人們
難道瞧得起婦女
毛主席說婦女能
頂半邊天，媽媽
說兒子們滾遠點
——柏樺《看風景如何展覽》

同年十月，我寫出《表達》。吳少秋對這首詩提出兩處精確的修正意見：「樹枝斷裂發出一種聲音」，如果將「樹枝」的「枝」字取掉會更好聽一些。去掉這個「枝」後，這一行可以與前後二行的音節統一起來。前一行是「水流動發出一種聲音」，後一行是「蛇纏住青蛙發出一種聲音」，水、樹、蛇，每行

開始一字一頓，顯得和諧整齊。另外，最後一行，「因為我們都將死去」如果改為「因為我們不想死去」，整首詩的意思就會多出一個轉折，更有回味。

這首詩——《表達》——我真正意義上的第一首詩——就這樣完成了它現在這個樣子和廣泛流傳的命運。

《表達》之後，又經過了三年的閱讀和寫作，我早期詩觀的雛形出現了。從波德萊爾的「我歌唱心靈與官能的狂熱」到梁宗岱的「以詩歌抗拒死亡」再到吳少秋的「神秘和氣氛」，1984 年 3 月，我正式寫下《我的詩觀》：

一

人生來就抱有一個單純的抗拒死亡的願望，也許正因為這種強烈的願望才誕生了詩歌。

詩的價值在於它是一種高尚的無法替換的奢侈品，它滋補了那些患有高級神經病的美麗的靈魂。

就一般而言，我有些懷疑真正的男性是否真正讀得懂詩歌，但我從不懷疑女性或帶有女性氣質的男性（按：男詩人多有女性氣質，這一點是眾所周知的；布羅茨基就說過這樣的話：「我甚至比茨維塔耶娃更像一個女性」）。她們寂寞、懶散、體弱和敏感的氣質使得她們天生不自覺地沉緬於詩的旋律。

二

詩和生命的節律一樣在呼吸裏自然形成（按：呼吸是一首詩的重點，無獨有偶，它也是曼德爾施塔姆詩歌的核心）。一當它形成某種氛圍，文字就變得模糊並溶入某種氣息或聲音。此時，詩歌企圖去作一次僥倖的超越，並藉此接近自然的純粹，但連最偉大的詩歌也很難抵達這種純粹，所以它帶給我們的歡樂是有限的、遺憾的。從這個意義上說詩是不能寫的，只是我們在不得已的情況下動用了這種形式。

三

我始終認為我們應當把注意力和興趣從詩歌轉移到詩人，因為我確信世界上最神秘的現象莫過於詩人這種現象。真正的詩人一定具有某種特殊的觸鬚，並以此來感知世界。詩人從事的事業對於他自己來說彷彿是徒勞而無意義的事業，但它是無限的想像的事業。

李白撈月的傳說，波德萊爾的人造天堂都證明了這一點。

由此可見，詩人是無所事事的奇怪的天才，然而是不朽的天才。

這是一個典型的象徵主義詩觀，也是一個我早期在象徵主義詩人那裡痛飲了金津玉液後的必然結果。象徵主義，它成了我早期詩歌的土壤、水、空氣和靈魂。

詩觀的第一部分是對波德萊爾和魏爾倫的熱烈呼應。他們彷彿從一座古老、幽深的密林向年輕的我發出神秘的暗語，那如音樂般的暗語充滿了即將來臨的詩之預言和恐怖。那是波德萊爾「我的靈魂在芬芳中飄蕩，猶如他的靈魂漂在音樂上」的調子。那調子難於捉摸又轉瞬——「啊，正直、微妙、全能的鴉片！」我心中「巴黎的憂鬱」的波德萊爾，那屬於一個詩人的象徵的森林的波德萊爾，他在對我述說著一種女性的疲倦、熱忱和悔意。同樣那也是魏爾倫沉痛、溫婉、蟬翼一般更女性的調子，那是最輕微的音浪、最纖細的巴黎細雨中幽咽的小提琴的調子。音樂，更輕的音樂，風景，更輕的風景；邂逅，更輕的邂逅；懺悔，更輕的懺悔。我們詩人中最女性的單純的小提琴家——魏爾倫，他就要「抓住雄辯、絞斷它的脖子」了。

至於說到詩歌的女性氣質，那是因為詩人的工作性質所決定的，詩人的工作更多的是感受和體會，而不是概念和推理。究其實，連惠特曼的雌雄莫辨和金斯堡的神經質都是女性的。為此，在西方，人們才私下稱寫詩人為 sissy，這個詞專門用來指女人氣的愛寫詩的男人。後來我在庫切的《夏日》（浙江文藝出版社，2013，第142頁）也讀到類似更刻意的話：「在南非，詩歌是不屬於男人的，只能侷限於孩子和老處女。」

詩觀的第二部分是對象徵主義詩歌技藝莊嚴、純粹的呼應，對馬拉美式的彼岸世界和詩歌秘術和法則的諦聽——氛圍、偶然、遺憾、幻美、守舊的天鵝或鶴的遠舉。試下去、再試下去，可能窮其一生的努力，我們或許會抵達象徵的純粹、自然的純粹，哪怕只有兩行悅耳而無意義、清楚而無用處、模糊而令人愉快、精妙而富於智性的詩。正如瓦雷里所說：「純詩的概念是一個達不到的類型，是詩人的願望、努力和力量的一個理想的邊界。」

詩觀的第三部分是我最初也是一貫的對詩人的認識：詩人比詩更複雜、更有魅力、也更重要。詩人的一生是他的詩篇最豐富、最可靠、最有意思的注腳，這個注腳當然要比詩更能讓人懷有濃烈的興味。這就如同我們讀《惡之花》這本書，但卻更想瞭解寫《惡之花》的那個人。

　　我們的注意力再繼續從詩歌轉移到詩人：一顆一閃即逝的年僅十九歲的詩歌慧星，被放逐的不安的天使，地獄和天堂的通靈者，唯一的兒童煉金術士，黑夜裏「夜鶯」般的行刺者，老超現實主義者們的小先知，蘭波就這樣從十五歲到十九歲加速結束了他詩的生命。四年出發的狂熱以及對世界瘋狂的叛逆──向左、向右、全面出擊。一道爆發的閃電，全部感官的錯軌，蘭波反叛了他自己年輕的生命：

蘭波

（奧登詩，王佐良譯）

那些夜晚，那些鐵路拱門，陰沉的天，

可憎的夥伴們並不知道真情；

在這個孩子身上修辭學的謊言

崩裂如水管，寒冷造就了一個詩人。

那位抒情氣質的朋友灌他的酒

使他的感覺完全錯亂，

他再也不聽久已習慣的各種胡謅，

終於遠離豎琴，不再虛軟。

聲韻原是聽覺的一種特殊病，

獨立人格已經不夠，倒像發現

童年墜入了地獄：他必須重新開始。

如今奔馳在整個非洲，他夢見

一個新的自我，好兒子，工程能人，

說謊的人們也承認了他的真實。

　　短暫的說不盡的蘭波，甚至到了 2019 年 12 月 1 日，我再次寫到他：

蘭波繡像

我是從炎熱國度歸來的兇殘廢人。

──蘭波

「告訴我，什麼時候才能把我送到碼頭。」

──蘭波臨終語

人的一生

短的瘋，長的痛。

你別了髮卡

我抹了髮蠟

唉，埃塞俄比亞⋯⋯

一曲微風能換什麼呢？

換取她的襪子！

可不知哪一天。等著吧——

童年的燕尾服像一隻悲傷的燕子

管理員夫人帶鼻音，露出兩顆牙

我走著忍痛吸煙，忍辱負重

我腰間纏緊八公斤重的法郎——

一萬六千好幾百呀！

我可能穿越非洲去中國

也可能去日本，誰知道呢？

一切都已經等不及了

如果《元音》重寫於布魯塞爾多好

我現在連一分鐘都睡不著

「奧米茄眼裏有紫色的柔光！」

唉，埃塞俄比亞⋯⋯

　　注釋一：詩歌中為什麼會出現埃塞俄比亞？一是因為蘭波1880年去了埃塞俄比亞做生意（其中包括武器買賣）；二是因為臨終前他嚷著要去埃塞俄比亞並打算死在那兒，他說他曾在埃塞俄比亞找到過寧靜。

　　而一個喜愛夏天最後幾個憔悴日子的詩人，一個全心傾聽著手風琴在夏日的林蔭道上響起的枯坐者，一個在朦朧的回憶中耽於絕望的夢想家，一個幽暗的瘦削的吸煙人，一個嚴肅的中學英語教師，他就是巴黎、羅馬街五號，每週星期二的「上帝」——馬拉美。

　　許多年後，當我回首往事時，我才看清了這一點：我早期詩觀的形成不僅僅是因為突然迷戀上了法國象徵主義詩歌，而更多的是持久地迷戀上了詩人們的傳奇——一個生活中的象徵——一個象徵中的生命啟示。

　　2016年3月，我應邀參加巴黎「法國詩人之春」及巴黎第七大學的詩歌朗

誦活動，期間我專門應法國漢學家、翻譯家尚德蘭之約，寫了一篇文章《我與法國詩人相遇》，在此文的結尾，我寫了一首詩，再次向法國詩歌表達了敬意：

　　　想到……

　　　想到瓦雷里，

　　　就想到他海濱墓園的詩歌

　　　他那「法國南方故鄉

　　　深夜沉鐘的回音」

　　　抽象的抒情，

　　　這裡藏點，那裡露點

　　　想到魏爾倫，

　　　就想到他正午秘密的催促

　　　他那「高高的樹枝形成……

　　　半天的安寧」

　　　肉感的細節，

　　　這裡減點，那裡加點

　　　想到維庸，

　　　就想到他的肺，他翕動的脾臟

　　　他那在陰濕監獄裏

　　　寫下的《絞刑犯謠曲》

　　　六百年後，我想

　　　他寫的書會有一種海洋美

　　　而誰猜得出那飛鴿的未來？

　　　難到只有雨果嗎？

　　　我想到詩人的幼年，

　　　保留在他內心最神秘的回憶——

　　　「燈下讀書的祖父」

　　　傳說中凶年的兒子……

　　我的詩觀，也可以說是幾經變化。我寫詩最初的基礎是由法國早期象徵主義打下的（那是時代烙印），後來多次演變，終於回歸到真實平凡的漢語（注意：此處的真實平凡並非白開水），其中經受的曲折和理論我也不想多說了，